Ronso Kaigai
MYSTERY
209

ムッシュウ・ジョンケルの事件簿

MONSIEUR JONQUELLE
Prefect of Police of Paris
Melville Davisson Post

メルヴィル・デイヴィスン・ポースト
熊木信太郎［訳］

論創社

Monsieur Jonquelle Prefect of Police of Paris

1923

by Melville Davisson Post

目次

ムッシュウ・ジョンケルの事件簿

第1章　大暗号

幻想の夜。世界全体が現実とは思われず、街並みも漆黒の闇に姿を消している。庭園に広がる優美な風景は靄に包まれ、白く細長いナショナルモニュメントだけが天へと伸びていた。

南に面した大統領官邸の柱廊に立つと、ジャスミンとスイカズラの匂いがむっと鼻を刺す。しかし光はなく、柱廊全体が闇に包まれている。そんななか、洗練されながらも力強い大声が響いた。

「アメリカにお迎えできて光栄です、ムッシュウ・ジョンケル。ショヴァンヌの最後の遠征のことをぜひともお聞きしたかったもので。南アフリカのショヴァンヌとは昔からの知り合いでしてね。第一級の人物とはまさにあの男のことだ。ショヴァンヌの死にどういう謎があったんでしょう？　当時の報告書が真実のはずはない。あまりに異様だ」

薄明かりのなかで目を凝らせば、このフランス人の姿が見えたはずだ。両脚を伸ばして椅子に座り、火の点いていない煙草を指でもてあそんでいる。低く澄んだ声は、回想に耽る人物のそれだった。

「報告書はすべて真実です、閣下」フランス人は言った。「周知の事実ですよ」

「あの異様極まる内容が、か！」と、大声が上がる。

フランス人の声は変わらなかった。

「いいえ、真実はもっと異様です。誰も信じなかったほど。いや、信じられるはずがない。彼の日誌がようやく公表されたとき、誰もがこう考えました。ショヴァンヌは最期のときを迎えて正気を失った、と。彼が書き記した内容は、まるで常軌を逸していたのだから」

フランス人はそこで間を置いた。

「しかし、それは一言一句真実だった……現に、そのエメラルドはルーブルにあるんです」

ジョンケル氏の向こうには、暗闇に包まれた大柄な男の姿がぼんやり見える。彼は驚きのあまり声を上げた。

「エメラルドはもちろん、長年追い求めてきたものをついに発見した証しだ。だが、あの日誌が真実であるはずはない。最後の一ページは、ショヴァンヌが正気を失っていた何よりの証拠じゃないか」

フランス人の声は相変わらず同じだった。

「閣下、日誌の最終ページを書いた人物は正気だったのみならず、優れた知能の持ち主でした。わたしの尊敬は増すばかりです。彼は逃れることのできない絶望的な立場に置かれ、それを切り抜けるには、単に優れた知能のみならず、誰にも真似のできない頭脳の冴えを要した。わたしはショヴァンヌのことを考えるたび、立ち上がって敬意を表さねば、という気になりますよ」

椅子のなかでさっと身体を動かしたような物音が、闇の向こうから聞こえた。続いて大声が響き渡る。

「いやはや、驚きですな！　ショヴァンヌが何を追いかけていたかは、もちろんわたしも知っている。ヴァールで狩猟をするたび、彼から聞かされたものだ。コンゴの北、中央アフリカの原野で、はるか太古に失われたある文明の手がかりを得たと、彼は考えていた。象牙密猟者の使っていた古いルートがそこをかすめていたんだ。それに奴隷貿易業者が持ち込んだ話、云々。当時わたしは、不十分なデータに基づいて説を組み立てているのではないかと考えたよ。しかし、この地球に過去いかなる文明が栄えたのか、それが知られることはない。そのうえに広がる原野はなんの手がかりにもならない。人類は我々が想像するはるか以前から存在しているからだ」

男は力強い声で先を続けた。

「ショヴァンヌが証拠を発見したと聞いても、わたしは驚かなかった。それまでの発見は誰もが知っていた。そのうえ、彼は並ぶ者のない、優秀かつ多才な探検家だった。象牙密猟者の古道を通ってコンゴを北東に横断し、アルバート・ニャンザに辿り着ける人物など、ショヴァンヌの他に考えられない。彼がそこで追い求めてきたものの証拠を見つけた、という話はわたしも信じることができる。しかし探検行の生き残りが持ち帰ったあの日誌は、真実であるはずがない。ショヴァンヌはそれを書いたとき、正気を失っていた——わたしの見たその抜粋が、あとで脚色されたものでなければ。こうした探検の最後に至れば、人は容易に正気を失ってしまう。実に恐るべき難行だ。赤道直下に広がる幅三千マイルの大森林。そのなかにはあらゆる危険が潜んでいる。そこを抜けてニャンザに至った人間が、正気を保っているとは思われない——本当に抜け出せたとして、だがね」

ジョンケル氏はさっきと変わらぬ口調で答えた。

「閣下、日誌が世に出た当時、我が政府はそれとまったく同じ意見でした。ショヴァンヌは最期の瞬間に正気を失った、と考えたのです。だが、そんなはずはない！　彼は正気で頭脳もまともだった——いかに正気だったかは、すべてを理解すればおわかりになるでしょう。確かに、我々がそれを理解するには時間を要した。しかしわたしにとっては、ショヴァンヌが日誌の最終ページに記した異様な出来事よりも、我々がなぜああまで愚かだったかのほうがずっと不思議ですよ。

最初の手がかりは、ショヴァンヌが自らの死後、日誌をパリへ送るためにとった方法にあると思います。日誌の裏に書かれていた指示によれば、それを運んだ人間は遺言執行者から五千ポンドを受け取れることになっている。つまり、報酬を出していたんですよ。

ショヴァンヌが日誌で再三記していた三人のうち、姿を見せたのは一人だけでした。他の二人に何が起きたのかは、容易に想像できるでしょう——発掘を諦めたショヴァンヌに同行して北東のニャンザへ向かった他の全員と、同じ運命を辿ったはずです」

暗闇のなかの大男は、姿勢を正してジョンケル氏の話に聞き入っているらしい。彼が無言なので、ジョンケル氏は先を続けた。

「これら三人の男たち、つまり十二月十七日の朝、ショヴァンヌとともにようやくイトゥリへ辿り着いた生き残りは、地球上でもっとも絶望に満ちた探検家だったに違いない。精魂尽き果て、最後のチャンスに賭けるしかなかった。そうでなければ、ショヴァンヌと行動をともにはしなかったでしょう。三人はショヴァンヌが選んだ人物ではなかった。いや、彼があんな人間を選ぶわけがない。三人はショヴァンヌを追い、レオポルドの東でコンゴを出たあと、冒険行に文字通りくっついたんです。あの三人はまさに、狡猾なる悪魔の護衛だった——ルトゥルクという名の、狼のような顔をしたチビのアパッチ族、フィンランド人船員、そしてディックス船長と呼ばれていた、アメリカ人の波止場ごろつき《ビーチ・コウマー》。

日誌を持ち帰ったのはアパッチ族の男でした。つまり、三人のなかでそいつこそが、あなたがたの言う〝新郎の付き添い役《ベスト・マン》〟だったのでしょう。とは言え、ショヴァンヌとともに生き延びたのは、やはりこれら三匹の悪魔だったのです。しかも、奴らに対するショヴァンヌの思いや考えは、日誌のどのページにも記されています。三人が合流した直後に、彼は心変わりしたに違いない。我々のそれと同じだったであろう印象が、あとで消されたからです。他の誰かが消し去ったわけではない。以降、彼は三人をこのうえなく評価しているからだ。三人の不屈の精神、精力、勇気、そして献身を、日誌の最後に至るまで書き記しているのです。

自分らが生き延びるにはショヴァンヌに頼らねばならないのだから、共通の危機にあたって彼を支えるべく団結した、ということは当然言えるでしょう。またショヴァンヌを助けようと力を尽くし、そのおかげであの原野から生きて出られた、というのもあり得ることです。

三人はいずれも、下流階級に属する無知な人間だった。フィンランド人とアメリカ人はなんら教育を受けていないが、ルトゥルクは読み書きができ――外人部隊の脱走兵だったのでしょう――、悪魔のように知恵が働く。しかし知恵比べになれば、到底ショヴァンヌにはかなわない。それは他の二人も同じです。奴らは無知で迷信に弱い。それでもなお、恐れや諦めを知らぬ不屈の精神を持っているのは間違いない。

日誌を読んでまず印象に残ったのは、ショヴァンヌがこの三人についてなんら幻想を抱いていなかった、という点です。彼は三人を完全に理解しており、とりわけアパッチ族のルトゥルクを正しく知ることが、計画の成否を左右するとわかっていた。つまりこの命知らずの人間こそ、〝付き添い役〟にふさわしいと考えたのです。ショヴァンヌはこの男をそう定め、心のなかで温めてきた計画を実現可能なものに書き直した。そして、彼は正しかった。あの日誌を読めば一目瞭然です。

それだけじゃない。ショヴァンヌは一連の出来事の最初から、自身の置かれた状況を理解していた。自分がどこへ向かうのか、それがどこに通じるのか、ちゃんとわかっていたんですよ。それも、ずっと最初の段階から。さっき申し上げたとおり、この事実は、日誌が持つ顕著な特徴の一つです。発狂の初期段階にある人物が、自分を取り巻く状況、自分を待ち受ける事態を残らず認識できることもなくはないが、この場合は疑わしい。そうではなく、自分の目に自信を持つ正気そのものの人間が、現実のものとなるより早くそれを遠くから見た、というところでしょう。自身のあらゆる能力を冷静にふるうことのできる、健全そのものの知性の持ち主だけが、目前の事態を避けられないと認識できる。そうでない人間であれば、完全に間違っていたはずです。無益な方法に頼るか、終局を目の前にしてなんらかの悲劇的結論に寄りかかるか、あるいは無駄な希望にすがるに違いない。ショヴァンヌのそれと同じ健全な精神こそが、目前に迫った事態を不可避なものと認識できるのです！

わたしは暗号文書に取り組む感じで、あの日誌を仔細に調べました。ショヴァンヌの精神状態を示す証拠は、十二月十七日まで現われません――すなわち、一行がついに森の古い獣道を抜け出した日付です。もちろん、その前にも奇妙な出来事は起きています。隊員を襲った謎の死もその一つ。しかしショヴァンヌは、人為的なものでないと判断したらしい。つまり、探検隊の壊滅を狙ったドワーフ族による計画的殺害などではない、ということです。

エミン・パシャを救出すべくイトゥリ族を追いかけたスタンリーと同じく、これら部族のキャンプ地が恐るべき原野に点在している事実を、ショヴァンヌも知ることとなった。それに、ドワーフ族が使う毒矢は原住民のみを殺すものであって、白人探検家の命取りにはならないことも、スタンリーと同じく身をもって経験したことと思います。少なくとも、ショヴァンヌに同行していたあの三人は生き延びた。他の隊員が一人、また一人と殺されてゆくあいだに。

コンゴに足を踏み入れた他の人間同様、ショヴァンヌもこれらドワーフ族が使う毒の種類を突き止めようとしたが、スタンリーと同じく失敗に終わった。スタンリーの探検行でわかったように、この毒で白人の命を奪えない事実は、白人を殺すのは不可能であるとこれら敵対的な部族に確信させたはずです。ゆえに彼らは攻撃対象を、探検の指揮をとる白人四名でなく、現地人の隊員に絞り込んだのだと、ショヴァンヌは考えた。この説明に矛盾はないと思われます。少なくともショヴァンヌには合理的だと思われた。日誌のなかでもそう記していますからね。白人四名を残して探検隊のメンバー全員が命を落としたのはこれが理由であると、ショヴァンヌは判断したのです。

探検隊は小規模なものでした。ショヴァンヌにとっては少なければ少ないほどよかった。偵察隊以上の規模は必要なかったんです。エメラルドを発見できたのも、木の伐採で場所がずれた古代の壁の一部を動かしたとき、たまたま起きた一種の偶然ですからね」

一瞬訪れた沈黙のあと、ジョンケル氏は先を続けた。

「冒険小説に詳しい人間はこうした敵対的な原住民について、空想的とも言える考え方をしがちですが、実際のところ、空想的な要素などまるでないんですよ。彼らは赤道直下に広がる壮大な森林に住み、毒矢を用い、闇に紛れて密かに襲撃する。スタンリーも最後まで彼らに悩まされました。彼の地図を見れば、原住民の野営地がそこかしこに記されています。彼らは空想上の生き物では決してなく、いまもコンゴに巣食う現実の脅威なんですよ。

現地人の隊員を襲った事態について、ショヴァンヌもなんら奇妙な点を見出せませんでした。その点は日誌にはっきり記されています。

先ほど、日誌に記された信じられない物事の数々は、一行がようやく脱出した十二月十七日の箇所まで現われていない、と申しました。しかし、その日以前にも予兆らしき記述が見られるのは確かです。ショヴァンヌは不眠に陥っていた事実を何度も繰り返しています。睡眠薬も無駄だったようで、効き目のないことに始終不満を述べている。薬の効果が消えてしまったか、あるいは不純物が混じっているはずだ、と。そこで別の人間に飲ませ、効果を確かめようとした。結果、睡眠薬に問題はなかったのですが、この事実はショヴァンヌに不安の種を与えたようです。不眠はなおも続き、こうした場合に医者が使う薬品も、効果はまったくありませんでした。

このことは十二月十七日のしばらく前、すなわち北東を目指す探検隊がコンゴの森林で悪戦苦闘している時点から、日誌で詳しく触れられています。

そう、まさに悪戦苦闘という言葉がふさわしい前進でした。あの広大な森林はサタンの王国であって、全貌を捉えるのは不可能でしょう——薄闇と雨が恐怖を与え、天空は木々によって常に遮られている。足元の地面はあらゆる昆虫、害獣、そして爬虫類が這い回る湿地で、腐敗した世界独特の悪臭が漂い、この見えざる敵は勢いを弱めることも、途絶えることもない。士気を挫くには十分です。ショヴァンヌが不眠に陥ったのも無理はない！　しかし彼が挫けることはなかった——それははっきり申し上げます。自分に迫る事態を、超人的な洞察力でもって予期したうえでなお、彼の士気が失われることはなかったのです。

ショヴァンヌが来るべき事態を認識したのがどの時点かは、わたしにもわかりません。ですがさっき申し上げたとおり、北東への前進を始めたその日から、彼にはそれが見えていたような気がします。

わたしはあの日誌を、一行一行、一言一句詳しく調べました。その結果、我々の誰もその内容を理解していない、隠れた何かがそこにあって、内容を正しく把握できれば浮かび上がるはずだ、と感じたものです。わたしがそう思ったのは、かの優れたドイツの電報を読んだとき以来のことです。それらは表面上、ドイツの国内事情に触れているに過ぎませんが、実際には最終指令を含む軍事命令だったのです。事態の経過が示すとおり、わたしの見立ては正しかったのですが、パリの政府当局は当時わたしの考えを空想に過ぎないと一蹴したのでした。

繰り返しますが、ショヴァンヌの日誌における奇妙な脱線は、十二月十七日まで現われていません。その日一行は、アルバート・ニャンザ湖を見下ろす低い山脈によって東側を区切られた、草の生い茂る広大な高原に辿り着いています。だがあいにく、湖のボートが到着するのは十日後でした。そのボートはスタンリーがエミン・パシャと会合したのと同じ場所で、一行を出迎えることになっていたのです。

さて、手がかりと思しきことがもう一つあります。彼らはスタンリーと違い湖に向かわず、森林を抜け出たその日から草の茂る斜面に野営した――イングランドの芝生のようだと、ショヴァンヌは記しています。一行はその場にとどまりました。

探検家が用いるあらゆる器具をショヴァンヌも持参しており、野営地の位置をこれ以上ない正確さで特定しています。それは六通りの方法で日誌に記され、幾度も確認した形跡が見られる。彼はこれにかなりの時間を費やしました。野営地の正確な場所を間違いなく記録せねばと決意したのでしょう。実際、そこに誤りはありませんでした。野営地の場所は、我が国とベルギーとの国境にあるすべての境界標と同じ正確さで記録されています。その誤差わずか五十センチ。またショヴァンヌにはそうする時間もありました。他の隊員がニャンザ湖に向かったあとも、ルトゥルクと一緒にとどまったのです。

湖への道のりはいまやはっきりと見えました。それは地平線をなす崖の真下を通っていた。しかしショヴァンヌと行動をともにした者たちは、その道が確実かどうかを確かめたほうがよいと考え、またボートが到着するまでまだ時間があったことから、そのルートを調べてみるべきだと判断します。そうしてアメリカ人のディックスとフィンランド人が湖へ向かい、ルトゥルクとショヴァンヌが野営地にとどまりました。

ショヴァンヌは日誌のなかで、この行動を正当化しようと試みています。その時点で彼は自分の体調を気にかけていましたが、コンゴの恐るべき森林に比べれは、その野営地は天国のようでした。明るい緑が広がる牧草地で、そこかしこに木々が立ち並び、低木の茂る丘のてっぺんから東には、ニャンザ湖を区切る山並みが伸びている。南西に広がる森林の恐怖から見れば、楽園を思わせる光景でした。鳥があたりを飛び回り、レイヨウ、エランド、そして水牛がそこかしこにいる、輝かしき田園だったのです。ハンターさえいれば、食糧に困ることはないでしょう。

ルトゥルクとともに残ったショヴァンヌは、その場で日誌を完成させたのですが、わたしはパリの公安当局でようやくそれを解読しました。

古い獣道を抜け、湖を見下ろすこの楽園に辿り着いたのは十二月十七日ですが、それ以前のショヴァンヌの状況を示す事実は、彼が眠れなかったこと、そして睡眠薬が効かなかったことの二点だけです。しかし厳密には、これだけではなかった。彼が長いこと書き記すのを躊躇《ためら》ったと思われる精神状態に関する記述が、日誌に現われ始めます。つまり、信頼に足る情報をほとんど持たない未知の生物が自分に近づきつつあるという印象を記しているのです。

この記述は一見曖昧ですが、そもそも日誌の基礎となっている印象自体が曖昧なのです。要するに、なんらかの未知の生物が目の前に迫っている、という感覚なんですよ。それが探検隊のあとを追っていたというのならまだ理解できます。敵対的なドワーフ族が一行のあとを追い、四人の白人を除いて皆殺しにしたように。しかしショヴァンヌに影響を与えたのは、こうした厄災ではなかった。彼自身が気づき、理解することのできた何かではなかったのです。なんらかの生物が目の前に迫りつつあるという漠然な恐怖は、彼にとってまったく未知のものでした。

　ショヴァンヌはこの印象を拭い去ることができず、前進するにしたがってそれはますます強まり、湖の西に広がる草地に出たときには、絶対確実な危惧にまでなったと記しています。

　最初ショヴァンヌは、不眠症から生じた幻想だとしてこれを一蹴しました。しかしあとになって、真剣に考慮すべき一種の予兆だと確信したのです。

　日誌が手に入ったとき、我々はこの事実をはじめ、その後の信じがたい記述の数々を、神経が衰弱した人間の幻想に過ぎないと考えました。しかしそれは大きな過ちだったのです。その後証明されたとおり、続く記述はどれも、絶対的な重要性を帯びていました。ここまで日誌を読み進めば、ショヴァンヌが置かれていた状況をはっきり知ることができるでしょう。

　先にも述べたとおり、同行していた三人の忠誠、献身、そして飽くなき配慮が、日誌の後半のそこかしこで言及されていますが、奴らはこのころからショヴァンヌのことをひどく心配し始めました。こうした精神状態の人間が持つ危険性を、三人とも知っていたに違いない。ショヴァンヌが持参していた銃の弾薬を隠し、遺棄したのが何よりの証拠です。のみならず、ナイフの刃まで折ってしまった。こうした精神状態から殺人的衝動が湧き起こり、自殺願望の形をとるのではと恐れたようです。ともあれ、三人はいずれも自分自身の安全についてはなんら恐れていなかった。そのことは日誌に繰り返し記されています。

　日誌の記述全体が、彼の目撃した異常な物事で占められるようになるのはこの時点からです。なんらかの未知の生物が野営地に迫っているという印象は、いまや一種の強迫観念となりました。日誌に記されているショヴァンヌの推測からも、それは確かです。他の人間にとっては荒唐無稽な印象を、ショヴァンヌは確かなものだと信じている。彼はその印象を立証しようと、議論を試みているかに思えます。極めて乏しい人間の五感が、この世に住むすべての生物に関する知識を果たして与え得るのか？　ショヴァンヌは直感の限界を繰り返し考え続けた。目は簡単に騙される。耳はまったく信頼できない。人間の嗅覚は、もっとも劣った動物と比べても異質である。あらゆる感覚は、どこまでも直接的な触覚のみに制限されている。それならば、こうした限られた器官に頼る人間が、周囲の限られた世界が何を含んでいるかについて、過大に認識したとしても当然ではないか？

ショヴァンヌは不眠症と、当時の彼を蝕んでいた幻想——と、我々は当初信じていたのですが——の記述に続き、日誌の十ページほどを割いて、この推測を詳しく記しています。我々はそのおかげで、次に記された奇妙な出来事の予備知識を得られるのです。

それらはいずれも精神に関するもの、いわば〝心の状態〟についてのものですが、そこに肉体的現象が現われだします。

森を抜けて新たな野営地を設けた日の夜、ショヴァンヌは日誌のなかで、何かがかすかに顔を探った、と記しています。羽毛の端で皮膚を撫でられた、という感じのようですが、にもかかわらずはっきりした感覚だという。ショヴァンヌは手を上げ、闇のなかで素早く左右に振ってみたが、何一つ触れることはなかった。その現象は何度も起こり、そのたび即座に手を伸ばしても、そこに何かがいる物理的な確証は得られなかったのです。

ディックスとフィンランド人が湖に向かったのはそのあとでした。ショヴァンヌは二人に、この出来事を〝慎重に〟語ったとのことですが、誰もまったく気づかなかったそうです。テントで物音が聞こえることもなく、なんらかの生物がなかにいた痕跡も証拠も存在しない、と。

次の晩も同じことが起こりました。今回は、顔を撫でるあの素早い動きをはっきり感じ、またしても闇のなかに手を伸ばして、あたり構わず腕を振り回したのです。ところが、それも無駄でした。何一つ、手に触れるものはなかった。物音も聞こえず、他の連中も眠りこけたまま。夜が明けて再びこの話をしたのですが、三人ともまったく気づかなかったという返事でした。

ショヴァンヌに奇妙な感じを与えたこの生物が実在するとして、それはもっぱら彼だけを狙ったようです。ともかく、三人とも何かに気づくことはなかったと答えました。何も見なかったし、何も感じなかった、と。それですっかり困惑したのです。

三人がショヴァンヌの武器に注意し出したのはこの日だったようです。またフランス人のルトゥルクがそばに張りつき、ショヴァンヌの身を守ることも決められました。日誌はこの点について、ショヴァンヌが謎の生物に襲われるかもしれないという懸念からではなく、こうした精神状態のせいで自傷行為に走ってしまうことへの用心から、そのような対策がとられたことを示唆しています。

三人はこの計画に従って行動しました。ディックスとフィンランド人はアルバート・ニャンザ湖に向かい、ルトゥルクがショヴァンヌとともに残ったのです。

そして三日目の夜、すなわち二人が湖に向けて出発し、ショヴァンヌが早々に眠りこけていたルトゥルクとテントに残された晩、彼はついにこの動物を目のあたりにします。午前三時ごろ、それまでまんじりとしていたショヴァンヌはふと目を開けました。腕時計を見ると二時四十三分。その晩は満月、半分開いたテントの幕から月明かりが差し込んでいたので、時刻が分かったのです。物音を聞いたわけでなく、何かがテントのなかにいる物理的な証拠もなかった。それでも、その何かがテントに入った瞬間に目を開けたのです。それはテントの幕をはためかせることなく、物音一つ立てなかった。ショヴァンヌは日誌に、それをはっきり見たと記しています。テントに入ったそれは一瞬立ち止まり、その後数秒間なんの動きも見せなかった。彼によると、胴体に比べて頭が異様に大きかったそうです。外形は立方体に近く、輪郭もくっきり浮かび上がっていたが、いわゆる特徴というのはほとんど摑めなかった。なんの特徴もないように見えたのです。それこそが、その生物の持つ卓抜した恐ろしさの一つでした——頭が異様に大きく、外形は立方体に近いのに、なんの特徴もない！　また全身の均衡から判断して、胸部と腹部も巨大だった。手足は細長く、関節がはっきり見て取れる。全身が忌々しいまでに赤っぽく、人類が知る動物とはまったく違う皮膚をしている。まるで赤い色をした硬い物体のようであり、ショヴァンヌ曰く、皮膚を剝がされたあと、冷凍され磨き上げられたかのようだ、とのことです。

生物の姿はほんの一瞬見えただけで、すぐに消えてしまった。ショヴァンヌにとっては、振り向いただけで姿を消したかのようだった。テントの入口は月明かりに明々と照らし出されていたものの、あの生物が姿を現わすことは二度となく、地面の草が見えるだけでした」

ジョンケル氏はそこで言葉を切った。先へ進む前に、話の筋をしっかり把握するよう望んでいるらしい。しかし返事を求めることはなかった。相手が待っているので、ジョンケル氏は話を続けることにした。

「ショヴァンヌが日誌に書き残し、また彼に最終的な結論をもたらした体験について、ここで詳細を残らず述べるつもりはありません。その夜以降、ショヴァンヌは当の個体だけでなく、多数の仲間を目にした。一方、片時もそばを離れなかったはずのルトゥルクは、そうしたものを一度たりとも見ていない。ショヴァンヌはその生物に深い印象を刻まれた。そいつは彼に、あらゆる人間的感情とは無縁な、知性を持った生命体、という印象を植えつけたのです。また、その生物は目が見えない——少なくとも、我々が盲目と理解している状態にある——という印象も受けた。にもかかわらず、我々が視覚と呼ぶものに勝るとも劣らない感覚をこの生物が持っていることも、ショヴァンヌにとっては同じく明白でした。

それに関する詳細を日誌に残らず書いたわけではないのですが、この生物が地中に住み、奴らの地下都市の一つが野営地のごく近くにあることも、ショヴァンヌは突き止めた。事実、彼は悪意ある偶然の結果、恐るべき地下都市の入り口近くに野営地を設けてしまったのです——こうした性質の存在を、我々の感覚でいうところの〝生物〟と呼べるのであれば、の話ですけどね。

思うに、ショヴァンヌが日誌のなかで、現代フィクションにおける一つの類似した存在を記そうと決意したのは、この〝何か〟についての認識が原因だったのではないでしょうか。類似した存在とはつまり、ウェルズとかいうイギリス人の小説にあるが如く、地中深くに存在する闇の世界に住み、柔弱になった地表の人類の肉を食って生きる、退化した人間すなわち地中人のストーリーに他ならないのです！

ショヴァンヌは日誌のなかでその二つを比べてこそいないものの、以前に読んだこの小説について詳しく記したうえで、自分自身がその生物を発見して小説のことが頭に浮かんだ、またコンゴの森林を抜ける前からそういう予感が頭を占めていた、と述べているのです。

さて、ショヴァンヌは正気を失ったと、閣下やパリの政府当局に信じさせた理由の一つに、日誌におけるこれらの異様な記述があります。実際に起きた出来事の数々も、それを立証するかに思われます。

閣下もご存知のように、その後のページには、彼がルトゥルクとともに残り、アメリカ人のディックスとフィンランド人がニャンザ湖に赴いていた一週間に、ショヴァンヌによって目撃された物事が細々と記録されています。また、コートの裏張りのなかに隠し持っていた七つの巨大なエメラルドのせいで、自分はこの生物に狙われた——ショヴァンヌがこうした結論に至った経緯についても、閣下はご存知のはずです。

エメラルドは現在ルーブルにあります。世界中探しても類を見ない、七つの見事な宝石です。大きさにしろ純度にしろ、より優れたエメラルドはいまのところ存在しない。いずれも我々には不可能な方法でカットされ、その裏側は、我々の知るいかなる言語よりも古いヒエログリフで埋め尽くされている。それについて翻訳の試みが幾度もなされましたが、いずれも失敗に終わっています。

フランス人のルトゥルクが片時も離れずショヴァンヌのそばにいて、彼を守っていた。そのルトゥルクがテントの入口から十メートル以上離れることは決してなかった。また音も聞こえず、争いが起きた形跡もなく、ショヴァンヌや護衛のルトゥルクがなんらかの動きに気づくこともなかった——にもかかわらず、ディックスとフィンランド人が戻ってきたまさにその日、エメラルドは消え去ったのです！

ショヴァンヌはその事実を、日誌に詳しく書き残しています。

彼は一つの確信に至り、それは疑問の余地なく正しかった。自らの手を離れたエメラルドは、あの生物が住む地下都市へと持ち去られた！　しかも地下都市への入口は、野営地のごく近くにあったのです。

ショヴァンヌは正気を失ったと、そばにいた三人が考えたのも無理はない。日誌の最終ページを読めばなおさらです。ショヴァンヌはそのなかで、三人への別れを丁寧かつ穏やかに書き残した。三人の勇気、絶え間ない献身、そして探検への貢献に対し、言葉を尽くして感謝したのです。仲間の忠誠心をかくも高く持ち上げるなど、他の人間には不可能でしょう。またショヴァンヌは、自らの死が目前に迫っていると書いています。そして日誌がフランスに届けられるよう願い、フランス政府が探検隊を送って、かの生物が住む地下都市に隠されたエメラルドを取り返すよう懇願しているのです。それはあたかも、同様の地下都市が他にもあるかのような書き方でした。エメラルドは野営地にもっとも近い都市にあり、容易に発見できるというのです！　彼はこの点を、自らの死が差し迫っている事実、そして三人が見せた献身と同じくらい強調しています。

ルトゥルクが証言したように、翌日、ショヴァンヌはフィンランド人のライフルで命を絶ちました。当然三人は、彼が正気を失っていたと判断した」

突然、ジョンケル氏の声に力が入った。

「しかし、ショヴァンヌは正気だった！　おわかりになりませんか、閣下？　日誌の記述全体は、一つの壮大な暗号だったのです。あの男が何を試みていたのか、まだわからないのですか？」

闇に包まれた柱廊のなか、ジョンケル氏の向かいに立つ男は出し抜けに大声を上げた。それに続き、手のひらに拳を叩きつける音が聞こえる。

「お見事！　見事過ぎて言葉も出ないよ。死に直面した人間が、かくも鮮やかなことを考え出すとはね。自分の身に何が起きるか、彼は知っていた。裏返した石の下からあの宝石を見つけた瞬間、それを悟ったんだ。生還の望みがないのはわかっていたから、フランス当局が後にエメラルドを回収できるよう、その隠し場所を伝えるべく、暗号の形で日誌に書き残した。同時に、日誌が確実にパリへと届けられるよう、細々とした事実まで書き添えた。実に見事だ！　本当に信じられないよ」

男はその大きな手で、袋のなかから小麦粉を叩き出すかのように太ももを叩いた。

「あの男の狙いがそこにあったとは、夢にも思わなかった。わたしはずっと、彼が正気を失ったと考えていたんだ！」

「無理もありません」ジョンケル氏は答えた。「誰もが最初はそう考えましたからね。しかし、正気を失ってなどいなかった。彼は日誌の細かな記述を使い、一つの見事な暗号を考え出したに過ぎない――探検の途中で現地人の隊員を皆殺しにし、アルバート・ニャンザ湖に辿り着けることが確実となった時点でショヴァンヌをも殺そうと決意した、あの三人を騙そうとしたんです！　表面上は三人の忠誠と自らの狂気に触れることで、奴らを見事に騙した。そして奴らが、自分たちの無実を証明すべくなんとしても日誌をフランス当局へ届けるよう、ショヴァンヌは仕組んだのです！

自分が生きて戻れることはないと、ショヴァンヌは悟っていた。しかし、あの殺し屋どもが宝石をまんまと手に入れることは、決して許せなかった。それと同時に、探検の記録とかの比類なきエメラルドがフランスに無事届けられることを望んだ。それゆえ彼は日誌を書き、探検と殺害に関する事実のすべてを暗号の形で記すとともに、エメラルドの隠し場所を伝えた。それはまた、殺し屋どもが当然受けるべき報いを与えた。ルトゥルクがエメラルドを盗んだと、ディックスとフィンランド人は思い込む。ショヴァンヌはそこまで予期していたのです。またアパッチ族のフランス人はあとの二人より賢いので、奴らの疑いが自分に向かうと気づき、先手を打って二人を殺すであろうことも、ショヴァンヌにはお見通しでした。ちなみに二人の殺害は、ショヴァンヌが殺された朝に起きたことがわかっています。これは処刑の直前にルトゥルクが断片的に告白した内容からも裏づけられています」

ジョンケル氏はそこで一息ついた。

「閣下、あの日誌全体は、世界でも類のない暗号文書の見本であることを、ここに繰り返します」

再び言葉を切る。続いて発せられた声には、心からの丁重さがこもっていた。

「ショヴァンヌの書き残した生物とは何か、そしてエメラルドがどこに隠されていたか、閣下はおわかりになるでしょうか？」

またしても、大声が轟いた。

「当然じゃないか！　物事に対する我々の認識は、それがいかに描写されるかと、その描写を理解する際の精神状態に左右される。それはアリだ！　そしてエメラルドは、野営地に一番近いアリ塚に隠されていたのさ！」

第2章　霧のなかにて

一週間ものあいだ、ロンドンは霧に包まれていた——地中から立ち上るかのような、硫黄を思わせる厚く黄色い霧がこの街を巨大な洞穴に変え、地獄の如き煤煙で覆うと同時に、奇妙な音を轟かせている。金曜日の午後、ムッシュウ・ジョンケルがエンパイア・サービス・クラブを出たときも、霧はごくわずかに晴れただけだった。

「いやはや」迎えの自動車を待ちながら、ジョンケル氏は呟いた。「イギリス人は鋼鉄の肺を持っているに違いない」

この日、彼はパリからここロンドンに到着し、警視総監のジェイムズ・マクベイン卿と食事をともにした。卿曰く、ロンドンでは一つの謎、霧のなかから出現した謎が驚愕の渦を巻き起こしているという。

水曜日の夜、ドーヴァーからの列車がチャリングクロス駅に到着した直後、一台の四輪馬車が客を拾った。当時は霧が厚く、御者は二人目の男が乗り込んだことに気づかなかった。御者が目にしたのは背の低い小太りの中年男で、グロースター・ロードにあるホテルの名を告げた。ところが、馬車がホテルの前に着くと、客は二人に増えていた。中年男は死んでおり、もう一人は意識を失っている。死者はランドー卿で、もう一方はショワスール伯爵であることが後に判明した。二人とも右から左へ、まったく同じ方向から撃たれていた。しかしランドー卿の命を奪った弾丸が身体を貫通した一方、ショワスール伯に発射された弾丸は肋骨に当たって方向が逸れ、ひどい出血を生じさせたに過ぎなかった。回転式拳銃が車室の床に転がっており、弾倉が二つ空になっていた。御者の供述によると、ハイドパークを通り過ぎるところで銃声らしき音が二度立て続けに上がったものの、すぐ後ろを走っていた自動車のバックファイアだと思ったらしい。一方、意識を回復したショワスール伯はいかなる証言をも拒んだ。

車はピカデリーを渡ってボンド・ストリートに入った。どこを走っているか見当のつかないジョンケル氏は、この惨劇と先ほどジェイムズ卿が語った内容とに思いを馳せた。

「この男が犯人なのは疑問の余地なく確かだが、凶器の出処はまだ辿れていない。それにこのまま黙秘を続ければ、有罪にすることもできません。無理に起訴しようとすれば小賢しい弁護士が現われ、被告は女を守るために沈黙を貫いているなどと抜かしたうえで、事実と矛盾しないもっともらしい話をでっち上げ、我々の住む社会に解き放ってしまう。なんと忌まわしき法律か！ どうしてもそう言いたくなってしまいますよ。あなたのお国の場合、被告は治安判事の前に引き出されて尋問を受ける。しかしここイギリスにおいては、無言で座っていることが許される。しかも被告が黙秘を貫いていることに対し、検察は発言を一切許されてはおらんのです！」

怒れる准男爵の一方的な感情の発露を思い出し、ジョンケル氏は思わず笑みを浮かべた。タクシーはパーク・レーンへとつながる狭い通りに急ハンドルで曲がり、ほどなく目的地の前で止まった。そのホテルは周囲の重々しい建物と同じく陰鬱で、ハイドパークの境界とニュー・ボンド・ストリートの境界に挟まれた、この陰気かつ壮麗な一角にはるか以前から建っているかのようである。通りには警官が一人立っているものの、玄関の真正面ではない。車が止まるとそちらへ近づいてきたが、降り立った人物を一瞥し、運転手との短い会話を聞いただけで、その場を通り過ぎた。

従業員がジョンケル氏の姿を認め、三階の部屋へと案内する。図書室のテーブルのそばで、男が本を読んでいた。イギリス人でないのは確かだが、国籍は判別し難い。曖昧ながら、南ヨーロッパの人間ではないかと言う者もいた。印象的な顔つきをしているものの、そこはかとない違和感が認められる。締まりのない唇がその理由とも言えるだろうし、あるいは小さな奥目、またあるいは頑丈な顎こそがそうだとも考えられる。しかし、これらの特徴はどれも、彼の放つ印象の強さを説明することはできなかった。年の頃は四十、カンヌやラ・テュルビーのゴルフコースで毎朝山ほど見られるような、筋肉質の頑丈な身体つきをしている。身体と左側の肘掛けとのあいだに枕を置いていることから、なんらかの障害があるのは確かだった。ジョンケル氏が図書室に入ると、男は鋭い視線を向けた。ジョンケル氏はドアが閉じてからはじめて口を開き、丁重そのものの態度で軽く頭を下げた。

「伯爵閣下、僭越ながらお祝い申し上げます」

「それはどうも」男は応じた。「出血はひどかったが、幸運にも傷は浅かったのでね」

「失礼ですが」ジョンケル氏はそう言うと、奇妙な笑みをかすかに浮かべた。「わたくしは閣下のお身体ではなく、その勇気を祝福申し上げているのです」

「勇気！」相手はおうむ返しに繰り返した。「あの事件で、わたしがどういう勇気を見せたというのかね？」

「閣下はわたくしの真意を誤解してらっしゃる」パリ警視総監はそう言うと部屋の中央へ進み、帽子とステッキをキャビネットの上に置いたあと、椅子に腰掛けながら手袋を脱いだ。

「わたくしが賛辞を申し上げるに至ったのは、閣下があの事件で傷を負いながらも勇気を見せたからでなく、事件後にこのホテルへおいでになったからです」

　男の顔に影が差した。

「来てはならない理由でも？」と、反撃に転じる。「ここは現在、ランドー夫人が所有している。わたしの怪我を知った彼女は大陸から電報を打ち、ここでしかるべき処置を受けるようにと申し出たんだ。自分自身もバート・ナウハイムで打ちひしがれているはずなのに。そう考えると、涙が出るほどありがたいご好意だ」

「素晴らしい《マグニフィク》！」ジョンケル氏は声を上げた。「バート・ナウハイム！　傷心を癒すには格好の場所ですな。かくも繊細で、かくも慈悲に満ち、かくも感受性の強い心をお持ちの夫人こそ、まさに女性の鑑と言えるでしょう」

　相手は小さく頷いた。

「ショワスール伯爵以上に、この事実をよく知る者がおりましょうか？　いえ、閣下。この穏やかなる告発を深く考えてはいけませんよ。ヨーロッパで囁かれている軽薄なゴシップに過ぎないのですから。ビアリッツ、トルーヴィユ、オステンド――ヨーロッパのそこかしこで囁かれているくだらない噂話だ。無論それらは、密かな囁きに過ぎない。だがそれでも、ショワスール伯爵に対するランドー夫人の恋慕はどこでも耳にするのです――そう、バート・ナウハイムでも！　オート・サヴォワの水だろうと、あるいはドイツの泉から湧き出るいかなる水であろうとも、その火を消すことはできないでしょう」

「失礼だが」相手は冷たく言い返す。「いくらなんでも言い過ぎだろう」

「しかし、真実です」フランス人は答えた。その態度は率直で、愛想のよさすら感じさせる。「ああ、閣下。あなたは謙虚を装い、貴人にとっての屈辱を甘受することで、わたくしから逃れようとなさっている。しかしわたくしは、愛する者を勝ち取ったことに祝福申し上げることで、閣下を追いかける。閣下はおそらく、この一件を大したものとは見ておられないのでしょう。世間というものをまったく知らず、倍の年齢の男性と結婚した女性を勝ち取ったところで、閣下には第一級の勝利と映らなかったに違いない」

傷を負った目の前の相手は、怒りのあまり顔から血の気が引いている。しかしジョンケル氏は、軽い口調で先を続けた。

「ランドー卿がショワスール伯爵を紳士とみなし、親しい付き合いを許すのみならず、名誉ある人物の知己に加えたことは、伯爵閣下が冒険のなかで直面したであろう、ある種の危険な要素をこの件から消し去ったのです」

「いつまで侮辱を続けるのかね?」男は声を上げた。いまや唇まで真っ青になっている。「一人の人間をあたかも二流の重罪犯の如く監視し、警察の手先を見張りにつけるのみならず、パリの警視総監がモラルについて講義するとは!」

「いやいや」フランス人は傷ついた様子で言葉を返した。「ショワスール伯はわたくしを友人と見ておられない! つまり感謝という言葉は、詩人の幻想に過ぎないのでしょうか? さらに、穴ぐらから三回にわたって警告したのはこのわたくしです——閣下もそのことは覚えておいででしょう。閣下はニースで、義理の叔父上から受け継いだアンティークコレクションの一部を処分しようとなさった。パリのオートゥイユでは、お気に入りの競走馬が確実に勝利するよう手を打った。神話の世界に前例があるのは事実です。聖ジェロームによると、聖ヒラリウスはガザの指導者の馬を打ち負かすために、天の助けを借りたのではなかったでしょうか？　しかし時代は変わりました。聖者はフランスで人気がなく、閣下が使おうとなさった仲介者は、教父も知らぬ者だったのです」

　ジョンケル氏はそこで言葉を切り、指を上げた。

「そして三度目はバーデンのある邸宅において。ショワスール伯はルーレットの胴元をなさっていた。ドイツの法律は偶然のゲームのみを対象としていますが、伯爵閣下はこのルーレットに偶然の入り込む余地を見事に消し去った点について、どのようにでも弁解することができた。だが閣下は――まったく賢明なことに――ご自身の素晴らしき名声を盾にするのでなく、わたくしの心からの提案に従うほうを選ばれたのです」

　パリ警視総監は慇懃な身振りとともに先を続けた。「さらにわたくしは伯爵閣下のことを口にするたび、ゴータ年鑑の編集者が閣下に与えることを拒んだ、その爵位にふさわしい敬意を払い、高貴さを認めていたのではなかったでしょうか？」

　ショワスール伯は顔をしかめ、醜い表情を浮かべた。洗練という仮面が剥がれ落ちたかのようだ。

「何を言いたいのかね、ムッシュウ？」顎が小刻みに震えている。

「これはなんと《マ・フォワ》！」警視総監が答える。「この思い出話はなんのためであるかと、閣下はお訊きになるのですか？　閣下の経歴に興味がなければ、なんの理由ではるばるパリから足を運ぶ必要がありましょう？　一生の野望を遂げんとすることにお祝いを申し上げたあとは、ショワスール伯爵閣下に一つご提案をいたしましょう」

　そう言ってジョンケル氏は身を乗り出し、あたかも相手が神の寵愛を受けた人間であるかのように話し出した。

「この事件が、アメリカ式に言うなら〝一切合切忘れられた《ブロー・オーバー》〟ならば、ショワスール伯には幸運への道が開かれることとなります。高貴な生まれの婦人と結婚し、ランドー卿の遺言によってこの婦人が手にするものをすべて享受できるのです——閣下が勇敢にも、かなり以前からお住まいになっているこの邸宅、アーガイルシャーの鹿猟場、マージー川に浮かぶヨット、カンヌの別荘、シャンゼリゼのアパートメント、そしてドーセット郡随一の広大な地所」

　ジョンケル氏は一息つき、眉を吊り上げた。

「ショワスール伯がこれらの財産を得るだけでなく、ランドー卿の死で空席となった貴族院の議席を占めることについて、保守的なイギリス人がこれを認めるかどうか、わたくしには断言できかねます。だとしても、閣下はさほど重要なこととは考えておられないはずだ。存命するもっとも偉大なイギリス人ジャーナリストによれば、この高貴なる集まりもいまや、たいてい間違ったことばかり言っているおしゃべり好きの老紳士で占められているということですからね」

　フランス人はそこで言葉を区切り、真面目な口調に戻って先を続けた。

「いずれにせよ、かなりの財産であることは間違いない。それらを手にすることができたなら、長いあいだ演じてこられた一切のフィクションが現実のものとなるわけです。まことにめでたい《ジャン・シュイ・ビアン・エーズ》！　しかしそのためには、成し遂げねばならないことが一つある。実に見事な計画が実行に移された。が、いかなる作用によって？　いやいや、このような問いでは宇宙の謎になってしまう。にもかかわらず、最後に一つだけ残っているのです。それが成し遂げられない限り、伯爵閣下はご自分の王国に立ち入ることができない」

警視総監は人生の荒波に断固立ち向かう者のように話を続けた。

「ほらほら！　閣下《ティヤン》は何を手にされるのでしょう？　ショワスール伯は勝利の瞬間に躊躇なさるのですか？　偶然の力によってここまで登ったのなら、最後の一段はご自身で登らないのですか？　それとも閣下ご自身の意志でここまで来たのであれば、勇気を持って先にお進みにならないのですか？」

「ムッシュウ」ショワスール伯が口を開く。「よろしければあなたのおっしゃることを理解させていただきたい。そうすればよりよく話を進められるはずだ」

伯爵はそう言って椅子に身を沈め、腕の下に枕を置いた。そして目を細めつつ、大きな顎を鋤の刃のように突き出した。

「わたくしの言わんとすることは、閣下もよくおわかりのはずだと存じます」警視総監は答えた。「閣下にお会いするためパリからはるばるやって来たという先ほどの言葉は、こういう意味なのです――閣下はこの悲劇に関するなんらかの説明をしてくださるに違いない。

まあお待ちください、閣下。お許しいただけるなら、自体がかくも切迫しているのはなぜなのか、いまからご説明申し上げます。この一件はもはや一つのミステリー――つまり一つの謎、難問となっているのです。フランスにおいては、そしてすべてのラテン民族のあいだでは、ミステリーや謎、難問といったものは、ことわざにあるとおり、公になってから七日以内に解答が見つからなければ、他のあらゆる出来事と同じくすっかり忘れられてしまいます。一方、すべてのサクソン系人種、つまりドイツ人やイギリス人にとって、ミステリーというものは永遠の課題に他ならない。ある物事についてなんらかの説明が得られれば、それはすぐに忘れられる。しかし説明がつかない限り、消え去ることとは永遠にありません。さらに、サクソン人の精神は決して謎の追究をやめませんし、諦めることもまたないのです」

　そう言って合図をするように手を動かし、指を広げた。

「さて、閣下。すべてのラテン人が人智の及ばないものと認識している諸々のミステリ——すなわち、生命の起源、意識の根拠、あるいは宇宙の意味——について、ドイツ人とイギリス人はどういうわけで解決の努力をやめないのでしょう。ドイツ人もしくはイギリス人が、解明を諦めるなどあり得るでしょうか？　ヘッケルを、あるいはスペンサーをお読みなさい。イギリス人は、イエナ大学の教授が著した退屈な論文を何十万部と買い、その大いなる謎を自分で解決しようとしているのです。また年が明けるたびに新しいドイツ人もしくはイギリス人が現われ、以前の人間による解答は誤りで、自分だけが正しい答えを知っているとのたまうのですよ。それなのに、あらゆる説明が間違いだと証明されたとしても、その謎が放置されることは決してないのです。いや、イギリス人が匙を投げた謎など一つもありません」

　傷を負った伯爵の表情からは何一つ読み取れない。警視総監は先を続けた。

「この島の住民は誰もが、根本的に謎解きの愛好家なんですよ。そこらじゅうで売っているパズルをごらんなさい。あるいは、部数を伸ばそうと新聞や雑誌が行なっていることでもいい。豆の詰まった瓶を見せて、なかに何粒入っているか当てさせたりとか、エプサム競馬場に百ギニーを隠したりとか。ロンドン警察もこうした民族性を鑑み、謎に満ちた事件が起きるたび、ただちになんらかの説明を行なっているのですよ。さもなくば、この王国に住む人間は一人残らずパイプに火を点け、椅子に座って自ら謎を解こうとするのです。そのうえ説明が与えられるまで、決して考えることをやめません。閣下、文字通りそうであって、誇張しているわけではありませんよ——帝国臣民の心の安定のため、この島の警察は一切のミステリーにつき、解答を見つけ出さねばならないのです」

ショワスール伯は態度こそ固く警戒したままだったが、相手の話に注意深く耳を傾けていた。警視総監が先を続ける。

「こうしたこともあって、ロンドン警察はどうしても答えを見つけられないとき、その謎と進んで妥協することがしばしばあるのです――つまり、筋の通った説明があれば、喜んでそれを受け入れるのですよ」

声を潜めて続ける。

「さて、伯爵閣下。この事件は警察には解決し得ないミステリーです。したがって、イギリス人は一人残らずそれを解き明かそうとするでしょう」そこで声をさらに低める。「なので一つ申し上げますが、ショワスール伯がこの事件に関してなんらかの合理的説明をなされば、警察は必ずやそれを受け入れるでしょう。ロンドン警察がいま欲しているのは、いくつかの証拠と明確に矛盾することのない説明です。閣下がそうした説明をなさりさえすれば、警察はそれを受け入れるに違いないと、ここに断言いたします」

警視総監は相手の口出しを妨げるかのように手を上げた。

「お待ちください、閣下。もう一言。わたくしの申し上げることを誤解なされては困りますからね。ロンドン警察が必要としているのは、このミステリーに関して、自分たちが馬鹿にされずに済む説明を得ることなんですよ。真実の説明？　そんなものは必要ない。もっともな説明？　それだってどうでもよろしい。ならば合理的な説明は？　さよう、それこそが必要なのです」

ジョンケル氏は再び手を振り、相手が何か言おうとするのを遮った。

「閣下、このことをよくお考えいただきたい。誠実な言葉とは言いかねるかもしれませんが、私がいま申し上げたことは、閣下のこれまでのご経験から導き出された結論なのです。手厳しい物言いかと思われたかもしれません。ですが閣下、わたくしがこのように申し上げたとて、このミステリーを解いてやろうと心に決めたイギリス人の残酷極まりない直截さに比べれば、子供だましのようなものです。ショワスール伯が将来に関するなんらかの計画を心に抱いていても、それは決して叶えられないのですよ。

よろしいですか、閣下。わたくしが軽薄かつほのめかすような物言いをしましたのは、ショワスール伯のこれまでの人生と、この事件における行動とが——明らかになったとして——いかに解釈され得るか、それをご理解いただくことが目的だったのです。さあ、自分を騙すのはよしにしましょう——事態がさらに推移してしまえば、とても隠せるものではありません。

まあまあ、閣下。もう少しご辛抱ください。どんなミステリーにも、大衆の脳裏から事件の記憶を消し去るのに十分な説明がなされるという、決定的な瞬間があるものです。しかし、そうした瞬間を先送りにすることはできない。この事件がまさにそうです。よくお考えください、閣下。水曜日の夜、傷を負ったショワスール伯はまず病院に、次いでこの邸宅に送られた。一方警察は、伯爵の容態が回復次第なんらかの供述がなされるはずだと説明することで、大衆をなだめた。

したがって、閣下がそのような供述をなさりさえすれば、警察はそれを受け入れ、大衆もきっと満足し、このミステリーに終止符が打たれるというわけです。さもなくば——」

ジョンケル氏は肩をすくめ、何かをほのめかすように両手を広げた。そしてショワスール伯のほうに少し身を寄せ、囁きにも似た低い声で先を続けた。

「そのうえロンドン警察は、このミステリーにケリをつけられるのであれば、真実と思しき説明を捨ててでも、ショワスール伯の供述を受け入れるに違いない。真実と思しき説明とはつまり――無礼を承知で申し上げますが――ショワスール伯が故意にロンドー卿を殺害した、というものです。しかしなんらかの理由で計画を遂げることができず、沈黙を余儀なくされている、と。要するに、ショワスール伯が彼の標的、すなわちランドー卿に二発目の銃弾を撃ち込もうとしたところ、痙攣した腕が拳銃にぶつかったか、あるいは死に直面した意識のなかでそれを摑もうとしたか、そのいずれかのせいで二発目の銃弾がそれてしまい、ショワスール伯に直撃して彼を意識不明にさせたのではないかと」

ジョンケル氏はそこで言葉を切り、真剣な面持ちで目の前にいる怪我人の顔を見据えた。「当然のことながら、ショワスール伯はこれに代わる説明をお持ちでしょうな?」

ショワスール伯は口を固く閉じ、目を細めて相手の話に耳を傾けていた。そして聞き終わるや否や、何かを躊躇うように指先で下顎を撫でた。

「ムッシュウ、あなたは説明を求めていると言うが、それが十分説得力に満ち、あなたの言う『証拠のある事実』に合致していると、いったい誰が判断するのかね?」

「いえ、伯爵閣下」警視総監は答えた。「それを決めるのは我々ですよ。閣下とわたくしが、いまこの場で」

ショワスール伯は椅子に座り直し、脇のテーブルに片手を置くと指を広げ、何かの旋律を奏でるように動かした。

「では、車中の二人が第三の人物に撃たれたという説明は?」

「いやいや、閣下。そのような説明は謎をややこしくするだけです。未知の殺し屋、未知の動機、未知の失踪、そしてランドー卿とショワスール伯をともに殺そうとしたのはなぜかというさらなる未知が、いまあるミステリーに加わるだけですよ。そんな説明が警察を助けることはありますまい。それどころかイギリス人を一人残らず、事件の解明へと駆り立てる結果になるでしょう。閣下、車の床に残されていた拳銃の存在を忘れてはいけません。なぜそこにあったのでしょう？　自分の身元が割れてしまう凶器を故意に残すなど、殺人犯がするはずはない。それに、この拳銃がロンドー卿あるいはショワスール伯の所有だとわかった場合、どういうことになるでしょう？」

ショワスール伯は考え込むように言った。「それでは、ランドー卿が引金をひいたということはあり得ないかね？」

「では、そのお説を少し考えてみましょうか」ジョンケル氏は答えた。「嫉妬は動機として十分でしょう。ですが、次に挙げる事実との整合性は？　ショワスール伯は右側に、ランドー卿は左側に座っておられた。伯爵は肩幅が広く、一方の卿はずんぐりしていて腕も短い。ランドー卿の命を奪った弾丸の方向から判断するに、それが発射されたとき、二人が隣り合っていたことは間違いない。そこで閣下のお傷です。そうした傷となるためには、ランドー卿の右腕がショワスール伯のお身体をぐるりと回り込んだということになりますが、そんなことはあり得ない」

パリ警視総監は真剣そのものの表情を浮かべ、ショワスール伯爵を見つめた。

「よくお考えください、閣下！　他の説明がきっとあるはずです。いまお話しした以外の説明、閣下が故意にランドー卿を殺したという以外の説明が。さあ！　閣下こそが頼みの綱なのです！　きっと頭にお浮かびのはずだ！」

パリ警視総監の声ににじみ出る憂慮は、疑いようがなかった。すると、ショワスール伯が突然顔を上げた。

「そうだ！　ならば、これを真実の説明と考えたまえ。一人の高貴なる男が既婚の女性に恋をした。霧に包まれた夜、彼は紳士のようにふるまい、このことを夫に打ち明けたうえで、彼女を手放すよう請い求めた。しかし夫がそれを拒んだので、絶望に打ちひしがれた男は自分の心臓に銃弾を撃ち込もうとする。ところが銃弾は肋骨に当たって方向が逸れてしまい、しかも相手に腕を掴まれたため、自身を狙った二発目の銃弾がそちらの命を奪ってしまう。さて、それでは？　この説明なら、証拠となる事実と合致しているかね？」

「それだ！」ジョンケル氏は声を上げると、その場にさっと立ち上がった。「素晴らしい《トレ・ビアン》！」そしてしばらく無言になり、目を輝かせ、顔を紅潮させながら何かを考え込んだ。

「確かに合致する――錠に鍵を差し込んだように。この世界が始まってからというもの、男たちは愛のために自ら命を絶ってきました。動機には十分説得力があり、その説明もあらゆる物証と矛盾しない。二人の位置、傷の方向――そして床に転がっていた拳銃についてさえも。それにこの説明が、シヨワスール伯に対する夫人の愛情を消し去ることもない。女性の夫を冷酷に殺害することと、その女性を愛するあまり自ら命を絶とうとし、誤って夫を殺してしまうこととのあいだには、実に大きな違いがあります。後者はいわば褒め言葉であり、その動機によりやがて許される。祝福申し上げます、伯爵閣下！」

　ジョンケル氏はそこでベルを鳴らした。現われた召使いに対し、サー・ジェイムズ・マクベインはもう到着しているかと尋ねる。そして準男爵は下においでですと聞き、すぐにここへお通しするよう言った。

ロンドン警察の長が部屋に入るや、ジョンケル氏は事態を手早く説明した。準男爵は驚き、鋼鉄を思わせる巨大な指を鳴らすと、さらに注意深く耳を傾けた。パリ警視総監が独演を終えるまで、いっさい口を開かない。聞き終えた準男爵はショワスール伯爵のほうを向いた。身体は大柄で、断固たるふるまいを不意にするような人物である。

「この話は到底信じられない。それどころか、まったくの虚偽だと考えております。ですが、もしショワスール伯が署名入りの文書にしてくだされば、ランドー卿の死の真相として受け入れましょう。一つ申し添えますが、この話を捜査判事にも信じさせるには、閣下がご自身で供述なさったという内容も含めねばなりません」

紙と筆記具が持ち込まれ、ショワスール伯爵はこの悲劇に関する自らの説明を書き記した。その表情は先ほどと一変していた。地底の危機から抜け出し、外の空気を思いっきり吸い込んだかのような表情。供述書への署名と確認が終わると、準男爵は折りたたまれたその紙をポケットに入れた。パリ警視総監も帽子とステッキを手に立ち上がる。

「さようなら、伯爵閣下。もうお目にかかることはありますまい」

「パリに戻ったら顔を見せるさ!」ショワスール伯は満面の笑みで答えた。

ジョンケル氏はドアに手をかけながら、しばし口をつぐんだ。

「残念ながら、それは叶わぬ望みでしょう。閣下に申し上げておきますが、イギリスの法律によりますと、自ら命を絶とうとして偶然に他人を殺害した場合、その人物は殺人の罪に問われるのです」

第3章　異郷のコーンフラワー

一

わたしはマルセイユでジョンケル警視総監と別れた。ともにアルジェリアへ行くはずだったが、こちらは捜査責任者に従う副官に過ぎない。しょせん、この件を握っているのは我々のパリ支局だ。しかしわたしはジョンケル氏とともに悪徳に満ちたこの町へ赴き、無為に時を過ごしていた。マルセイユでは名誉除隊を言い渡されたのであって、決して脱走したのではない。

「ニースに行くんだね」ジョンケル氏は言った。「そして羽を伸ばすんだ。ニースには太陽があるし、遊びには事欠かない。まったく！　ずっと若いままでいられれば！　シャトーブリアンはなんと言っていたかな？『完璧な肉体を持ちつつ、絶えず書き換えられる感情に間断なく反応できるならば、神の人生を送ることだろう！』」

　警視総監はそう言うと、指をひらいて小さく動かした。

「フランスのどこかに洒落た女がいるとすれば、プロムナード・デ・ザングレ（ニースの海岸遊歩道）に違いない」

パリ警視庁の長たるこの人物は紳士である。それを疑うなら、ヴォードヴィル劇場で〈ベルヘン・オプ・ゾーム攻囲戦〉を観ればよろしい。

「ロンドン警察のトップは准男爵だ。自宅前の通りで銃による暗殺未遂事件があったばかりだと言えば、君も思い出すだろう。

だから、奇妙極まりないあちこちの街でパレードの先頭を行進していそうな人間は無視してよろしい。その代わりに上品な白髪の紳士を探すんだ。回想録を出している陸軍大臣のような人物を」

別れ際、警視はさらにこう言った。

「ニースでは背後の高台に滞在すべきだ。低い土地は健康によくないからね。シミーズ通りで快適なホテルを見つけたらいいだろう」

「で、どうやって見つけろと?」

警視は声を上げて笑った。

「いやいや、こんなに簡単なことはないぞ。ガール通りからシミーズまでトラムが走っている。一等車に乗ってもかまわんが、二等車の室内に目を通すんだ。高貴な生まれのご婦人が何人も乗っている」そこで間を置く。「ご婦人方が降りたら、そのあとに続きたまえ」

警視は再び笑い、こう付け加えた。

「インペリアル・パレスを勧めておこう。シャンゼリゼ出身のムッシュ・ブラードという老人が支配人を務めている。ブラードがシェフを雇うときのやり方と言ったら封建領主そのものでね。まずは店内に入り、メニューに目を通して注文する。そうして一通り味わってから、作った人間を呼びつけるんだ。『ムッシュウ、君は素晴らしいシェフだ。しかしフランスで最高というわけじゃない。君は雇えないな』」

　すると、警視の表情が鋭い真剣味を帯びた。

「いいかね、ニースにいる連中はみんな子どもで、しかもいまはカーニバルの時期だ。紙吹雪をまかれたり、子馬を買ってくれと後ろ裾を引っ張られたり、花輪を首にかけられたり……笑うんだ、ムッシュウ！　笑うのをやめちゃいかんぞ！　金をばらまけ！　時間を浪費して、我々が背負っているこの不愉快な仕事を忘れるんだ。わたしもあとで見物するつもりだ。そこには罠が仕掛けてあって、奴らはきっとそれにはまる――今日でなければ明日にもな」移ろいゆく光を反射する鏡のように、警視の表情がそこで一変した。「まあ、晴れた朝に再び逢うまで、これ以上考えるのはよしておこう。あっという間に感じられるぞ、あの陽気なお祭り騒ぎに飛び込んだらな」

　警視総監はさらに近づき、肩に手を置いた。

「しかし賢くふるまわねばならんぞ。黄金の若さが得られる蜂蜜を舐めながらも、蜂には気をつけること。仮面の美女が君に近づき、サクソン人たる君の耳に『こんばんは、ダーリン』などと吹き込んでも、キスを返すだけにしておいて、心臓まで持って行かれてはだめだ。それから、我々フランス人が口にする言葉は一切信じないこと。いやはや！　〝夜の女《フィーユ・ドゥ・ジョワ》〟という言葉以外に、罠を意味する単語はフランス語にないものか？」

　そして警視総監は船のタラップで振り返り、最後のひと言をかけた。

「夕暮れの冷気には気をつけたまえ、我が友よ《モン・シェ・ラミ》。それからモンテカルロのカジノにもな」

　体内に太陽が昇るとすれば、それはフランスからだろう。そこでは誰もが愛想のよいことこのうえない。わたしは急行列車に乗ってニースへ赴いた。同じコンパートメントには老いたフランス人が一人。大柄な身体を猫背にし、顎髭を乱雑に伸ばしている。とは言えふるまい自体は上品で、陽気な人物だ。大きめの曇った眼鏡で〈ラ・パトリー〉紙を読んでいるが、鼻先が紙面にくっつきそうである。しかしパリのニュースを読んだところで新聞を脇に置き、退屈でお疲れでしょうと、いささか詫びるように口にした。そして我々は楽しい会話に入っていった。

老人は胸のあたりにつらい持病があるらしく、冬のあいだはパリを脱け出すとのことで、目的地はマントンだそうだ。手のひらを指すが如くコートダジュールの歴史を知っていて、この世界が生まれ出でた日から今日までのことを、心地よい気楽な口調で語ってくれた。何しろ同じ一つの文章にカエサルとブローハム卿が登場するという具合で、パガニーニが死後長いこと埋葬されず、地中海の風が織りなす素晴らしきオーケストラに耳を傾けていたという、かの島のことまで話題に上った。

わたしがニースで休暇を過ごすと言うと、この老人はひどくうらやましがった。曰く、若く裕福なアメリカ人になり、気ままに世界を旅することは、神の祝福を束で受け取るようなものらしい。ニースの宿は手配済みかね？　雨期も終わったことだし、市内はきっと混み合っている。わたしは老人に、シミーズ通りのインペリアル・パレに泊まるつもりだと言った。そうだ、わたしは金持ちなのだ！　すると老人は、我々の大いなる境遇の差を吹き飛ばすように大きく咳払いをした。その後はふさぎ込んだ様子で、ニースでわたしが降りるときもコンパートメントの隅でじっと身体を小さくし、大きな肩を振るわせながら、出血を恐れるかのように指を口に当てていた。その光景にわたしは悲しくなった――悦楽の門をくぐりながら、加齢と避け得ない衰えに苛まれるなんて！

少し前から小雨が降りだしていて、白っぽい泥が薄く地面を覆うなか、わたしは市内を歩いていった。ホテルは〝宮殿《パレ》〟の名にふさわしく、オレンジの木が並ぶ広大な半円状の台地に建ち、劇場の背景画のような眺めをなしていた。建物はいくつかの棟に分かれ、円弧状の通路によって結ばれている。またそれぞれの棟には独立した螺旋階段があって、その中心を小型のエレベータが貫いている――かごは金箔の羽目板張りで、ボタン操作で上下するようになっていた。

さらに、客はここで奇妙なサービスを受けることになる。この上品極まりない箱に乗ろうとすると、ブラード氏をはじめとする従業員が駆け寄ってドアを開け、一礼したかと思うと再びドアを閉め、中空に昇る客を見送るというものだ。しかしこの装置は自分で操作しなければならず、いったん昇ったあとは自らドアを閉めて地上に降りなければならない。これらの操作はすべて、小さなスペースにまとめられたいくつかのボタンで行なうことができる。ホテルの各棟は、このうえなく見事な居住施設の一部なのだ。

下層階のより広い部屋は季節ごとの借り上げとなっていて、わたしはさらに二階昇り、ニースを見渡す部屋に通された。同じ階の部屋はどこも空いていて、それぞれにバルコニーがあるうえ、百フランの価値を加える贅沢な調度品が並んでいる。わたしはこの最上階の部屋を選んだ。そして翌朝、バスルームを出て背の高い窓を開けると、爽やかな空気と日光が室内に入ってきたので、このバルコニーには確かに百フランの価値があると納得した。立ち並ぶ家々の清潔な赤い屋根、オリーブの木が茂る深緑の山、比類なき青空、そして様々な色が壮大な模様を織りなす静かな海。妖精のようなニースの街を見下ろすには、このバルコニーに立ちさえすればいいのだ。風はなく、雲のひとかけらも見られない。わたしは自分の感覚が幻想に囚われたかのように、そこに立ち尽くした。自然がこのような光景を生み出すなど、果たしてあり得るのか？　確かに、このバルコニーには間違いなく金額分の価値がある。そのとき階下の窓が開いて、誰かが外へ出る気配がした。わたしはそちらを見下ろした。

バルコニーに立っているのは女性だった。繊細な青色のゆったりしたガウンを身にまとい、腕の太さほどに束ねられた髪が二本、胸のあたりに垂れている。わたしは一種の驚異を感じながら、その姿を見つめた。目の前の光景とそのときのわたしの気分は、妖精のような人物の登場を待ち望んでいた。そしていま、その妖精が眼前にいる。画家ならきっと、彼女を題材にしてやまないだろう。

古い小説の一言一句が、はっきり脳裏に浮かび上がる——黄金のように黄色い豊かな髪。小柄ながら神々しく、妖精を彷彿とさせる。彼女がこちらを見上げる前から、その瞳がヤグルマギク《コーンフラワー》を思わせる濃い青色であることがわかっていた。わたしは何かの物音を聞いたはずだが、彼女がこちらに目を向けることはなかった。そして一瞬のうちに、妖精は室内へと戻っていった。

わたしは朝食を飲み込んでから——これは現実世界の話だ——食器を下げに来た従業員にいくつか質問をした。あの部屋には今朝から客が泊まっているらしい。マダム・ネクルドフとお付きのメイド。ロシア人？「ウィ、ムッシュウ」それならどこかの王女とか？　相手は肩をすくめ、コーヒーの入ったポットに手をかけた。そんなのわかりっこありませんよ。そうだとしても、正体なんてわかったものじゃない！　コインの裏表と同じですよ。存命する最後の王女はモンマルトルのダンサーで、銀行家のポケットにいつも片手を入れている。それにニューヨーク出身の黒人が、インドの藩王を装って旅したことだってあるんです。真実はまったく逆のところに存在する——あたかも夢のように。この新しいお客さまは称号を一切名乗りませんでした。ということは、間違いなくそれを持っているんですよ。

しかし、階下の年老いた女中はこうしたことに熟練しています。おわかりですか、ムッシュウ？　宝石の世界には、自らの目だけで偽の輝きを見破る熟練の目利きがいるといいます。長年の経験によるものか、あるいは一種の本能でしょう――そのどちらかは判断できかねますが。それと同じく、古代のエダは人間という宝石の鑑別家でした。なんなら彼女の協力を求めましょうか？

わたしはそれを断り、フランス硬貨を一枚握らせて話を打ち切った。

それから外へ降り、オレンジの木に囲まれた広いテラスで何本も煙草を吸った。歌い手がやって来て何かを歌い、子どもたちが踊りに興じている。しかしわたしの興味はそちらになかった。あのバルコニーに目を向けてみても、何一つ動きがない。昼食をとりに室内へ戻り、食べ終えると窓際の見張り場所に陣取る。しかし無駄に終わった。

ところが、カエサルの如く運命を天に委ねたところ、それは起きた。

あの奇妙な金箔張りの箱に乗って階下に降りようとしたときのこと。すぐ下の階に近づいたところで、「エレベーター《アサンスール》！」という小さな声が耳に飛び込んだ。わたしはまごつきながらもボタンを押し、なんとかエレベータを止めてドアを開けることに成功した。目に入ったのはマダム・ネクルドフの姿。しかし相手は、わたしが従業員でないことに一瞬気づかなかったようだ。

彼女は妖精の衣装に身を包んだただの子どもではなく、うら若き女性だった――おそらく二十一、二歳だろう。落ち着き払った表情は、人生の苦さをはや味わったかのように悲しげである。全身黒い服に身を包んでいるが、死を悼む人間特有の大仰さはまったく感じられない。人目を引かないようにと、あえてその色を選んだに違いない。しかしそれは間違いだった。その陰鬱な背景は、彼女の頭髪と、きめ細かで透き通るような肌とを、よりいっそう引き立てているに過ぎないのだ。

わたしが従業員でないと知るや、彼女は混乱のあまりパニックに陥った。

「あら、ごめんなさい、ムッシュウ！　ボーイ《ガルソン》と勘違いしちゃったのよ！　すみません、本当に！」

そう言ってこちらに背を向け、自分の部屋へ戻ろうとした。

わたしはなるべく優雅に頭を下げ、大陸風のお辞儀を真似た。

「マダム、よろしければ下までお連れしましょう。機械の操作に自信があるとは申せませんが、このくらいなら大丈夫なはずです」言葉が途切れた瞬間、彼女が永遠に消えてしまうような気がして、わたしは話し続けた――事実、その心配には根拠があった。「もちろん、この魔法の箱には精霊が住んでいるのでしょう。しかしいまは寝ているか、どこかへ行ったかに違いありません。精霊がいないあいだ、同じ宿泊客としてお手伝いさせていただきたいのですが」

しかし彼女はそれを断り、わたしに面倒をかけたことを明らかに後悔しながら、いささか困惑気味に自室へと戻っていった。

わたしはお世辞にもいいとは言えない気分で階下へ降りた。壁に突如現われた黄金の扉は、わたしが足を踏み入れる前に閉じてしまった。いくぶん自分が情けなくなる。まったくへまをしたものだ。あれでは馬鹿げた冷やかしじゃないか！　ふだんは真面目そのものの男が、神々に魅入られた瞬間、あんなくだらないウィットに取り憑かれるなんて。

あの女性は人前での好意に慣れている。そこに図体の大きな野蛮人がにたにた愛想をふりまきながら現われ、相手の勘違いを利用して知り合いになろうと躍起になっている。決して愚かなしきたりなんかじゃない――それが大陸におけるマナーというもので、我々はそれを身につけていないだけだ。だからこそ、誤解が生じたに違いない。善意そのものの動機が誤って解釈され、自らブルジョワ階級に落ちぶれてしまったのだ。

プロムナード・デ・ザングレへと歩き、日光が降り注ぐなか、ベンチに腰を下ろす。円弧状の海岸沿いに敷かれた石の遊歩道では、世界がいつものように回っている。青いブラウスを着た労働者の一団が、精巧な電気仕掛けの装置を使って遊歩道沿いに支柱を打ち、無数のベンチを建てている。蝶の群れのようにあたりを歩き回る大勢の人々。大柄な年配のイタリア人が、かごを手にこちらへ近づいてくる。中身は針金でできた仮面。このイタリア人は少しばかり英語を知っていて、売り物の仮面を見せながらそれを誇らしげに話した。

「今晩、お友達と馬車に乗って、カーニバルに行かれるのですか？　彼らは持っているんですよ……大量に」

何を大量に持っているのか、そのときはよく聞き取れなかったが、実は小さな泥のボールで、紙吹雪のように辺り構わず投げつけるものだから、それから顔を守るためにも仮面が必要らしい。そしてイタリア人は自分の売り物を見せた——ピンクやブルーなど、色とりどりの仮面だ。

「一つじゃ足りないでしょう？　お一人のわけがない！」

わたしは少々乱暴な言葉づかいで、今晩馬車に乗るつもりはないし、友達と一緒に出かける予定もないと言ったうえで、これ以上つきまとうのはやめてくれと怒鳴りつけた。しかし相手は当意即妙の答えを返す名人で、かごの向こうからこちらを横目で見た。

「旦那は落ち込んでいらっしゃる。ということは、今晩ベッドには入らない。そのころ外は祭りの夜。今夜のニースはおとぎの国！　小人や妖精、そのほか不思議な世界の不思議な生き物たちで、この街はいっぱいになるんです！　今晩のために、はるばる世界の果てからやってくる人もいるくらいですからね。なのに旦那は、馬鹿みたいにすやすや眠ると言うのですか？　さあさあマスクをお買いなさい。一枚たったの二フラン。カジノでツキが回ってこなくても、これさえあればギャンブルのことなど忘れられる。それに、愛人に振られたって大丈夫。明日になればツキは巡ってくるし、何より今夜のニースは女でいっぱいだ。ここフランスで女以上にたくさん存在するものなど、一つもありませんがね」

わたしはベンチから立ち上がり、その場を離れようとした。それでも男はついてきて、旦那からは決して目を離しませんとか、一枚じゃなく二枚お買いなさいとか、自分はボルディゲーラから来た真面目な商人で、父親は詩人なんですとか口にしていた。

それからフェリクス・フォーヴル通りの店に入り、英語の本を一冊買った。オード尼僧院長の回想録だが、中身がどうしても頭に入らない。仕方ないので、アルジェリア産だという素晴らしい葉巻を売っていた若い女性に、その本を手渡した。次いで小切手を現金に替えようと、クレディ・リヨネに向かう。しかし返ってきたのは、いつもと同じ丁寧極まりない母国語の言葉だった。「恐れ入りますが、残高が足りないようです」

ポケットに金が入っているので問題はないが、何もかも調子外れのような気がする。それからタクシーでホテルに戻り、オレンジの木に囲まれたテラスで再び腰を下ろした。

夕暮れが近くなる。凪はなく、楽園から盗み出したかのような色彩があたりを覆いつくしている。にもかかわらず、わたしはその地獄のような色彩から、いくぶん距離をおいて座っていた。あのバルコニーに人影がないからだ。このうえなく奇妙な感覚——幻想にかくも魂を奪われるとは！　しかし結局、我々から魂を奪う力があるのは、この人生における幻想ではないのか。神秘の国々を冒険する人間が、そこで出会う乙女に無関心でいるなどあり得ようか？　バグダッドの物語にだって、そんなことは一言も書かれていないはずだ。

そんな考えを破ったのは大きな羽音だった。一羽の巨大な鳥がニースの上空で円を描いている。そしてはるか遠く、カンヌの方角に目を移すと、一つのしみが近づいていた。その後ろには別のしみが連なっていて、風のない空、静かな海の上空を投射物のように飛んでいたが、やがて黒い羽と黄色い胴体を持つ怪鳥へと姿を変えた。わたしはこの神秘の国で、こうした怪物を探していたのかもしれない。アラビアのあらゆる神秘に出会いながら、伝説の大怪鳥ルフを見つけられないなんて！　フランスの空を飛ぶこの空中船団は、平らな低湿地で羽を休めつつ、カンヌに向かって航行しているのだ。

それからほどなく、ホテルの窓という窓に人影が浮かび上がった。マダム・ネクルドフの姿を探したものの、バルコニーに現われたのはずんぐりした中年女。どことなく農婦を思わせる風情だ。唇の動くのが見える。室内の誰かに話しかけているのだろう。そして地上に視線を下ろし、わたしを見て窓をいっぱいに開けた。室内の誰かが、バルコニーに出ずともこちらを見られるようにするためだ。そのとき、わたしの偵察行為が女性に気づかれていて、それで不快にさせたのではという考えが頭に浮かんだ。

わたしは立ち上がって部屋に戻り、冷たいシャワーを浴びてから夕食をとった。そして今夜は外に出て、他の分別ある人間と同じく、このカーニバルを心ゆくまで堪能しようと心に決めた。祝砲の音が聞こえたとき、まだ時間はありますよとブラード氏は言った。しかしそれは間違いで、外に出ると市内は赤い光に包まれ、行列はラ・ガール通りに差し掛かろうとしていた。

ラ・ガール通りにつながる道はどこも人が満ち溢れ、その頭越しに行列が見えた。恐ろしいまでに醜い格好をした猫背の小人たちが通り過ぎる。みな上下に首を振る大きな頭をかぶっている。あとに続くのは巨大なキャベツとニンジン、そして馬に乗った悪魔たち。八頭の馬が、縦横二十フィートはあろうかという赤い張り子のライオンを引きずりながら行進する。その頭部にはタルタラン・ド・タラスコン（フランスの小説家、アルフォンス・ドーテによる作品の主人公）が、英雄気取りのポーズで立っている。その後ろを歩くのはバルの洗濯女たち。どの顔もワイン樽より大きく、歓喜に包まれたかのようににたにた笑っている。その横を、仮装した男たちが滑稽なまでに小幅な足取りで付き添い、ペチコートの裾をダンサーよろしく指先で持ってやることで、彼女らの行進を手伝っていた。

ラ・ガール通りにもっと近づきたかったけれど、人々の群れと、狭い小路で動きがとれなくなった馬車のせいで叶わなかった。こんな夜に馬車で外出するのがどれほど愚かなことか、この目で見たわけだ。一瞬のうちにまわりをぎっしり取り囲まれ、乗客は馬車を諦め徒歩で行列を見に行く始末。それを見てマセナ広場に行こうと決めた。そこでならラ・ガール通りから入ってくる行列を見ることができるだろう。

群衆をかき分け前へ進むと、仮面売りのイタリア人が目に入った。かごを腕にぶら下げ、人混みのなか、背伸びをしながらつま先立ちで歩いている。男はこちらの意図を見抜いたらしく、あとを追ってくる。マセナ広場も人で溢れ、中央にあるスタンドの座席も人の頭で真っ黒だった。ラテン民族だけが光のなかに幻想を生み出せるのはなぜか、わたしはこのとき初めて理解できた。

ラ・ガール通りに張り巡らされた黄金の蜘蛛の巣で、囚われの身となった巨大かつ絢爛な蝶が羽をばたつかせている。どの交差点にもそうした蜘蛛の巣が張られていて、それを見ていると、巨大蜘蛛が無数の巣を織りなしているかのように思われた。そこにはありとあらゆる繊細で美しい昆虫が囚われの身となっているのだ。それに加え、何色もの光を放つ巨大な扇がメセナ広場全体を囲んでいる。光の源は不気味な頭で、その下には豪華な厚布がぶらさがっていた。

広場の西側に建つのはカーニバルの王のあずまや。周囲には紫のベルベットが巡らされ、大きな光輪の下で無数の巨大な宝石がきらめいている。すると、カーニバルの王がその前を通りかかった。陽気な君主をモチーフにした華々しい姿で、ストライプのズボンと大きく開いたダブレット（十五世紀から十七世紀にかけての男性用上着）を身にまとっている。巨大そのものの馬車に座る王は、右手に絵を持っていた。そこには道化師が描かれていて、ベルつきの帽子をかぶっている。そのとき笑いの嵐が起こり、わたしの注意はカーニバル王陛下からそちらへ移った。

　家屋ほどの高さもあろうかという巨大な山車が、ラ・ガール通りから入ってきた。オペラに出てきそうな海賊がイルカの頭に腰掛けている。その前方を長いボートが進み、海賊の手下たちがオールを空中に突き出している。リヴァイアサンが釣り糸に引っ掛かっている光景だけでも十分奇妙だが、笑いの原因は別のところにあった。パリを騒然とさせた不滅の謎が解けたのだ。陽気な海賊は右腕にモナリザを抱え、大きく開いた左手の親指を鼻先に当てている――ポンペイの遺跡でも見られる世界最古のあのジェスチャー、サーカスの馬車競争でビリになった人間を、少年たちが迎えるときのあの仕草だ。

　これら〝ペゴマの盗賊〟の足下を進むのはルーブルの番人たち。みな中身のない巨大な額縁のなかで眠りこけ、どの顔も間抜けそのもので、しかも蜘蛛の巣に覆われている。彼らは絵画が詰まっていたと思しき粗末な箱にもたれ、額縁を首にぶら下げながらロバに引きずられていた。その箱のてっぺんに立つ何頭かの番犬は、当局をさりげなく当てこするかのように、パリ警察の制服を精巧に真似た服を着ていた。

「見ろよ《ヴォワラ》！」と、誰かが声を上げる。「パリの人間はよくあんなに眠れるものだな！　ロトスの実

（ギリシャ神話に登場する、食べると現世の苦悩を一切忘れ夢見心地になるという植物の実）でも食べたんじゃないか？」

いずれの山車も天才的な出来映えだった——かように辛辣な皮肉を巧みに表現できるのは、ラテン民族以外に存在しまい。そしてホメロスが言ったように、ニースの街全体が抑えがたい笑いで揺れ動き、その背後では幽霊やら亡霊やらが群れをなしてさまよっている——あらゆる死者の街がメセナ広場へと移転したかのように。

　そして、この夢における最大の見せ場がやってきた——かすかな光を放つ、ハールーン・アル・ラシードの幻想的な宮殿。壮麗なる白いドーム、繊細かつ優雅なアーチをなす柱廊、そして絢爛を絵に描いた絹の天蓋が、何かの魔法がかかったようにアラビアの灼けつく大地へと姿を現わし、その下では神聖なるハーレムの天女たちが、いつまでも耳に残る奇妙で官能的な愛の歌をうたい、あるいはそれに合わせて踊っている。悲鳴にも似た情熱的な声が響き渡り、最後はアラーの叫びで幕を閉じる。人は東洋の神髄をそこに感じるだろう。欲望と馥郁たる香りに満ち、物憂く、柔らかで、甘美なる東洋を。

　あらゆる神秘があとに続いた——いつ果てるとも知れない、絢爛さと幻想に満ちた行列。やがて誰もが、モーガン・ル・フェイ（『アーサー王物語』に登場する魔女）の魔法にかけられた街へ迷い込んだと錯覚するだろう。

　すでに深夜を過ぎていた。見事な山車の数々もメセナ広場から姿を消そうとしている。その代わりに、叫び、うたい、踊り狂う仮面の群衆が通りを満たしつつあった。小人や小鬼たちもいまやこの街を諦め、ニンフやサテュロスのもとへ戻ろうとしているかのようだ。手の込んだ上品かつ美しい衣装が、奇怪な衣装を一掃する。世界全体が仮面をかぶり、紙吹雪や壁土の散弾で武装している。誰もが捕らわれ、攻撃され、そして踊りの渦へと巻き込まれていった。

歓声はますます激しく、そして手がつけられなくなってゆく。驢馬《ろば》に引かれたパン屋のカートにはハマドリュアデス（ギリシャ神話における木の精）が立っていて、この驢馬は妖精の王子さまであり、代わりの男さえいれば命を蘇らせることができる、などと言っている。それに応えて十人ほどの男が手を挙げた。ハマドリュアデスは最初にやってきた男の手を掴み、カートに打ち付けられた木の台に引き上げると、二人して〝ル・タンゴ・アルゼンティノ〟や〝ダンス・ドゥ・ラワーズ〟、それに〝マルシェ・ドゥ・ディンドン〟なんかを踊り出した。その横では、群衆が驢馬の首に花輪をかけ、カーニバルの歌をうたいながら、メセナ広場をゆっくりと歩き回っていた。

麻薬とワインのもたらす狂気がこの街を覆っていたが、シャンパン片手によろめき歩くイギリス人やアメリカ人以外に、酔っぱらった人間は一人もいない。お祭り騒ぎにうかれるニースの街で、彼らだけが凶暴な存在だ。しかしその一人こそが、実は運命の手先だったのである。

ラ・ガール通りの入り口を成すアーチの下に立っていると、女性の叫び声が耳に飛び込んだ。恐怖に満ちた鋭い悲鳴。振り向くと、マダム・ネクルドフが黒い仮面の大男から逃れようと必死にもがいている。男はふらつきながらも彼女の腕を掴み、英語でわめいていた。

「こっちに来いよ、このあばずれ女！　ほら、来いってば！」

男がカーニバルの狂騒に取り憑かれているのは間違いない。一方のマダム・ネクルドフは髪を振り乱し、両目を大きく見開きながら、恐怖のあまりパニックに陥っていた。

群衆をかき分けてそちらに近づき、男の腕をひねり上げて彼女を自由にしてから、胸に一発拳を喰らわせた。男はあとずさり、英語でなにやら悪態をついている。わたしはマダム・ネクルドフの手を引いてアーチへと逃れたが、その身体は激しく震えていた。

「あなただったのね！　本当によかった！」

一瞬くずおれそうになったので、腕を回してしっかり抱え込んだ。それでようやく落ち着きが戻り、頭をわたしの肩に沈め込んだ。カーニバルの狂騒があたりで轟くなか、アーチの影へとあとずさる——夢にまで見た財宝をついに手に入れたのだ！　柔らかな身体がしがみつくかのように密着する。髪から漂う繊細な香りがわたしの顔を撫でた。激しい欲望に取り憑かれたわたしは、彼女を抱きしめて口元を見つめ——キスしようとした。おそらくチャンスは一回きり、二度とやって来ることはないだろう。掴むべきか、それとも見送るべきか？　しかしその瞬間、弱気の虫がわたしに取り憑いた。すると彼女はさっと身体を離し、その場に立ち上がった。とは言えまだ少し震えていたので、わたしの手を握ったままではあるが。

「ああ、あのけだものったら！」そう言って何も握っていないほうの手で髪をかき分ける。それから苦しげに呼吸しつつも、彼女は話し始めた。

「メイドと一緒に出かけたんですけど、途中で馬車が動かなくなって。それで馬車を降りたんです。ところがそのうちはぐれてしまい、わたしは人混みにのまれてラ・ガール通りをさまよってました。本当に怖かった！　どうしても逃げられなくて——するとあのけだものに捕まったの！　もう考えるだけでもいや！」

そこで彼女はわたしを見上げ、赤い口元に笑みを浮かべた。しかしまだわずかに震えている。

「今朝は失礼なことをして、本当にごめんなさい」

その表情は泣き笑いしている少女のようだった。胸の奥底にある何かが、わたしを苦しくさせる。なので、どもりながら答えるのがやっとだった。

「わたしは一人でしてね。誰も知り合いがいないんです。そのときあなたをお見かけして――あのバルコニーで。あなたのような女性は見たことがない！　あなたは――もう行かれるおつもりですか?」そして彼女の指を握る手に力を込めた。

一瞬、相手は怪訝そうにわたしを見つめたかと思うと、さっと笑顔になった。

「どうして、行けるわけないでしょう?　さっきもそうだったけど、いまはなおさらこの人混みから逃げられないわ」

「それでは明日も、また会ってくださいますか?」

相手はしばらく口をつぐんだ。そしてようやく口を開いたが、その目はこちらを向いておらず、困惑しているかのように見えた。

「あなたにはわからないわ！」そこで躊躇い、口ごもるように続ける。「わたしに自由なんてないんです、その――自分のしたいようにふるまう自由なんて。いまだってとても――気をつけなきゃならないんですから。あなたのお国の女性ほど、わたしの国の女性たちは自由じゃないんです。それに、あなたにご迷惑をおかけしてしまいますわ――どういうことかは申せませんけど。あなたは自由です。どうかこれからも自由でいらっしゃって！　いえ、もうお会いしてはならないんです。本当にごめんなさい！」

「なら、あなたにはわたしが必要なんだ！　どうか助けさせてほしい！」

「だめ」彼女は答えた。「そんなの無理よ。あなたがわたしを助けるなんて。誰もわたしを助けられないの！　さあ、もう行って！」

「そのつもりはありません。きっと、またどこかでお目にかかりますよ」

「もういや、こんなの！　自分に嘘をつくなんていや！　あなたに全部お話しできたらどんなに楽でしょう。でもどうやって？　いったいどうやって？」

その声は感情のあまり激しく震えていた。わたしはなおも、海面を漂う板きれにしがみついた。

「もう一度、会ってください！」

相手は明らかに迷っていた。

「では、明日の午後三時――シミーズ通りの丘にある修道院の門の前で」

そう言ってマダム・ネクルドフはわたしの腕をとり、二人してメセナ広場へと出た。壁土の弾丸がシャワーのように降り注ぎ、広場全体が激しく渦巻いている。マダム・ネクルドフは小さく悲鳴を上げ、片方の腕で顔を覆った。と、すぐ脇でわたしに呼びかける声が聞こえた。振り向くとあのイタリア人の大男が立っていて、相変わらず仮面の入ったバスケットを手に提げていた。

「二つでよろしいか、旦那？」そう言ってわたしに流し目をくれ、指を二本立ててみせた。

二

ニースを見下ろす山の中腹に、一本の水路橋が細糸のように走っている。この街を潤す小さな運河だ。どこかの湖に雪解け水が流れ込み、そこからこの運河へと注いでいるのだろう。オリーブが茂るなだらかな斜面を歩くこと数マイル、水路は丘の小さな盛り上がりに姿を消したかと思うと、山の向こう側に広がる青空の下、再び姿を現わす。日光を受けて穏やかに流れる水晶のようなきらめき。落ち葉や草の切れ端、オリーブの小枝がときおり水面に浮かぶ。山の切れ目へと登る水路橋の勾配は水平に近く、V字型に切れ込んだ青い空が遠くの地平線へとくさびのように下ってゆく。

おとぎ話に出てきそうなこの水路に沿って、一本の小道が走っていた。わたしはトラムに乗ってシミーズ通りの背後に聳えるこの丘へと至り、道路の中央で線路が途切れるところでトラムを降りた。さらに少し進むと、修道院の庭のなか、オレンジの木のあいだに白い人影が見えた。そしてわたしたちは、静かな川沿いの道を山中へと入っていった。

黒く質素なドレスほどマダム・ネクルドフの美しさを際だたせるものはないと、わたしは昨日まで信じていたが、その空想は誤解だった。今日の彼女は白い服に身を包んでいる。いかにもパリで見かけそうな姿だが、仕立てはボンド・ストリート風――イギリスで流行りのファッションを、フランス流に取り入れたという感じだ。幅広いひだのスカート、ベルトと張り付けポケットのあるコート。いずれも彼女に似合っている。素材は重量感のあるチャイナシルクで、生地がマガモのように厚く硬いことから、これを仕立てられる職人はロンドンにしかいないそうだ。

しかし、この衣装にさらなる魅力を添えているものが二つあった。戸外の新鮮な空気と、女性的かつ繊細なもの特有の柔らかさ。野ばらの最初の花びらのような、人の手に触れた瞬間崩れ去りそうなはかなさ。その幸福に満ちた魅力によって、マダム・ネクルドフは永遠の若さに溢れた昨日の朝に戻ったかのようだ――そしていまはアラビアの物語。わたしがルフの卵を割ると、なかでは彼女が眠りについている。絹のような手のひらに顎を乗せ、小さく笑みを浮かべながら。

さらに、彼女の顔を覆う悲しみの雲も晴れていた。修道院から逃げ出す女学生のように笑い、話に興じている。道の途中で身をかがめたかと思うと、小さな花を摘んでわたしに見せ、その美しさを嬉しげに話すといった具合だ。わたしの腕をとって乾いた草むらに腰を落ち着かせた瞬間、鳥の歌声が聞こえたので、彼女はこぶだらけのオリーブの枝のあいだを追いかけていった。あるいはヨシの葉を摘んでいたり、またあるいは水路橋のそばにひざまずきながら、これから未知の航海に出る小船のように水面を漂う枯れ葉をもてあそんだりしている。水に指を浸し、わたしの顔に水滴を投げつけたかと思うと急に立ち上がり、いたずらっ子のように笑い声を上げながら、小道を走って逃げていった。しかし追いついてみれば、彼女は触れることさえままならない女性へと再び姿を変えていた。その視線の先には、よく磨かれた淡青色の金属板を思わせる地中海が広がっている。

ここまで一度も、他の人影を見かけなかった。水路橋沿いの道を歩くことはニースの法律で禁じられているのかと思ったほどだ。喜びに満ちたこの世界は、いまや二人だけのもの。オリーブが茂る人影まれ山中を、わたしたちは失われた小道に沿って歩き続けた。

それがどのように起きたのか、わたしはいまなおわからない。そのときわたしたちは、水路が地中へと潜る狭い平坦な場所に差し掛かっていた。マダム・ネクルドフを手助けしながらそこを乗り越えると、日光の降り注ぐ小さな窪地に出た。見捨てられたオリーブの木々が頭上でテラスを形作り、眼下にはヨシの生い茂る巨大な山峡が、門扉の如く海へと開いている。聞こえるのは、遠くの空を飛ぶ鳥の羽音だけ。わたしはマダム・ネクルドフの手をとった。すると突然、巨大な波のような衝動が押し寄せた。肩のくぼみに彼女を引き寄せたかと思うと、両腕で身体をしっかり抱きしめ、そのまま口づけする。口を塞がれた彼女は、喘ぐような小さな悲鳴を上げた。

「あなたのことを愛している」わたしは囁いた。「愛しているんです」

彼女は腕を突き出し、片手でわたしの肩を押しのけた。あたかもそこから逃れるかのように――しかし徐々に力が脱けていく。彼女の手は再びわたしの肩を這い登り、そのまま首に巻きついた。息苦しい口づけから逃れるように、顔をそむけている。しかし身体はしっかりとわたしに抱きつき、何やらわからないことを呟いていた。わたしは左腕で彼女を抱きしめると、右手のくぼみで彼女の顎を支え、こちらに振り向かせた。

阿片の幻覚から目覚めたばかりの、夢見る女の表情――顔の周りは絹のような光沢を放つ豊かな髪に縁取られ、両目を閉じつつ官能的な赤い口元を震わせている。きめ細かなサテンの肌は、幽霊のように血の気がない。わたしは再び唇を押し当てると、手のひらのくぼみで柔らかな喉元を支えてやった。

そのとき、眼下の山峡に大声が響き渡った。マダム・ネクルドフはわたしの腕を振りほどき、その場に飛び上がった。はるか下に目をやると、ヨシの葉が茂る小道を大柄な農夫が前かがみの姿勢で歩いている。何羽かのめんどりを棒に吊るし、これからニースに向かうらしい。他に人影はなく、カーニバルの歌の一つをがなっている。農夫の声はオペラの如く朗々たるもので、わたしたちの知らぬ間に壮麗な舞台を独占して、その歌声を丘の大聖堂に響き渡らせていた。

マダム・ネクルドフは大きく息をつきながらその場に立ち、目を見開いて遠くの歌い手を見た。それから頭に手をやり、ぎこちなく髪を整える。顔にも色が戻ってゆくようだ。そしてようやく、水路橋沿いに伸びる一面草の生えた小さな土手に向かい、そこに腰を下ろした。すると彼女は両手で顔を覆った。

この単純な行為のなかには、詮索を躊躇わせる個人的かつ微妙な何かがあった。彼女はとても小さくはかなげで、深く物思いに沈みながらも、人の心を捉えずにはおかない魅力を備えている。わたしは彼女の横に座り、あらん限りの自制心を振り絞って相手の言葉を待った。それは決して容易でなかった。あと一歩で楽園に入れるのに、扉の前でじっと待つなんて！

やがて、彼女は両手で顔を覆ったまま、早口で話しだした。その声は不安げで、緊張している――ときおり急に囁いたり、あるいはいきなり声を上げたり、という風に。やがて話が呑み込めた――途方もなく、人の生死に関わり、それでいて悲劇に彩られた内容だ。彼女は確信に満ちた口調で手早くそれを語ったが、その背景と影の部分を説明するときは、沈黙混じりのよく聞き取れない言葉になった。いまや彼女の声は、怯えた小動物のようにあわてたかと思うと、急に沈黙の仮面をかぶり、ぼんやりした悪霊の影を這い回っている。あるいは絶望的な決意に捕らわれつき動かされたのか、いきなり確信に満ちた口調になったりもする。そして再び恐怖のあまり早口になり、低く不安げな声に戻るという具合だ。

わたしにとって彼女の語る内容は、生命で脈打つ生々しい話に他ならなかった。これから神の手術が始まるとでもいうように、この女性は円形劇場の厚板のうえに放り出された。そして胸の奥から、この話が解剖されるが如く取り出される。わたしは身動き一つせず、無言のまま相手の話に耳を傾けた。しかしこの平静さは、男が身につけている殻の一部分に過ぎない。眠りについた身体がうつ伏せのままぴくりともしない一方、体内の精神は極めて激しい人生を生きているのだから。

マダム・ネクルドフはディミトリ・ヴォルコンスキー大公に身売りされたという。皇帝《ツァーリ》によってロシアから追放された、不品行で悪名高い元貴族だ。そう、言葉を濁す必要などない。それはまさに〝身売り〟だった！　彼女は母親のことをまったく知らず、健康の衰えたおばと二人、モスクワの東百五十キロメートルに位置するさほど広くない荒れた地所で暮らしていたそうだ。

その後は注意深く見守られつつ、修道院で教育を受けた。貧困に取り憑かれているかのような生活だったが、この陰鬱な修道院においてさえ一切の快適を約束するだけの金はあった。だが、こうして大事に育てられている事実には、常にある種の悪意がつきまとっていた――どういうわけか途絶えることのない、十分な量の食糧――暖炉で燃える暖かな炎――そして彼女の容姿に向けられる大げさなまでの注意深さ。

父親が訪ねてくることもときおりあった。世慣れた男らしく、いつも立派な身なりをしていたという。しかし彼女はどうしても打ち解けられず、父親がいると不安になり、いなくなってようやくほっとする具合だった。父親が訪れるのは、娘に対する父性愛のためではなく、むしろ一種の視察に近かったらしい。日常生活の細々したことや勉強の進み具合を根掘り葉掘り訊いたあと、詳細な指示を与えるのが常だった。とりわけ、英語、フランス語、そしてイタリア語を、ロシア語と同じく完璧に話せるよう命じていたらしい。さらに、自身も語学の才に恵まれていた父親は、これらの言語で彼女に話しかけるのみならず、文章や会話の途中でいきなり別の言語に切り替えることもあったという。

しかしなんといっても父親の関心は、娘の容姿にあった。食事や入浴、運動についての指示を紙に記したうえ、喉元が細すぎると判断したときにはマッサージを受けるよう命令するほどだった。さらに、両腕をより成長させるため体操のメニューを自ら考えもした。また歩くことは極力控えさせた。小さく可愛らしい足のままであるよう望んだのだ。このようにして彼女は十九歳までの年月を過ごした――なお、姿を見せた父親にいますぐ荷物をまとめるよう命じられ、そのままパリへ移り住んだのは十七歳のときである。

彼女の新しい住まいは、旧市街のフォーブール・サン＝ジェルマン近くにある家屋だった。時代がかった壁に囲まれ、鉄の忍び返しが突き出ている。ここで父親は、全身に宝石をまとった女性に娘を委ねた――ハプスブルク家特有の鼻をした、大柄な老女だった。

「殿下、娘がヨーロッパ一魅力的な女性となるにあたり、一つだけ欠けているものがございます。どうか彼女にそれを教えてやってください」

それを聞いた老女は、大きくたるんだ瞼をしばたたかせた。

「そうね、ミハイロヴィチ。まずは見てみましょうか」老女はそう言うと立ち上がり、少女の腕をとって振り向かせると、パドックの仔馬を見るような目で彼女を調べだした。それが終わると金箔塗りの大きな椅子に再び腰を下ろす。「で、どのくらい時間をくださるのかしら?」

「六ヵ月でお願いいたします、殿下」

老女は考え込んだ。

「一年よ、ミハイロヴィチ!」老女はようやくそう答えると、宝石で飾り立てた分厚い手を差し出し、男に口づけさせた、父親はその指に唇を当ててから、部屋を去った。

それから一年間、ロシアの修道院からやってきたこの少女は、服装や立居振舞いにおける技法と秘術を、いまはなき宮廷で侍女を務めていた、この恐るべき老教師の手で教えられた。ペイ通りの高名な女商人から自分の商品の秘密を教えられることもあれば、有名店のデザイナーが彼女の身体を調べることもあった。それによって、彼女の容姿にふさわしい色の組み合わせを示すチャートが描かれた。また、なんの変哲もない場所でさえ、女性的な魅力がより官能的かつ蠱惑的なものに映るよう、老女はありとあらゆる計略や技術を教え込んだ。

彼女はよくこう言った。「すべてを駄目にしてしまうのは、表に現われているものではなく、表に現われることを余儀なくされたものですよ」

そしてある日、老女は少女の父親を呼びつけると、このように告げた。「ミハイロヴィチ、あなたはいま、フランス全土でもっとも価値ある商品を手にしました。早いこと市場にお行きなさい！」

父親はモンテカルロのオテル・ド・パリに娘を連れてゆくと、それから二週間、カジノ理論の実験を延々と続けていたディミトリ大公の目の前に娘の姿をちらつかせた。潑剌とした若さを背景に、ありとあらゆる出で立ちを大公に見せつけたのである。「我が娘です！」父親はそう言って娘を紹介したのだが、その声は、父親としての愛情が硬い殻の如く常に彼女を包んでいると相手に思わせた。そして最後に、父親は娘を売ることに成功した。

マダム・ネクルドフは早口になったかと思うと急につっかえたりもした。もちろん、取引のあとに続くのは昔ながらのしきたりだ。しかし身売りされたことに変わりはなく、しかも商品を届けるのは聖職者である。結婚式はオート＝サヴォアにある大公の居館で執り行なわれた。あの老女も彼女に同行している。大公の居館はアルプス近辺の人里離れた荒野にあり、冬の寒さが身にこたえた。山の頂上近くに一棟の古い修道院が建っているものの、その姿はメール・ド・グラース氷河に隠されている。しかし高さ百フィートもあろうかという巨大な十字架は見ることができた。

谷底には小さな集落が広がっている。その上には、大公の赤い居館が岩壁に抱え込まれるように建っていた。しみ一つない広大な白いカーペットに血液が一滴だけ落ちたかのような眺めだ。

彼女は村の宿屋でウエディングドレスに着替えた。それが終わると、宿屋に残る老女から大柄な修道僧に引き渡され、居館へと案内された。そこで彼女は結婚した。式後、煙のたちこめる大広間で大公の召使いを紹介されたが、そこには野蛮な大騒ぎをするために、食糧や酒が山と積まれていた。

婚礼の夜、野蛮人の食卓の上座に座り、こうした饗宴を始めるのは、君主の習わしである。その間花嫁は、保護者役の牧師に初夜を過ごす部屋へ連れられ、鍵のかかった室内で夫が来るのを待つのだ。

マダム・ネクルドフは身体を揺らし、両手を顔のうえで握りしめていた。声も途切れがちである。そのときの大いなる恐怖が蘇ってきたのだ――孤独の恐怖、無力であることの恐怖、そして嫌悪から来る恐怖。少女は広々とした部屋の中央に立っていたが、恐ろしさのあまり身動き一つできなかった。一段高いところに置かれた巨大なベッド。金箔塗りの紋章で飾られ、絹のカーテンが四方から垂れている。それがいま、邪悪な魔法をかけられたかの如く大きくなり、自分を部屋の隅に追い詰めるかのように思われた。叫び声、歌声、そして酒に酔った大声が、壁の向こうから少女にのしかかる。そしてついに、男たちの足音が廊下から聞こえてきた。

その脅威が少女を突き動かした。窓に駆け寄ると大きく開け、そこから這い出ようとする。見ると、壁一面がツタで覆われている。石積みの窓枠から這い出し、網のようなツタにしがみついて降り始める。途中まできたところで、卑猥な叫び声や罵る大声が頭上で轟いた。泥酔した大公が、必死に止めようとする修道僧たちを振り切り、巨大な蜘蛛の如く片足ずつ窓の外へと出している。彼女を追って窓枠を乗り越えようとしているのだ！　いまや窓枠のなかには、形のはっきりしない巨体が聳えていた。

大公も少女と同じようにツタを摑み、壁を降り始めた。しかし少女の指のせいで網の目が緩んでしまったのか、あるいは大公の体重にツタが耐えられなかったのか――突如、忌々しい悲鳴とともに大公の身体が少女の目の前を通り過ぎた。両腕を十字架のように広げ、両手にツタを握ったまま。

そのとき、少女は一つ下の階まで降りていた。目の前には石の出っ張りと欄干がある。そこに降りて壁伝いにテラスへ出て、集落に通じる小道を駆けだした。眼下の道路に、自分と同行したあの老女の姿を見つけた。ショールで頭を覆いながら、さめざめと泣いている。そして少女を両腕でしっかりと抱きしめた。

彼女を国外へ連れ出すべく、一台の馬車が待っていた。老女と一緒に車中の人となる——そして訳の分からぬまま、その地を逃れた。大公がどれだけの傷を負ったのか、知る由もない。ただし、少なくとも即死ではなかったという——彼女が知り得たのはそれだけだった。それでもひどい怪我をしたのは間違いなく、さもなくば彼女を連れ戻すためなんらかの手段をとっていただろう。これからどこへ行くべきか、見当もつかない。それでこの場所へ来た——完全に五里霧中、まったく先が見通せないまま。短くてもいいから、とにかく安息の時間がほしい。夫が生きていれば、購入した奴隷である自分をなんとしても見つけ出すだろう。見渡す限り望みはない。街中を歩き回っていたこの一時間、不安が彼女に取り憑いていた。恐るべき何かが——その刃を研ぎ澄ましつつ——自分に襲いかかりつつあるのではと感じていたのだ。

マダム・ネクルドフは立ち上がった。沈みゆく太陽と移ろう影が、その姿を柔らかく包んでいる。両腕の力が脱け、唇も半分開いたままだ。憐れむべき運命を背負った少女。恐怖の記憶で顔が痩せ、両目が一層大きく見える。わたしもその場に立ち、勇気と若さゆえの熱情を備えた男なら誰しも言うであろうことを言った。こんな忌まわしい悪漢どもから自由になるべきだ——わたしは自分の言葉に血が沸き立ち、激情と熱意をたぎらせた。

彼女は悲しげな、それでいて尊敬のこもった笑みをわたしに向けた。自分のために戦ってくれる男の勇気を、ある種の確信があるにもかかわらず、あえて信じているかのような笑みだ。しかし彼女は首を振った。

「あなたはとても素晴らしく、気高い方よ！　まるで白馬の王子さまのよう！　でもわたしは王女なんかじゃないし、あの男だってけだものじゃない。わたしはディミトリ・ヴォルコンスキーの妻なの！」

「しかし、奴がもうこの世にいないのなら？」わたしは思わず声を上げた。

小道に立つ彼女の足は動かなかった。とは言うものの、羽根を縛りつけている紐がいきなり切れたかのように、全身がいまにも飛び上がりそうである。すると出し抜けに、彼女はこちらを振り向き、冷たい手をわたしの唇に押し当てた。

「静かに！」と、囁く。

わたしはその手をとって口づけし、自分の手で握った。そして再び、同じ言葉を繰り返す。

「奴がもうこの世にいないのなら？」

マダム・ネクルドフはゆっくりと顔を上げ、コーンフラワーのような青い瞳をわたしに向けた。涙で霞がかった、吸い込まれるような悲しい瞳。

「ああ、わたしの王子《モン・プランス》さま。あなたの王国ではそれでハッピーエンドでしょうけど、ここでは――この世界では違うのよ！」

それは現実のものとなった――それもこの世界で！　その日の午後、あるいはその日の夜、いったい自分が何をしたのか、いまでもよくわからない。シミーズ修道院の門の前で、わたしは一人残された。しかしその直前、もう一日この街に残る許しをマダム・ネクルドフから引き出していた――そして運命の三女神が意図したとおり、その一日で十分だったのである。

夕暮れ時、わたしはテラスで数え切れないほど煙草を吸った。見上げると、後光に包まれたかのようなバルコニー。その夜は財宝を守る人間のように眠りが浅かった。しかし朝になって、運命のほうがドアをノックしてきた。

市街を見下ろす窓際の席で朝食を摂り、煙草を吸った。この世のものとは思われぬ豊かな色彩が東洋のカーペットのように美しく混じり合っている。それを見ると、偶然と迫真性に満ちた人生においてこそ、めくるめくロマンスが生じるのではないかと思われた。そのとき、おずおずとドアをノックする音が聞こえた。階下のバルコニーで見た老女だ。何かのせいで混乱し、すっかり驚いた様子である。

マダム・ネクルドフがあなたにお目にかかりたいとおっしゃっております。部屋までご足労いただけますか？　わたしは羽根が生えたかのような足取りで彼女の部屋に向かった。しかし目の前の侍女を追い抜いてしまわないよう、石の通路を踏みしめるように歩く。そしてサロンに通じるドアの前で、わたしは足を止めた。

カーテンのそばにマダム・ネクルドフが立っている。顔は窓外を向いたままだ。一方、テーブルの後ろに置かれた肘掛け椅子には、大柄な修道僧が座っていた。靴も衣服も埃にまみれている。人跡稀な厳しい場所で暮らす、世界と隔絶された修道僧。その衣服を彼は身にまとっていた。長旅を終えた人間らしく、疲労困憊した様子だ。テーブルのうえにはワインのボトルと冷菜が置かれていた。

侍女がドアを閉め部屋をあとにする。マダム・ネクルドフはカーテン沿いに歩き、やがて窓の前で足を止めた。その間一度も、こちらへ視線を向けない。そしてようやく、彼女は話し出した。その声は、強い感情のために息苦しくなったのか、ときおり裏返った。

「オーガスティン神父さまがお越しです……遠くからはるばる——オート＝サヴォアからお見えになりました……ディミトリ大公は亡くなられたそうです！」

話しながらもカーテンに沿って歩いていたが、相変わらず顔を背けたままだ。やがて、寝室に通じるドアの前まで来た。

「テーブルのそばにお座りなさい。神父さまがお話しになってくれます」

そして彼女はドアノブを回し、寝室へと姿を消した。

実際のところ、わたしはさほど驚かなかった。こうしたことが起きるだろうと、なぜか確信していたのである——神の恩寵を心の底から信じる子どものように。わたしは修道僧に一礼してから椅子に座った。すると老僧はワインをグラスに注ぎ、ごくゆっくり啜った。そして片手を衣服のたもとに入れて包みを取り出し、テーブルに置いた。その包みは長さが十二ないし十五インチで、厚さは数インチ。絹の布にくるまれている。それからわたしのほうを向き、疲労にやつれた人間の口調で話しだした。

「息子よ。ディミトリ大公令夫人は、サヴォアの老僧などでなく、より世慣れた人間の助言をいつか必要とするだろう」そこで言葉を切り、大きな手を包みのうえに置く。「この件について、わしは大きな疑いを抱いておる。しかし、なんと言ってもディミトリ大公が死のいまわに残した命令であって、たとえ死を目前にした悪人の願いであっても、それを無視することは許されんのだ。この世において、悪魔が自分の意志を果たすのを神はなぜお許しになるのか。大いなる謎ではあるが——ともあれ、神はお許しになったのだ。神がお許しになったことを、我々はどこまで禁じ得ようか？

命が助からないとわかった瞬間、大公は奇妙な発作に襲われた。憎むべき卑劣な臆病者と言って悪魔を罵ったのだよ。大公は莫大な財産と長い年月を費やし、自ら考案した仕掛けを用いて悪魔を出し抜く方法を見つけようとした。だが、ついにそれを発見した大公は、悪魔に殺された。それがなんらかの効果を生み出す前にな」

テーブルのうえに置かれた包みが、わたしの入る前に開けられ、調べられたことは間違いなかった。絹の布がゆるく包んでいるに過ぎないからだ。老僧はそれに手を伸ばし、布をほどいた。中身は百フラン紙幣の束と、封緘がすでに破られた手紙だった。

老僧が続ける。「この男はヨーロッパ一執念深いギャンブラーだった。モンテカルロとかいう場所にある、あの地獄の待合室で暮らしながら、悪魔の仕掛けを打ち破る方法とやらを必死に考えておった。そして狂気に満ちた恥ずべき結婚式の直前、奴はこの方法を完成させ、ここにある金でそれを試そうとしたのだ」そこで言葉を切り、床を見下ろす。「まったく見るだに恐ろしい光景だった――悪魔のようなあの無能極まりない男が、ひたすら狂気に取り憑かれるのを見るのはな！　我々はみんなして、神と聖者を思い出すよう大公を説得した。しかし返ってきたのは口汚い罵りの言葉、自分を騙した悪魔のことしか興味はない、と。信頼できる誰かがいれば、自分の仇を討ってくれるとも言っておったな。だが誰も彼も自分から金を奪い、悪魔と同じく最後には裏切るのだそうだ――自分の知っている者はみな、悪魔の手下だと言うのだよ」

老僧は再び一口啜ってから、グラスをテーブルに置いて続けた。

「そして破滅が近づきつつあったある日の夜、わしらはあちらにいる若い女のことを話し、この結婚がロシアに伝わることはないと念を押した――つまり、あなたの財産はすべて親族に伝わることになると。それに、結婚のことがフランス中に広まる気遣いもない。公に挙式が行なわれることはないからな。そのうえで、若きディミトリ大公妃に必要なものを与え、妻の地位を認めてやるよう彼に強く促した。瀕死の男は枕にもたれながら、ベッドのうえに座っておった。しかし大公妃のことを耳にした瞬間、勝ち誇ったように腹の底から大声を上げた。あの女でもって悪魔を打ち負かすのだと！　そして投函箱を持ってこさせてからこの札束を取り出し、手紙を走り書きした。そして手紙を札束をわしに託し、彼女のもとへ届けさせた……その後すぐ」老僧はそこで床に視線を向けた。「大公は穏やかな死を迎えた」

老僧はしばらくのあいだ、この奇妙な出来事に心奪われているかのように、じっと口をつぐんだ。やがて視線を上げ、わたしに手紙を渡した。

「この手紙を読んでほしいと、大公妃はおっしゃっておる」

それは古風で印象的な手紙だった。この女性への非道な扱いとは対照的に、威厳と気品に満ちた文章だ。ディミトリ・ヴォルコンスキー大公妃に宛てて書かれたその手紙は、自分がいかに悪魔から裏切られたかを述べたあと、ここに記す計画でもって悪魔に復讐を果たすよう、彼女に懇願していた。文体は極めて堅苦しいものの内容は単純かつ直截であり、高名な貴族が妻に宛てて記した手紙そのものだった。

続いて記されていたのはいくつかの指示である。同封した一万フランを使い、手紙に記した方法を用いてモンテカルロのカジノでプレイするように。この方法はカジノテーブルにおける確率論を超越するものであり、巨額の儲けをお前にもたらす一方、最後は必ずやカジノを破産させるであろう。かくして悪魔は打ち負かされ、大公の復讐が果たされるのである。そのあとには倍賭けの方法がざっと記されていたが、ルーレットをほとんど知らない人間であっても簡単にマスターできる内容だった。

老僧は包みを指差して言った。

「若者よ、大公妃はどうすべきかね？」

わたしに迷いはなかった。

「モンテカルロでプレイするのです。いまは亡き大公の指示に従って」

わたしは世慣れた知恵に感心した。テーブルに置かれた札束を、彼女がわたしの目の前で手にするとは考えられない。そして、この奇妙な指示に従って得られるもの以外に、新郎から新婦への贈り物はないのである。それに加え、このこと自体が邪悪なる信頼として彼女にのしかかっていたが、女性特有のロマンティックな性質のせいで、そこから逃れるとも思えなかった。なんとも奇妙なことだが、どことなく救世主の行ないを感じさせたのである。

老僧も心動かされたようだ――神のご意思から生み出された、邪悪なる者の企み。偶然の結果、いまは亡き不品行なる者が、ルーレットの存在を不可能にするであろう方法を生み出すとは！　大公による必勝法を検討していたこの短い時間でさえ、無一文となる危険を冒すことなく、すべての損失を取り戻せることが見て取れた。

その間、老僧は指でテーブルをコツコツと叩いていた。

「長いこと考えてみたが、わしにはよくわからんよ」と、そっけなく呟く。「大公はおそらく悪魔とともに人生を送っていたが、正気に近づくなかで、身にまとった甲冑の裂け目を見つけたのだろう。真相は闇のなかだがね。まあ、悪は悪によって打ち負かされるということだ」老僧はその姿勢のまま、しばらく身じろぎしなかった。そしてこう付け加える。「しかし名もなき女性たちと違い、ディミトリ大公妃がカジノへ入るわけにはいくまい」

「わたしが同行いたします」

「息子よ、わしは無知な農夫を相手にしておる、一介の老僧に過ぎん。この一件はわしの理解を超えとるよ。君の下した決断を、大公妃に自ら伝えてはくれんかね？」

わたしはベルを鳴らして侍女を呼び、マダム・ネクルドフをここにお呼びするよう言った。

やがて寝室のドアが開き、彼女が姿を見せた。しかしサロンへ足を踏み入れることはなく、ドアの敷居に立っている。その姿は遠く離れているかのように見えた。いまやわたししか頼る人間がいないかの如く、物思いに沈んだ表情だ。全身を黒の衣服が包んでいた。

彼女は何も言わずわたしの話に耳を傾けていたが、それが終わると静かな威厳を見せ、あなたのおっしゃることに従いますと言った。こんな奇妙な遺言でも実行に移すべきとお考えなら、こちらに異存はありません、と。しかし、わたしは手紙の指示に一言一句従うべきなのだろうか？　今は亡き大公が奇妙な目的のために送った金を賭け、その金がわたしの手を離れた瞬間、姿を消せというのだろうか？　すると彼女は、この方法で勝つか負けるかはどうでもいい、できるだけ早くこの義務から逃れたいだけなのです、と言った。そしてその後は……わたしは彼女のもとに戻るべきだろうか？

そう、戻るべきなのだ！

マダム・ネクルドフが口にした言葉は、わたしにとってそれだけである。他の言葉――一切の他の言葉――など空虚で些細なものに過ぎない。だがそれらの言葉は、絶望の淵にかかる光のアーチだった。彼女は顔を上げた。その瞳は夢見るようで、細い顔が花のような光沢を放っている……やはりわたしは戻るべきだ！

正午ごろ、わたしはモンテカルロへと赴いた。海のほうからミストラルが吹き抜け、きらめくような雨を降らせていた。エレベータに乗ってカジノの階下にあるテラスに足を踏み入れ、立派な欄干に沿って砂利道を歩く。遠くを走る線路に目をやると、小さな円に見える草地のなかで、いつ終わるともしれない鳩狩りが続けられていた。生きた鳩が罠にかかり、バランスを取り戻す間もなく羽をばたつかせたまま殺される。そして茶色の犬が歩きだし、死骸をくわえて戻ってくる。その鳩に逃れるチャンスはなく、してみると、茶色の犬は不吉な運命の象徴と言えよう。わたしはカジノの端を回って階段を登り、美しい庭園に通じる入口をくぐった。

　お決まりの身体検査を終えて書斎に入ると、まず八角形の赤いカードを渡された。そこにはわたしの氏名と日付が記されている。それからクロークの窓口にコートと帽子を預け、カジノの大広間に足を踏み入れた。陰鬱な一日にもかかわらず、大勢の常連客がテーブルを囲んでいる――口数少なく、自己を抑制しながらも、欲望を内に秘めた人間の群れ。みな音を立てず歩き回り、死者がいるかの如く低い声で囁きあっている。室内は静寂に包まれ、ただディーラーの声が耳に入った。「みなさま《メシュー》、お賭けください《フェット・ヴォ・ジュー》……賭けはこれまでです《ジュー・ソン・フェット》……もうこれ以上は賭けられません《リャン・ヌ・ヴァ・プリュ》」

　わたしは椅子に腰掛けたいと思い、二十五フランを払って広間の反対側にあるサロンへ入った。そこにも大勢の客がいたものの、なんとかテーブル際に空席を見つけ、脇に札束を置いてから、ディミトリ大公の指示に従ってゲームを始めた。

　まずは百フラン紙幣を一枚、黒に賭ける。結果は黒。ディーラーから受け取った紙幣をポケットにしまい、もとの紙幣は黒の上に置いたまま。今度の結果は赤。ディミトリ大公が遺した百フラン紙幣をもう一枚、黒の上に置いた――ひたすら黒に賭けるのだ。結果は再び赤だった。

　わたしはすでに損している。大公の方法によれば、この損失を取り戻すには倍賭けを続けなければならない。三百フランを黒に賭ける。結果はまたも赤だったので、さらに三百フランを賭けた。今度は黒の勝ち。それによって百フランずつ賭けたときの損失は取り戻せたものの、三百フランの賭けの損が残っている。それを取り戻すべく、次に五百フランを黒に賭けた。結果は黒。これで損失はすべて取り戻した。

大公は手紙のなかで、損失を取り戻したならば再び百フランの賭けから再開するよう指示していた。黒が勝ち続ける限り、百フランの賭けのままゲームは続く。しかし損失が発生したときから、倍掛けのプレイが始まる――三、五、七、九、十一、十三、十五、十七、十九、二十一……そしてどれだけ一度の掛け金が大きくなろうとも、損失が消えた後は再び百フランの賭けに戻るというわけだ。

ゲームが進むにつれ、この方法がどれだけ優れているか、わたしは理解し始めた。ルーレットで許される賭けの限度額は六千フラン。最初の百フランから単純に二倍するという方法では、たった五回の賭けでこの額に達してしまう。しかし大公の方法を用いれば、限度額に達するまで二十九回倍賭けを続けることができるのだ。さらに、単純に二倍ずつ賭けるという方法では、ボールがゼロに落ちたときの損失が極めて重くのしかかるが、大公の方法によるならば、そうしたときのリスクも抑えられる。

わたしはまた、この方法がいかに安全かもわかった。午後のあいだじゅうずっと、大公の金とカジノの金を交換し合っているように思えたが、実は着実に儲けを増やしていた。掛け金が高くなることも何度かあったものの、それでも三千七百フランを超えることはなかった。またボールがゼロに落ちることも五回ほどあったが、幸運なことにいずれの場合も掛け金は低かった。ボールが赤に落ちる確率も黒に落ちる確率も、さほど変わりはない。わたしは別についているわけではなかったが、この巧妙な方法を用いることで、赤と同じくらい黒が勝つ限り、ときおりボールがゼロに落ちたときの損失を取り戻し、若干の儲けを得られるだけの勝ちをおさめることができた。

この方法は辛抱と巨額の資金を必要とする。とは言え、人間が編み出したもっとも安全な方法であることは間違いない。

しかし、わたしは周囲の囁きを聞いて驚いた。ディミトリ大公は自らこの方法を考え出したというが、それは誤解だった。テーブルを囲むプレイヤーはみな、この方法を知っていたのだ。

その日の午後、赤と黒はほぼ同じ割合だった。しかし夜になって運に恵まれ、わたしは一万三千フランを手にテーブルを立った。

さらに続ける誘惑を感じたものの、死者の遺志を果たしたらすぐ戻るようにと、ディミトリ大公妃から命じられている。わたしはコートと帽子を受け取り、カジノを出た。だが、外の階段で足を止めた。

魔術師の魔法にかけられたかのように、世界全体が一変していた。ミストラルと雨が嘘のようだ。満天に星が輝き、妖精の街にアーチをなしたかと思うと、そこかしこに光と音が溢れ、祭りの壮麗さで満ちている。背後のドアをくぐった瞬間、ミダス王の富と夢想家の想像力を兼ね備えた若き君主が主催するガーデンパーティーに、わたしは迷い込んだ気がした。カジノの淀んだ空気から抜け出し、甘く湿った香気を放つ森へと足を踏み入れたのである。わたしは階段を降り、建物の角を曲がってあの大きなテラスに出た。

無数の光を反射する魔法の海に、長い影がいくつも映っている。細かに震える銀色の細い線が、きらめく水面へと飲み込まれてゆく。そして水面と楽園が境を接する、靄《もや》のかかった神秘的なその場所から、奇妙な船が姿を現わし、おとぎ話の港へ入っていくように思われた。そうしたロマンチックな思いが心を捉えて離さない。

わたしは深夜の急行に乗ってニースへ戻った。車中、空想に心を巡らせる。これからディミトリ大公妃のもとに戻り、二人の前に広がる楽園へと足を踏み入れるのだ。門に突き刺さっていた炎の剣は、いまや姿を消した。放蕩の限りを尽くした獣は死に、その遺言は果たされた。もはや彼女を縛るものは何一つない！

サロンの扉を静かにノックすると、そこには侍女が待っていた。明かりはすべて消されているが、背の高い窓が開かれ、熱帯の夜が室内を柔らかく包んでいた。

薄暗い部屋のなか、ディミトリ大公妃の姿がぼんやり見える。わたしが入った刹那、彼女は短く悲鳴を上げてその場に立ち上がった。

「ああ、お戻りになったのね！　怖い目に遭わなかった？」

「何も怖いことなんてありませんでしたよ」わたしは答えた。「ここに一万三千フランをお持ちしました」と、札束をテーブルに置いた。

こわばった震え声が彼女の口をついて出たものの、不安の色はすっかり消えている。

「まあ、あの恐ろしい遺言が果たされたのね！　心配で仕方なかったのよ！」

時間は夜中過ぎ、しかも扉のそばでは侍女が待っている。しかしわたしは大公妃のもとに近づき、彼女の両手を取ると唇に押しつけた。

「さあ、心配することなどもう何もないんです」と、最後に囁いた。

翌朝、わたしは早くに目を覚ました——喜びがこれ以上の眠りを許さなかったからだ。コーヒーを飲み、煙草を吸いにテラスへ降りる。そして、後光に包まれたかのようなバルコニーが開くのを待った。だがそのとき、別の人影が目に飛び込んだ——背が高く、灰色の身なりをしたパリ警視総監がテーブルにつき、コーヒーカップと漆黒の葉巻をもてあそんでいるではないか。

「我が友よ」わたしが席について挨拶を済ませると、ジョンケル氏が口を開いた。「パリからアルジェリアの銀行へ輸送中だったあの金は、海上で盗まれたのではなく、マルセイユに運ばれる途中で強奪されたそうだ。しかしすぐに、犯人は捕らえられるだろう。紙幣にはマークがされているからな。ヨーロッパじゅうの銀行に連絡が届いているので、両替するのは不可能だ」

　わたしは昨日の出来事を思い出しながら、さりとてそれがこの事件につながっているとは夢にも思わぬまま、こう答えた。

「しかし、その金をモンテカルロのカジノで使うことはできるでしょう」

　ジョンケル氏は身動き一つしなかったものの、指で葉巻を粉々に砕いた。

「なんということだ《モン・デュー》！　迂闊とはまさにこのことじゃないか！　この強盗劇は、ドルグルキーという年老いたスラブ人の大男と、悪魔のような彼の娘の犯行に違いない。三ヵ国の警察に喧嘩を売るような真似をするより、ペトログラードの劇場で俳優の仕事を続けていたほうがどれだけよかったか。奴は変装の名人で、そのうえいくつもの言語を流暢に操れる……それに途方もない金がこの事件に関わっている……そしてあの女も、オデオン劇場で悲劇を演じさせれば、パリ市民を総立ちにさせられるはずだ」

　ジョンケル氏は一瞬口をつぐみ、葉巻のかけらを指のなかで粉にした。

「ああ、そうか！　奴らはわたしが忘れていた場所を憶えていた。しかしそれには手先が必要だ——

ドルグルキー老人はカジノで知られた存在だからな」

わたしはもはや聞いていなかった。ゆっくり立ち上がり、そのまま書斎に向かう。ブラード氏に訊くことがあったからだ。

死体に催眠術をかけて歩かせたり話させたりした魔術師の話が、東洋には伝わっている。わたしもその死体のように、書斎へ入った。

支配人はわたしの顔を見ると、親切そうな笑みを浮かべた。

いいえ、マダム・ネクルドフはもうお発ちになりました。今朝の五時、ヴィルフランシュからヨットに乗られましたよ！

第4章　失明

　ムッシュウ・ジョンケルは城館の豪華なテラスで子爵を待っていた。眼下には小麦畑がどこまでも広がり、ケシの花がところどころで深紅の彩りを添えている。遠くへ伸びる白い道路はパリへと通じ、丘に目を移すと昔ながらの村落が抱かれるように存在している。その城館は切り立った崖の上に建っていて、テラスから小石を投げようものなら、眼下の狭い小道に届きそうなほどの高さだった。

　きらめくような朝の日光が一帯を照らすなか、気まぐれな風が海から陸に吹き抜け、小麦畑を波立たせる。地平線のほうでは、リボンのような白い道路にときおり灰色の埃が舞い上がっている。しばらくして、黒いカブトムシを思わせる大型のフランス製リムジンが、道路をこちらに這い進んできた。

「いやはや《ヴレマン》！　まったく見事な景色だ！　しかし神はどういうおつもりなのか……ヨーロッパでもっとも卑しい人間にこんな風景をお与えになるなんて」

　ジョンケル氏は自動車旅行向けの服装をしていた――英国仕立ての軽めなツイードと灰色の帽子、そして自動車用のゴーグル。緑色の大きなレンズが、両目を昆虫のように大きく拡大している。ジョンケル氏はゴーグルを外して革のケースにしまい、ポケットに入れた。それから手すりにもたれ、宿屋の入り口から百フィート離れたところに目を下ろす。そこでは青いブラウスを着た青年が、灰色の二人乗り自動車の埃を落としていた。「いや、実に美しい《マ・ボーテ》！　あなたのような女性と旅ができて光栄だ」

しかしその言葉は単なる世辞に過ぎず、警視総監は視線をそらし、村落の一軒一軒を注意深く見回した。そして、鉄棒に金の時計がぶら下がっている小さな店に目を止めた。看板の下の扉が開いたままなのを、ジョンケル氏は見逃さなかった。すると背後で大声が轟いた。

「誰だ、お前は！」

振り向くと、扉のところに老いた長身のイギリス人が立っていて、いささか神経質そうに両手の指で名刺を引き裂いていた。細い鼻は醜く歪んでおり、青白い瞳は爬虫類のそれを思わせる。青黒い顔色は、まさに短気な老人のそれだった。

「名刺に書いてあると思いますが、ムッシュウ」と、警視総監が答える。

「名刺などくそくらえだ！」老人はがなり立て、名刺をさらに細かく破った。「その口から聞かせてもらおうか」

「喜んで」警視総監は応じた。「わたくしの名はムッシュウ・ジョンケル」

老人は相手の言葉を嘲るように、手中に残った名刺の破片を放り投げた。

「ムッシュウ・ジョンケル？　まあいい。誰のさしがねでここに来た？」

「いやいや」ジョンケル氏は平静を保ったまま答える。「わたしが誰かの頼みでどこかへ赴くなど、滅多にないことでしてね」そう言って、手近の椅子を手すりのそばに置き、腰掛けてから煙草に火を点けた。「ムッシュウ。失礼ですが、村落からここにたどり着くまで、優に三百歩はかかりますな」

老人は怒りを爆発させた。

「ああ？　なんだと？」と、唾を飛ばしながら怒鳴りつける。「この無礼者！　その三百歩、お前を蹴り飛ばしながら歩いたっていいんだぞ！」

警視総監は空中に白い煙の輪を吹きつけた。

「それは穏やかではありませんな。下り坂のどこかで、わたしはきっと目に傷を負うでしょう。そうなれば、慰謝料として五十万フランは請求させてもらいますぞ」

「この悪魔め！」老人は大声を上げたものの、急に冷静な口調になった。「その話、どこで知った？」

「まあまあ、ムッシュウ」警視総監は手すりにもたれ、火の点いた煙草で眼下に広がる光景を指した。「あそこに見える道路のカーブ。マドモワゼル・ヴァルゾモヴァの車が、あなたの馬と衝突した現場です。それからあちらに立つオークの木。馬はそこへぶつかり、道路の右側、南のほうに脚が伸びていた。あなたは額に馬の脚の直撃を受け、脳震盪を起こしました。そのせいで左目がまったく見えなくなったと、あなたはマドモワゼル・ヴァルゾモヴァにおっしゃった。まさにその理由によって」

──警視総監は自らの記憶を確かめるように、そこでポケットから手紙を取り出した──「子爵閣下は五十万フランの支払いを求め、マドモワゼルを訴えようとなさっている」

「ああ、そうするつもりだ！」老人は相手の言葉を遮った。「わしが訴えなくても、悪魔が喜んで引き受けるだろうよ！」

「しかし以下の条件の場合──」

「以下の条件だと？」老人は目を剝いて怒鳴った。「以下の条件など存在せん！　明日にでもパリで訴訟を起こすつもりだからな」

「すなわち、子爵閣下が自ら訴状をお書きになったこの一件につき」警視総監はかまわず続けた。「マドモワゼルがただちに示談することを選択した場合、訴訟は取り下げられる。さて、それをまさに、マドモワゼルはなさろうとしているのですよ」

子爵は一瞬驚きで固まった。

「ああ？　なんだと？」と、ようやく声を上げる。「つまり、あの小娘は示談にするつもりなのか？」

「ムッシュウ」その声には硬い響きがあった。「マドモワゼル・ヴァルゾモヴァから金をふんだくるだけでは不満だとおっしゃるのですか？　そのうえ彼女を侮辱なさろうと？」

「黙れ！」子爵はやり返した。「オペラ歌手のつもりか？　そんな生意気な口の利き方をしおって。いったい何者なんだ、あの女は？」

ジョンケル氏は一見何を考えているかわからない、穏やかな表情を相手に向けた。

「いまからお話ししますよ。彼女はヨーロッパでもっとも優れた女性の一人です。パリでは毎年夏、暑さのために百人もの幼い子どもが命を落としている。マドモワゼル・ヴァルゾモヴァはそうした子どもたちを海に連れていってやるのです。そのようにして彼らの命を救い、百人の母親たちの天使となっているのですよ。閣下、わたしは多数の人間の邪悪さを知っておりますが、同時に少数の人間による善をも知っているのです！」

警視総監はそこでいったん話を切り、眼下の比類なき渓谷に目を向けた。

「さらにマドモワゼルは、疲れ果て、不幸に苛まれている人々に、忘却という聖なる杯を与えているのです。男たちは彼女の歌声を聴いて、いっとき人生の過酷さを忘れる。彼女はオペラ座で歌っていますが、我々は混沌とした騒音のなか、風のように吹き抜けるその歌声を耳にし、名誉と義務、そして不滅の愛を改めて認識するのです。神秘に満ちた我々の宗教の真理、そして永遠なる運命の出現を感じるのですよ。

よろしいですか、閣下。預言者はあの世に去りましたが、この世には預言者よりも優れた存在がときおり生まれてくるものです。さもなくば、善なる神に仕えるのは、ただ気の狂った聖職者だけなのでしょうか？」

「ふん」子爵は鼻を鳴らした。「その歌手とやらがそれだけ優れた人間ならば、わしの目の賠償として支払う金などいくらでもあるだろうよ！」

警視総監は出し抜けに相手の顔を見上げた。

「閣下、あくまで金銭の支払いを求めるというのが、本当に閣下のご意思なのでしょうか？」

子爵は再び怒りを爆発させた。

「そうさ！　人間にとって目以上に大切なものがあるというのか？」

「なかには、それより大切なものがあると信じている者もおります」

「そうか」子爵はぶっきらぼうに言った。「わしはその一人ではないな」

「さよう」警視総監はそう答え、まるで奇妙な生き物を見るように、老人の頭からつま先までゆっくり視線を走らせた。「閣下はその一人ではございません！」

そして中指を突き出し、煙草の灰を落とした。

「閣下があくまで支払いにこだわられるとしたら、マドモワゼルはそれに応じるより他にない。事故については否定できません――閣下が主張なされるお怪我については、もちろん否定できるでしょう。しかし法廷において、その主張を続けることができましょうか？　視界を司る器官は脳の奥深くにあって、いまだ多くの謎に包まれている。既存の方法ではどうしても検査することができない。それにもし、脳の奥深くが脳震盪によって損傷を受けたのなら、目に見える身体の器官がすべて順調に働いていたとしても、閣下の左目の視界がもとのままであることを立証するのは不可能です」

ジョンケル氏はそこで間を置いた。

「そうなると問題は、マドモワゼルはいくら支払わねばならないか、ということになります。願わくば」そう言って不安げに子爵を見る。「五十万フランという金額を引き下げていただきたい」

「びた一文負けるつもりはない！」

警視総監は足元の赤いタイルに視線を落とした。

「それは無理というものです！　お考えください、閣下。五十万フランという金額がフランスではいかに大きなものか！　パリに行けば、十分の一の金額で自分の目をつまみ出してもよいという人間が、優に千人はいるのですよ。それを五十万フランとは！　なんということだ《モン・デュー》！　その金額なら、ヨーロッパの半分の人間が自分の魂を売ってもよいと言うでしょう。そんな大金は不可能だ！」

それを聞き、子爵の怒りは強欲な考えによって吹き消された。

「いやいや、その歌い手にとって五十万フランなど大した金額ではなかろう」

警視総監はしばし考えた。

「女優というものが金銭にどれほど無頓着か、閣下も知らぬわけではありますまい。彼女らにとって金そのものに価値はない。金銭が必要であるということ、それだけが大事なのです。落ち目になればわずか一フランでも値切るでしょうが、ふんだんにあれば物惜しみはしない。そうした気質なんですよ。デュマは金貨の詰まったボウルを暖炉の上に置き、誰でも持っていけるようにしていたのではありませんか？　いまからすぐ、パリにお越しいただければ幸いです。一週間後に彼女が提示するであろう金額は、まるで問題にならないはずですから」

警視総監は吸いかけの煙草を放り投げ、立ち上がった。

「ごきげんよう、閣下！　わたくしがパリから参りましたのは、マクドゥーガル子爵がマドモワゼル・ヴァルゾモヴァに対する要求を取り下げる気はないかどうか確かめるためでした。しかし、その望みはないものと考えざるを得ない。閣下はあくまでご自分の考えに固執しておられる」

そこで突然言葉を切り、子爵のほうを向く。

「恐れ入りますが閣下、ルーエンからパリへ向かうには、あちらの街道のどこで曲がればよろしいでしょう？　あの街道には一箇所急カーブがありまして、道路局に何度か苦情がいったそうなのです。すると昨日、警告標識を設置すると約束しましたので、ちゃんと実行したかどうか確かめようと思っているのですよ」

老人はジョンケル氏の後に続き、階段を一、二歩下りた。

「二つ目の交差点を右に曲がればよろしい。だがちょっと待ってくれ。今日パリに行けばあの女が――その――あとで赴くよりも話がわかると言ったが、それはなぜなんだ？」

「と言いますのは、閣下」パリ警視総監は答えた。「マドモワゼルは今日、オペラ出演の前払金を受け取るからです。つまり、かなりの金額が懐に入るわけですが、いつまでも手元にとどめておくつもりはないでしょう。そんなことは誰も……いや、ありがとうございました、閣下。二番目の交差点を右ですね」

しかし子爵はジョンケル氏を呼び止めた。

「頼む、あと一つだけ。わしは今日、パリに行くべきだろうか？」

「どうぞお好きなように」

「待ってくれ！」そう言って老人はジョンケル氏のあとを追った。不機嫌そうにこわばったその顔には、金銭への欲望が浮かび上がっている。「君の自動車に乗せてくれんか？」

ジョンケル氏は不快な表情になるのをなんとか抑えた。

「午後の列車で戻れると思うのだが」と、老人は早口で付け加える。

パリ警視総監は肩をすくめた――相手の言葉に喜んでいないことをどうしても隠し切れない。しかしそれでも、相手への好意をなんとか装った。

「ルーエン街道を通るので三十分ほど遅くなりますが、それでもよろしければご一緒します」

老人はその誘いに飛びついた。これでパリまでの旅費はかからない、そうほくそ笑み、コートを取りにいったん城館へ戻った。ジョンケル氏はその後姿を見ながら、嘲るような仕草をした。

「いやはや《パルデュー》！　あの人間の形をした動物は、自分の国だけでは飽き足らず、フランスにまで迷惑をかけるのか。我々がいったい何をしたというんだ？」

ほどなくして、年代物のくたびれたコートに身を包んだ子爵が戻り、二人は村落への急坂を下り始めた。宿屋の前、先ほどと同じ場所に二人乗り自動車が駐まっている。青いブラウスの青年によって、車体は宝石のように磨き上げられていた。

ジョンケル氏はゴーグルと手袋を身につけ、燃料タンクが一杯になっているのを確かめた。タンクの口がよく見えるよう、ゴーグルを外して手に持つ。しかしただでさえ機嫌が悪く苛々していたので、すぐにガラスの割れる音が聞こえた。不愉快な声とともに地面を見下ろすと、片方のレンズが車のフエンダーにぶつかり粉々に砕けていた。

「ちくしょう《ディアブル》！　ゴーグルの替えは持っていないのに！」そう言って、枠に残ったレンズを親指で取り除いた。

子爵が気の毒そうな表情を浮かべて近づいた。自分の目的のためにジョンケル氏を利用しているのだから、慰めるだけの余裕が生まれている。二人の機嫌がまったく入れ替わったことに、誰もが気づいているだろう。いまや不機嫌なのは警視総監のほうで、一方の子爵は穏やかそのものだった。

「おやおや！　宿屋で借りてきてはどうかね？」

「そうはいかないでしょう。ですがこの村に眼鏡屋があれば、レンズを取り替えてもらえるかもしれません」

「眼鏡屋なら通りの突き当たりにある。案内しよう」子爵はそう言うと、先ほど警視総監が城館のテラスで見つけた、金時計の看板がかかる店へと歩きだした。

ジョンケル氏はそのあとに続いた。不機嫌に取り憑かれ、どうしても早足になる。

店に入った二人に、小柄な職人はこう言った。「ムッシュウ。この形のレンズはパリでしか手に入りません」そして首を振りながら、ゴーグルをひっくり返した。

「そうか」パリ警視総監はぶっきらぼうに言った。「なら窓ガラスでもはめておいてくれ——少なくとも目に埃が入ることはない」

「ウィ、ムッシュウ。それならお安い御用です」

職人はゴーグルのサイズを測り、ガラスの円盤を切り出すと、すばやく枠にはめた。その手際よい仕事ぶりを、ジョンケル氏はいくぶん不安げに見つめていた。そして作業が終わり、時計ケースの上に五フラン紙幣を置いてから、子爵とともに宿屋へ戻った。

ジョンケル氏がボタンを押すとエンジンが唸りを上げ、やがて灰色の大型車は村落を離れた。ハンドルを握るのはジョンケル氏で、子爵は助手席に座っている。車は二つ目の交差点を曲がってルーエン街道に入ったが、そのとき、ジョンケル氏が不意に子爵のほうを向いた。その視線は、重要な記憶がふと頭に蘇った人間のそれだった。

「しまった！　わたしは自分のことしか考えていなかった！」そう声を上げると、ハンドルを握っていないほうの手でゴーグルを外し、子爵に手渡した。「申し訳ございません、閣下。お怪我をなされた目のことをすっかり忘れていました。これをつけていただければ、すくなくとも埃は防げるはずです」

子爵は、いまは埃が立っていないし、不快なことは何もないと言ってそれを断ろうとしたが、ジョンケル氏はあくまでこだわった。

「片目の視力が失われると、もう片方の目がよりストレスに晒されると言いますからね」そう話しかけながら、子爵がゴーグルの位置を調節するのを手伝ってやる。「それだけでなく、白い道路に眩しい日光。それも目の健康にはよろしくない……これでよし《ヴォワラ》！　ほら、閣下の無傷なほうの目のうえに、緑のレンズがきています。割れたのが左のレンズで幸いでした。これで両目を埃から守れますし、ご無事なほうの目も、道路に反射する日光から守れるというものです……実に素晴らしい！」そしてジョンケル氏はアクセルを踏み込んだ。すると車は鞭打たれた駿馬のように急加速し、道路脇の生け垣が見る間に後方へ飛び去った。

ミツバチが遠くを飛んでいるような低い音だけを立てて、車は静かに走った。矢のようにスピードを増しながら、雲のような埃を後に残す。明るい日光のもと、白い道路を車は順調に飛ばしていた。

ジョンケル氏がブレーキに異常を感じたのは、パリへの長い道のりが始まってまだ間もないころだった。レバーのあいだに身をかがめ、異常の原因を探ろうとする。急な上り坂の途中、立ち並ぶレバーのあいだから顔を上げたジョンケル氏は、出し抜けに尋ねた。

「前方に標識はありますか?」

「ああ、ある」子爵は答えた。

ジョンケル氏は運転席に座り直し、パリっ子特有の悪態をひとしきりつくと、丘のほうへと車の向きを変え、ハンドルを左右に振りながらブレーキをかけた。カーブの手前百メートルほど、道路脇の標識の前で車は停まった。

「ちくしょう《ノム・ダン・シャン》!」警視総監は声を上げた。「こんな標識を立てるなど、道路局は路面電車でも走らせるつもりなのか?」

「どうしたのかね?」子爵が口を開く。「Aという文字はお国の言葉で停まれ《Arretez》のことだし、赤は危険を知らせる色じゃないか」

「おっしゃるとおり」警視総監の声がなおいっそう高くなる。「しかし、前方にカーブのあることがわかっているのなら、いったいどんな危険があるというのです? それにそもそも、道路がすいているのに停まる理由はなんです? パリに向かう人間は、ここで同乗者を降ろさねばならないという決まりでもあるんですか? パリ北駅行きのバスじゃあるまいし。カーブの途中にある急な下り坂を警告する標識さえあればいいんです――なのにこんな標識を立てるなど! まあ、文句はしっかり言わせてもらいますよ――すぐにもね!」

ジョンケル氏は車を降り、大きなレンチでブレーキベルトを締め直すと、再び車を走らせた。ブレーキが元通りになった車は広々とした長い急坂を駆け下り、ほどなくパリ市街へと入った。だがオペラ座に向かう途中、ジョンケル氏は道路局の前で車を停めた。道路標識についての些細な一件が、警視総監の頭から肝心の用件をすっかり消し去ったのは、どう考えても奇妙だった。何しろ頭のなかがそれでいっぱいのようなのだ。パリ市内の壁という壁に、マドモワゼル・ヴァルゾモヴァの美しい石版画が貼られている。このオペラ界のアイドルは、類まれなる寛大さによって警視総監の心に深い印象を残したのだが、ジョンケル氏は石版画になんの反応も示すことなく、その前を通り過ぎた。

加えて奇妙な偶然から、ジョンケル氏はこのみすぼらしい老人をパリへと連れて行くことになった。薄汚れたコートに身を包み、彼女を餌食にしようとしている老人を。それでいながら、この厚かましい旅の苦々しい結末はぼやけてしまった――道路局職員の些細なミスによって。こうした取るに足らない出来事の数々に、人間の心はいともたやすく支配されてしまうのだ！

「しばしお待ちを、閣下」車を歩道脇に停めながら、ジョンケル氏は子爵に言った。「道路局に意見申したいのですが、私の言うことを裏づけていただけますか?」

「喜んで」子爵は答えた。どんな問題であれ、他人に文句をつけるのが嬉しくてたまらないらしい。かくして二人は建物へと入っていった。

細長い面構えの生真面目そうな男が、道路局の個室に置かれた机の後ろに座っている。その背後には髪を短く刈り込んだ大柄のイタリア人が立ち、何かの台帳に目を通していた。警視総監はただちに文句を言い始める。しかし説明が終わらないうちに、机の男に遮られた。

「ムッシュウ、いまのお言葉はあなたご自身の体験によるものですか？　それとも他の方からお聞きになった情報ですか?」

「わたしがこの目で見たんだ」警視総監は答える。

「わしも見たぞ」子爵はそう言うと、机の前に立ちはだかった。

職員は顔を上げた。

「こちらは？」

「マクドゥーガル子爵だ」と、ぶっきらぼうに答える。

「それはそれは！」職員は声を上げ、ペンをとった。そして一転、無関係な人間とでもいうように警視総監から視線を外すと、うやうやしい言葉遣いで目の前のイギリス人に声をかけた。

「ムッシュウ、どうかお話をお聞かせください」

職員は一言も聞き漏らすまいと耳をそばだてた。一言一句に重みがある、高名な人物を相手にしているかのように。そのようにして職員は、マクドゥーガル子爵の語る内容を慎重かつ正確に書き取った。

台帳に夢中になっていた大柄なイタリア人が立ち上がり、職員の机を離れた。それから子爵の目の前で足を止めると、ゆっくり首を振った。

「つまり、それらはすべてゴーグル越しにご覧になったのですね！」

「そうだとも！」子爵は声を上げた。「それがどうした？」

イタリア人はそれに答えず、静寂に包まれた重々しい雰囲気のなか、いきなり笑いだした。

「なぜ笑うんだ？」そう怒鳴りつける子爵の顔は、どす黒くなりつつあった。

「これは失礼」イタリア人が返事をする。「マクドゥーガル子爵は、黒地に赤く書かれた文字をそのゴーグル越しにご覧になったとおっしゃいますが、だとすると、視力を失ったほうの目で見たことになりますね」

「視力を失ったほうの目だと？」子爵はさらに大声を上げた。

「さよう」イタリア人が答える。「視力を失ったほうの目です。閣下は異常のないほうの目に緑色のレンズをしていらっしゃいますが、黒地に赤く記された文字は、緑色のレンズ越しには見えないというのが、光学の常識なのです！」

子爵は恐るべき罵詈雑言を発しようと口をあけたものの、しばらくのあいだ何も言えなかった。そして透明人間に話しかけるかのように、奇妙な口調で呟いた。

「こいつらはいったい何者なんだ？」

それに答えたのはジョンケル警視総監だった。

「喜んでお答えします、閣下。書き取っているのはラヴェル判事、笑い声を上げたのは眼科医のビアンキ氏です」

第5章　呪われたドア

四月に入って間もなく、バヌテッツリ侯爵は地中海に面したボルディゲーラの邸宅を離れジュネーヴへ旅立った。健康が思わしくなかった侯爵はリヴィエラの日光にすっかり体力を奪われたうえ、人生にも飽きを感じていた。

ボルディゲーラではオペラの大作を執筆するつもりだったが、はかばかしく進まなかった。侯爵の見るところ、オペラの執筆に厄災をもたらしたのは現代という退屈な時代である。謎に包まれた未知のものは、もはやこの世界に存在しない。路面電車が観光客をスフィンクスに運び、アメリカ人は北極を制覇した――あるいはその振りをした。そしてイギリス人に至っては、チベットにまで足を踏み入れたではないか。

そのうえ、人類全体が飼いならされてしまった。かつて世界を分割せしめた野蛮で荒々しい情熱は、いまや耕地にしがみついているに過ぎず、女性を求めて死に物狂いになることもなければ、宿敵を打ち倒さんとナイフを振りかざすこともない。愛と復讐の悲劇も、現在では書士や法廷によって解決される。ロマンスや冒険など、とうの昔に人生から排除されてしまったのだ。

ボルディゲーラで見つけられなかったものをジュネーヴで見つけられるかどうか、侯爵に確信はなかった――それはつまりオペラへのインスピレーションであり、ジュネーヴはまさにロマンスの都ではあるのだが。世界でもっとも青い湖の両岸に広がり、サレーヴの急峻な峰が背後から市街を睥睨《へいげい》している。さらにその向こうにはジュラ山脈が聳え、晴れた朝になるとモンブランが空から現われる。しかし、神の呪いの如き北風さえぴたりと止めば爽やかそのものの天気になるだろうと、侯爵は固く信じていた。

街一番の宿屋に入り、幻想的な街並みを一望する明るい部屋で腰を下ろす――外を見ると、バラ色の帆を二本突き立てたボートがレマン湖を下っていた。

時間が早いこともあり、客はほとんどいない――フランス人の妻を連れた日本人と、二、三のイギリス人家族。そして威厳のありそうなドイツ人。バヌテッリ侯爵はこの男に興味を覚えた。

年齢は六十代なかばといったところだろうか――高位の軍人らしい雰囲気を漂わせている。重要な地位にあることは、外見のいたるところから見て取れた。目下のところ、イタリアとドイツ帝国は緊密な関係にある。その一方で皇帝《カイザー》が軍隊を動員したと噂され、イギリスとフランスは戦地へ赴くことを余儀なくされそうだ。戦争はいまや目前に迫っていた。行くところ兵士の姿を見ないことはなく、古くからの激しい憎悪が復活の夜明けのように、イエナ、アウエルシュタット、メッツ、そしてセダンの戦場に現われつつあっった。

侯爵が受付で尋ねたところ、ドイツ人はウルリッヒ・フォン・グラーツ公であることがわかったので、そちらへ近づき自己紹介をした。そしてその晩、二人はホテルの中庭でコーヒーをともにした。会話の内容は主に、差し迫りつつある戦争と、その野蛮さについてだった。フォン・グラーツは根っからの兵士であり、普仏戦争にも従軍したらしい。その生々しくも新鮮な経験談、怒れる両国民の闘争に身を置いた男の経験談は、本質的に夢想家であるこのイタリア人をすっかり虜にした。

侯爵が話に心奪われ魅了されたことはフォン・グラーツを喜ばせたらしく、プロイセン軍がフランス諸州を席巻した際の忌々しい残虐行為を、より詳細に語りだした。侯爵はゾラの「壊滅」やモーパッサンの著作を読んではいたが、プロイセン軍がパリへと進軍するなか、フランスの農民がまともに戦うことを許さなかった槍騎兵の過酷かつ容赦ない残忍さについて、直接知り得たのはこの日が初めてだった。

二人の関係はより親密さを増していった。

日中、フォン・グラーツが姿を見せることは滅多になかった。軍国ドイツが哲学の一領域として全精力を注ぎ込み、学問の域にまで高めた戦争科学に関連する、退屈極まりない作業の一つに没頭しているらしい。そして夜になると、ホンブルクから取り寄せた漆黒の葉巻を手に、侯爵と話に興じるのだった。

会話はすべてフランス語で行なわれた——侯爵は自国にいるとき以外、どの国でもその言葉を使っていた。一方のフォン・グラーツもフランス語に堪能で、アクセントさえもほとんど正確だった。バヌテッリ侯爵がこの点を褒めると、普仏戦争中にジュラ渓谷を占領したときそれが役立ったと答え、司令部はジュネーヴ市街から数マイルしか離れていないフィルネーにあったと付け加えた。そして一段声を潜め、ジュネーヴに来た目的の一つは、かつての占領地をもう一度見て回るためだと言った。しかしいま、そうすることを躊躇っているらしい。戦争熱がフランス人の古い記憶を蘇らせ、過酷な統治を行なった自分はきっと忘れられていない。まさか歓迎されることはないだろう、と。

ジュネーヴにほど近いその地にまつわる出来事が、侯爵の興味を引いた。午後の散歩のついでに行ってみよう。それを聞いたフォン・グラーツはうらやましがり、目下のフランス人の国民感情を考えれば一緒に赴くのはとうてい無理だと打ち明けると、コンシェルジュに地図を持ってこさせ、侯爵が辿るべき道筋を書き込んでやった。

翌日の午後、侯爵は路面電車でジュネーヴ市街を離れ、フィルネーに通じる丘を横切ったところで降りた。それから地図に従い、郊外へ向かう狭い道路に入る。ところどころに大木が聳えるこの道を半マイルも歩けば、そこはもうフランスだった。標石のおかげで国境を越えたことを知ったのだが、フランス側の石には百合の花が彫られていた。また小枝を編んだ小屋のなかには、道路を守る歩哨が一人立っていた。

人通りの少ない田舎道のこととて、厳しく監視されることは普通ないのだが、今日に限ってはジュネーヴへ通じる主要道路と同じく、見張りが厳重だった。

侯爵はそれに構わず先へ進んだものの、フランスが軍事的に極めて敏感になっていることは感じ取れた。道路は西の方角に伸び、ジュラ山脈へと向かっている。ジュネーヴとフィルネーを隔てる低い谷の途中、侯爵は細長い森に寄り道した。あたり一面、もうすぐ花が咲き誇ろうとしている。侯爵が足を踏み入れた小道はかつての古道だが、いまでは草が生い茂り、もはや道ではなくなっていた。そこかしこで丸太を乗り越え、枝をかき分けねばならない有り様である。

フォン・グラーツが占領統治にあたっていた当時、森を横切るこの廃道は軍事道路だったに違いない。とにかく先へ進んでみよう、バヌテッリ侯爵はそう心に決めた。するとほどなく、鬱蒼たる木々に囲まれた狭い草地へ出た。

道路が途切れるところに農家の廃屋が建っている。丸太の破風を備えた古い様式の大きな家屋で、石壁に囲まれる形で中庭があった。家屋は重厚な作りで状態もまずまずだが、やはり年月のためにくたびれていた。森の木々に隠れ、廃道を辿ってしか行けないこの農家は、世界と隔絶された不吉な孤独という感覚を侯爵のなかに呼び起こした。古い物語にも、惨劇の舞台となる呪われた家の話が山とあるではないか。

そのまま草地を横切り森の縁に達すると、フィルネーからジュネーヴへ向かう主要道路が目の前にあった。侯爵は再びジュネーヴ郊外へと通じる国境をまたいだ。そこには警察署があり、歩哨が数人、日光を浴びながらベンチの周囲にたむろしている。またしても、フランス全土が監視体制にあることを思い知らされた。

その晩、侯爵は古道と廃屋のことをフォン・グラーツに話した。推測は当たっていた。占領当時、公は確かにその家屋に陣取っており、森の小道を切り拓いたのも自分だという。フォン・グラーツは相手の語る一言一句に耳を傾けている。そして話を終えたバヌテッリ侯爵がそのとき受けた不吉な印象のことを付け加えると、フォン・グラーツは重々しく首を振った。

「そこではいろいろなことがあった……敵対的な土地の統治は、きれいごとばかりでは済まないからな」フォン・グラーツはそう言ったきりしばらく黙り込み、蘇った記憶に厳しい表情を浮かべたものの、その内容を話すことはなかった。そしてようやく、あの地をもう一度訪れてみたいと言ったうえで、それを難しくしているフランス側の敵対的感情を嘆いた。

自分の語る内容に相手があまり興味を示すものだから、侯爵はそこでの散策をさらに続けた。かくしてそれをよすがに、フォン・グラーツはかつての占領地を再訪できたのである。

公は相手の語るすべての内容に興味を示したが、古道と打ち捨てられた農家に話が及ぶと、とりわけ強い関心を見せた。と言うのも――バヌテッリ侯爵はときどき考えるのだが――犯罪者は秘かに罪を犯した場所をよく記憶しているものであり、その場所がどう変わったかを知りたがるからだ。そう考えた侯爵はそちらの方面から話をそらさず、古道に横たわる木々のことや、そこに生い茂る草むらの高さや濃さなどを細かに話した。

古い農家の変貌ぶりに、フォン・グラーツはとりわけ心を奪われたようだ。飾り鋲の打たれた大きな扉、あれはまだ入り口に残っているかね？　扉は閉じられていたと聞いて、公はほっとしたように見えた。そして別の夜、今日は扉が開いていたと知るや、顔に懸念の色が浮かんだ。廃屋に襲いかかった年月が何かしら不吉な形をとって、自分自身の運命に絡んでいると考えたらしい。

その場所を自分の目で見たいという公の願望は、もはや一種の執念になっていた。農夫と出喰わす可能性があるとすれば、経路上のどの地点だろうか？　それに対してバヌテッリ侯爵は、森のなかで誰かと出喰わすことなどなかったし、すれ違う可能性のある農夫といえば、農家を過ぎた草地の隅、じゃがいも畑で収穫を行なっている二人の大柄な男だけだろうと答えた。

フォン・グラーツはフランス領に立ち入ることを恐れ過ぎているのではないか？　民間人の服装をして古道を辿り、農家の手前で引き返せば農夫に気づかれずに済む。その晩、部屋に戻ったバヌテッリ侯爵は、あのドイツ人の不安の底には、忌まわしく不吉な何かが横たわっているのではないかと考えた。その考えは翌日、フォン・グラーツから一枚のメモを受け取ったことでさらに大きくなった。公のメモは、元の司令部を訪れることにしたという言葉に続き、ランチの時間までに戻らなければ、侯爵自ら探しに来ていただきたいという奇妙な頼みで締めくくられていた。いかなる状況であってもこの件を他人に話してはならず、絶対に一人で来ていただきたい、と。

バヌテッリ侯爵はフォン・グラーツの身の安全に不安こそ感じなかったものの、ランチの時間になっても公の姿を見かけず、しかも今朝早くホテルを出てまだ戻っていないと知り、ようやく心配になった。そして路面電車でジュネーヴを離れ、再びフランス国境を越えた。

何一つ申し分ない午後のひととき。日光が頰を撫でるように優しく降り注いでいる。遠くの畑では農夫が仕事に精を出し、小枝編みの小屋のなかでは歩哨がうたた寝をしていた。バヌテッリ侯爵は森へと入り、古道を進んだ。蕾はますます膨らみ、いまにも花咲こうとしている。四月の昼下がり、この平穏と静謐のなか、いったい何がフォン・グラーツに危害を加えようというのか。わざわざここまで来たことが馬鹿らしく思える。しかし森の端に立ってあの廃屋を目にしたとき、切妻窓のところで何かが動くのを見たような気がした。

さらに目を凝らすと、今度は手招きしているのがはっきり見えた。開け放たれた扉をくぐって屋内に入る。想像していたよりもはるかに広く、作りも頑丈そのもの。長いこと無人だったにもかかわらず、建物はどこもしっかりしていた。

石の階段にバヌテッリ侯爵の足音が響く。どんなに勇気を振り絞っても、待ち受けているものへの恐怖を感じてしまう。階段のてっぺんに近づいたとき、自分の名前を呼ぶ声が聞こえた。見上げると、そこにはフォン・グラーツの顔。まるで壁のなかから自分を見つめているようだ。次の瞬間、公は扉の小窓からこちらを見ているのだと気づいた。

「閣下！」バヌテッリ侯爵は声を上げた。「何があったんです？　なぜここにいらっしゃるのです？」

「バヌテッリ侯爵」フォン・グラーツが答える。「わたしは囚人なのだ」

「囚人ですって？」と、オウム返しに繰り返す。「いったい誰がそんなことを？　すぐに歩哨を呼んできましょう」

「それはいかん、侯爵。歩哨など呼んだところで死は避けられぬ。わたしの希望は君の勇気と献身にかかっているのだ。後ろの窓を覗いて、じゃがいも畑に農夫が二人いるかどうか確かめてくれ」

バヌテッリ侯爵は階段の途中にある背の高い窓を向き、つま先立ちで外を覗いた。草地の反対側、森の端で、二人の年老いた農夫が鋤を手に地面を掘り返している。かがめた肩と背中に日光が降り注ぎ、気まぐれな風が二人の白髪をそよがせていた。その姿は祈りを捧げる平民そのものだ。侯爵は再び扉のほうを向いた。

「確かに農夫がいます。あの無害そうな者たちが、こんな無法となんの関係があるのです？」

「無害そうな者たちだと？」フォン・グラーツは大声を上げた。「とんでもない！　この世界で類を見ない復讐の魂――飽くことを知らぬ不滅の魂――があの二人に取り憑いているのだ！　いいかね、侯爵。君にこれから、この世でもっとも奇妙な話を聞かせてあげよう。

普仏戦争でわたしがこの谷に進軍したとき、ここには三人の兄弟が住んでいた。わたしの軍勢が森に達したのは夜のこと、そのとき兄弟の一人が戸外に現われ、猟銃を発射した。我々が家に押し入ると男は銃を捨て、抵抗する意志はさらさらなく、聞いたことのない物音に驚いただけだと言った。そいつは非の打ち所のない青年で、何一つ隠し立てすることなく、すべての質問に真正面から答えた。その言葉を疑うなどできない相談だった。すぐにでも解放してやりたかったが、槍騎兵に発砲したのは事実だし、悪しき前例を作るわけにはいかなかった。

そこでこの家を徴発し、その行為が一帯に知れ渡るまでの五日間、いままさにわたしが閉じ込められているこの部屋に、男を監禁した。そして最後の日、わたしは男を家の扉の前に立たせ、銃殺した。兵士に発砲した非戦闘員は残らず、自宅の扉の前でこのように処刑されると警告するためだ。男の兄二人が別々にわたしのもとを訪れ、弟の代わりに自分を撃ち殺してほしいと言った。わたしがそれを断ると、二人ともじっとこちらを見つめたよ――決して忘れまい、この獣を、という目をしてな」

フォン・グラーツはそこでいったん話を切った。

「侯爵、フィルネーの外れに古い教会があったのを、君も見たことだろう。屋根に十字架がかかっているあの教会だ。自分たちの命と引き換えに弟を助ける気はないと知った二人は、祈りを捧げるために教会を訪れた」そこでさらに声を潜める。「それから四十年、奴らは毎日祈りを捧げているんだ!」

言葉はそこで途切れ、公はしばらくのあいだ沈黙した。どんなに時が経っても弱まることのない奥深き無限の信仰、夜が明けるたび心に蘇る、求めたものは必ず与えられるという不屈の信仰。バヌテッツリ侯爵はそれらを必死に理解しようとした。

するとだし抜けに、思いがけない問いかけが耳に飛び込んだ。

「君は神を信じるかね、侯爵?」

驚き困惑したバヌテッツリ侯爵は肩をすくめた。

「わかりません――ただ、ときどきは」

「わたしは神など信じたことがない」フォン・グラーツが続ける。「だが、いいかね! 戦争が終わったあと、わたしはバーデンの地所に戻った。やがて歳をとり、この件もいつしか記憶から消えていった。しかしヴァルツフートの城館で過ごしたある夜、わたしは夢を見た。森の端に建つこの家の前に立ち尽くし、扉をじっと見つめているんだ。扉は閉じていた。わたしは大いに安心し――そこで目が覚めた。

それからもときおりこの夢が蘇った。そのたび、扉に対する不安が大きくなる一方、閉じていることとへの安心感も膨らんでいった。まるでその扉が、恐るべき破滅とわたしとを隔てているような感覚だ。夢の内容が変わることはなかった。恐怖で汗まみれになりながら、いつだってその扉を見ているんだ！」

フォン・グラーツは再びそこで間を置き、さながら肉体を失った霊魂のような声で先を続けた。

「子どものころの迷信からは誰も逃れられない。死人の額を触ったら二度とその人間の夢を見ることはないとか、そいつが恨みを残している場所に行きさえすれば、怨念はきれいに消え去るとか、そんな話だ。この忌々しい不安がよりいっそう頻繁に蘇るようになり、わたしはついに耐えられなくなった。そこでここを訪れ、この農家に出向こうと決意したんだ。悪夢が終わる希望とともにな……しかしフランス全体が怒りに包まれているいま、わたしは行くことを躊躇った。扉が開いていたことを君から聞くまでな。それでようやく決心したんだ。扉が開いているいま、この呪わしき悪夢がどういった結末を迎えるか、あえて考えずに」

屋根裏部屋に差す薄暗い光のなか、オークのドアに穿たれた細い覗き穴から見えるフォン・グラーツの顔はどこか幻想的で、幽霊を思わせた。

「それでわたしはここに来た。しかし森の端に着いたところで二人の男に取り押さえられ、ブラウスの袖を口に押し込まれたあと、この家に担ぎ込まれ階段を登らされた。そしてこの部屋に入れられたかと思うと、鍵をかけられたんだ……そう、わたしを捕らえた人物こそ、あそこにいる二人の年老いた農夫なのさ……あの扉の前で弟が殺された日からずっと、わたしをここへ連れて来るよう神に祈りを捧げていたらしい。そのうえ、わたしの監視も続けていたそうだ。二人はあえてこの農家を廃屋にすることで、わたしを誘う罠とした。さらに、わたしが囚人に与えていたのとまったく同じものを、奴らはわたしに与えた――水差し、黒パン、そして聖書だ。それだけでは飽き足らず、わたしが兄を拘束したときと同じく、五日間ここに閉じ込めておき、それから壁の前で銃殺するつもりなのだ」

バヌテッリ侯爵は恐怖で身体を震わせた。

「なんということだ！　なんという復讐なんだ！」

そして侯爵はその言葉を繰り返した。あたかもその音が、二人の恐るべき老人の信仰と忍耐、そして狂気を残らず投射するように。やがてバヌテッリ侯爵は振り返り、階段を降りる素振りを見せた。

「歩哨を呼んできましょう。いかにフランス人とはいえ、軍人であるからには残虐なことはしないはずだ」

だがフォン・グラーツはそれを止めた。

「それはいかん――そんなことはまったく無意味だ。確かにここから出られようが、生きて出るのは不可能だよ、侯爵。ドイツの軍人がフランスの歩哨に救出されたところで、ごたごたの最中に命を落とすのは目に見えている――その軍人がウルリッヒ・フォン・グラーツならなおさらだ。それだけじゃない。こうした状況のもと、フランスの領土で発見されたわたしのことを、皇帝陛下はどうお考えになるだろうか？　そこからどんな国際紛争が生じると思う……わたしはあらゆることを考えたが、頼りにできるのは君だけなんだ。弟のルドルフがいまバーゼルに滞在している。そこに行って彼と会い、家来を連れてわたしを救出しに来るよう伝えてくれ。時間は十分にある。バーゼルには一日で行けるだろう。あの二人も五日後までわたしを殺さないし、ルドルフなら素早く行動に移ってくれるはずだ」

「しかし、閣下」と、バヌテッリ侯爵が口を挟む。「わたしがあなたに言われて来たことを、弟上はどうして確かめられましょう？　メッセージがあればいいのですが、ここに書くものは何もありません。もしわたしの言葉を信じなかったら——あるいは狂人扱いしてしまったら？」

「それも考えたよ」

フォン・グラーツはそう答えると窓際に行き、先ほど話した聖書を持ってきた——小さいながらも厚みのある、革装の古い聖書だ。

「普仏戦争のあいだ、ルドルフとわたしが所属していた連隊の将校は、この単純な仕掛けを活用したものだ。伝令が何かの本を持っていて、末尾が七で終わるページに連続して三つ指紋がついていたならば、その伝令が携えている公文書は大至急を意味するのさ。わたしはこの聖書の七ページと十七ページ、そして二十七ページに指紋をつけた。これを弟に見せれば、君の言葉を信じるだけでなく、わたしが急を要する状況にあることもすぐに悟るはずだ」

そう言ってフォン・グラーツは分厚く古い聖書を、ドアの覗き穴から渡した。

「ルドルフ・フォン・グラーツはスリー・キングス・ホテルに宿泊している。さらばだ、我が友よ！　我が命は君の献身にかかっているぞ！　入ったときと同じ場所から外に出てくれ、そうすれば畑の二人に姿を見られる心配はない。森を抜けてジュネーブへ戻るんだ。君が通い慣れた、フィルネーからの道路を通ってな」

バヌテッリ侯爵は聖書をポケットに入れて外へ出た。それから森に入り、木々のあいだに身を隠しつつ狭い草地を迂回したが、農作業に精を出す二人のちょうど反対側まで来たところで足を止めた。

浮き立つような午後のひととき。人々を陽気にさせる暖かな日光が大地に降り注ぎ、爽やかな風がそよいでいる。遠くの畑から人や馬の音が耳に届き、青空に目をやればヒバリが声を震わせうたっていた。神の祝福を思わせるこの世界。なのに自分は身震いしている！

こうした自然の産物を作品のモチーフにし、悲劇をよりいっそう際立たせるのが詩人の常套手段である。そうした関係こそが人間の心により大きな恐怖を引き起こす、というわけだ。しかしそれとまったく同じ状況が、いまや現実のものとなってしまった。

日光が降り注ぐ平和そのものの午後、遠く離れた農家の灰色をした屋根の下、一人の人間が不可思議な幻想に囚われ、列王記に劣らぬ悲劇的な死を迎えようとしている。そして目の前では、二人の穏やかな老人が地面を耕し、大地の果実を植えている――だが実は、二人とも恐るべき復讐を果たさんとしているのだ！

バヌテッリ侯爵は帽子を上げて顔の汗を拭い、二人の農夫に目を向けた。身体つきは粗野でぎこちなく、表情もどこかぼんやりしている。人類が古くから抱く激しい情熱を追い求めているくせに、自分はなぜあの二人を見逃したのか。ああした素朴な人間が、ヤハウェの戦いにも勝ることを考え、実行に移したというのに。

そしてこの完璧な午後のただなか、忌まわしくも鮮烈な一大悲劇が、なんの兆しも見せないまま繰り広げられているのだ！

侯爵はもはや、この陰鬱な考えが生み出した世界から逃れることができず、草地を横切りフィルネーからジュネーヴへ通じる道路を歩くあいだも、そのことを考え続けた。しかし太陽の下、人の物音がする場所に近づくと、遊びに興じる子どもたちの姿が目に入り、親しげに話し合う農夫たちの声が耳に届いた。先ほど体験したことを人生における現実として受け入れるのは、やはり難しいようだ。この場に立ってみると、悪夢が生み出した奇怪な幻想としか思われない。そしてそれを確認するかのように、侯爵は無意識のうちにポケットから聖書を取り出し、フォン・グラーツが指示したページをめくった。確かに、それらのページには指紋がつけられている。暖炉の床で指を黒ずませ、それでつけたのだろう。どれも単なる汚れにしか見えなかった。

聖書をポケットに戻そうとしたとき、前方に立つ歩哨の姿が視界に入った。目を上げるとそこはすでに国境線だった。警察署の入口前に置かれたベンチには、休暇中の紳士といった風情の、痩せた白髪頭の男が座っていて、新聞に目を通している。侯爵は一歩下がって聖書をポケットに入れた。それと同時に二人目の歩哨が道路に姿を見せた。

「失礼ですが、あなたを拘束させていただきます」

「拘束だって?」バヌテッツリ侯爵はおうむ返しに言った。「なんの理由で?」

「あとでおわかりになりますよ」と、歩哨が答える。

侯爵は怒りの感情に包まれた。

「この蛮行に断固抗議する！　わたしはイタリア国王ヴィクトル・イマヌエル陛下の臣下であり、先へ進む権利を妨害されるのは許されない！」

二人の歩哨はそれに答えず、目の前のイタリア人を拘束しようとするかのように、一歩前に踏み出した。その瞬間、ベンチに座っていた男が新聞を置いて立ち上がり、道路のほうへ歩いた。そして侯爵に近づくと頭を下げて一礼した。

「失礼ですが、閣下。わたくしは当局にささやかながら顔が利きましてね。バヌテッツリ侯爵の如き高名な方のお役に立てれば光栄に存じます」

この見知らぬ男が自分の名前と称号を知っているのはなぜなのか、バヌテッツリ侯爵にはまったくわからなかった。しかし眼の前にいる男は紳士のようだし、二人の歩哨から逃れられるのであれば、これほどありがたい話はなかった。

「すまない、ムッシュウ！　このままジュネーヴに向かうことができれば、君には感謝してもし尽くせない。わたしがなぜこうした侮辱を受けねばならないのか、どうしてもわからんのだよ」

未知の男はそれをなだめる仕草をした。

「いや、閣下。どの国にもそれぞれの欠点がありましてね」そこで腕時計に目を落とす。「さて、恐れ多くもバヌテッリ侯爵が茶をご一緒していただければ」――そう言って近くの村落を指差した――「一時間のうちに閣下の心配事をすべて解消し、ジュネーヴへと無事にお連れいたしましょう」

二人は村落の門をくぐり、丘の頂上へと伸びる細長い庭園の道を上った。そこから見るレマン湖は、ジュネーヴ周辺からの眺望に決して劣らなかった。一方にはオート＝サヴォワの峰々とモンブランが天に向かって聳え、もう一方にはジュラ山脈の麓に沿って比類なき渓谷が伸びている。

庭園の頂上にはテーブルが置かれていた。男はアルプスを見渡せる場所にバヌテッリ侯爵の椅子を置き、自分は渓谷と街道を見下ろすフランス側に座った。茶が運ばれ、侯爵がそれにレモンを加えていると、見知らぬ男は話しだした。

「閣下、ご一緒できて誠に光栄です。ずっと以前から、ドイツオペラの構成に関する閣下のご意見をお伺いしたいと思っていたんですよ」そう言って、高名なる権威に敬意を表するかのような身振りをした。「ドイツ悲劇の構成は不必要なまでに冗長で、くだらない仕掛けに重きを置いたり、場面の変わり目ごとに鈍重かつ哀れな舞台効果に頼ったりしている、というのがわたくしの感想でして――神秘的なドイツの精神が、重苦しくそれでいて明白この上ないロマンスの雰囲気に飲み込まれている。

それともわたくしのこの意見は、偏見に過ぎないでしょうか?」

茶の味は素晴らしく、目の前の見知らぬ男には人を引きつける魅力があった。そして男の発した質問は、自分がいままさに航海している海原へと投げ込まれたのである。どうして考えずにいられよう。男はバヌテッリ侯爵の一言一句に興味深く耳を傾けている。そして自分の言葉に知的な答えを返し、また自分の意見を高く評価したことに、侯爵は強く感銘を受けた。

このようにして十五分、三十分、四十五分、そして一時間と時が過ぎた。しかし侯爵による批評が佳境に差し掛かったとき、男が突然フィルネーに向かう道路のほうを指差した。

「申し訳ございませんが、閣下。あそこに見えます人物、いままさにフランスとの国境を越えようとしているあの人物ですが、もしかしてウルリッヒ・フォン・グラーツ公ではないでしょうか?」

バヌテッリ侯爵はその場に飛び上がったが、あまり急に振り向いたので、テーブルをひっくり返しそうになった。直立不動の歩哨の前を、大柄なドイツ軍人が堂々たる歩みで通り過ぎ、スイス領へと入ってゆく。侯爵は息をあえがせ、歯の隙間から言葉にならない呟きを発した。

「なんということだ! 公は無事じゃないか!」

「無事ですと?」男が驚いたような声で繰り返す。「高名な外国人が、フランスで危険な目に遭うことなどありましょうか?」

「逃げ出したんだ! 公は逃げ出したんだ!」と、すっかり興奮したバヌテッリ侯爵が繰り返す。

「無事ジュネーヴに入ったんだ! わたしが出発したときは、死を待つ囚人だったのに!」

フォン・グラーツが囚われた忌まわしい罠のことを、バヌテッリ侯爵は細かなところまで残らず、大げさな身振りを交えながら早口で語った。公がそこへ赴くことを余儀なくさせた超自然の圧力、公を待ち受けていた悪魔のような復讐、そして自分が果たした役割と、いまバーゼルへ運ぼうとしているルドルフ閣下へのメッセージのことを。

背が高く白髪頭の男は、呆然とするイタリア人の前に立ち、わざとゆっくりマッチを擦って煙草に火を点けた。そしてマッチをかざし、穏やかながら奇妙な笑顔を浮かべつつ、火が消えるのを見つめた。

「閣下がおっしゃるとおり、ドイツ人というのはどうしようもなくロマンチックですな」そう言って指を弾き、マッチを放り投げる。「こんなことを考えるのはチュートン族くらいのものでしょう。すなわち、フランスから何かを持ち出したいが、それを自分で運ぶのは躊躇われる。またその何かは、彼の代理人によってある廃屋のなかに置かれている。そして普段閉じている扉は、準備が整ったときに合図として開けられる……閣下にお尋ねしますが、そうした単純な目的を果たすため、悲劇詩人の退屈な性質まで利用する人間など、ドイツ人以外に果たしているでしょうか？　夢のこと、フランス訪問のこと、ありもしない処刑のこと、そして秘密の暗号のこと。さらに、訴訟のために空き家となっている家屋、さらには虫一匹殺すことのできない善良なる二人の老いた農夫まで、彼らは利用したのです！」

「しかしだな、ムッシュウ」と、唖然となった侯爵が声を上げる。「ウルリッヒ・フォン・グラーツ公はいったい何をフランスから持ち出そうというのかね？　それに、そこまで知っている君はいったい何者なんだ？」

「ポケットにある聖書を調べさせていただければ、その答えとなるはずです」

バヌテッリ侯爵から聖書を受け取った男は、それをテーブルに置くと、ポケットナイフの刃をカバーの端に滑らせて切り裂いた。なかから現われたのは顔料を塗られた一枚の布で、二つにきっちり折りたたまれている。そこには絵図がぎっしりと描かれていた。

「これはボージュ山脈沿いに所在する、フランス軍の要塞を記した図表です……そして閣下、わたくしはパリ警視総監のムッシュウ・ジョンケルと申します」

第6章　ブリュッヒャーの行進

これが戦争だとは、どうしても信じられなかった。

太陽の下、その村落は白く輝いていた。戸口では犬が寝そべり、道路では子どもたちが遊びに興じている。丘の尾根沿いに所在する村落には小さな家屋がいくつかあるばかりだが、丘の脇には封建時代の城館が建っていた。それはまさに、荒涼たる砂漠にぽつんと存在するオアシスのようだった。

戦闘はこの村を挟む形で行なわれていた。野戦砲による終わりなき決闘。ドイツ軍は高地の西側で、フランス軍は南東側で身動きが取れず、いずれも前進できないでいる。村落を支配しているのはフランス軍だが、さりとて占領しているわけではない。砲戦術はいまやすっかり変化を遂げ、野砲隊は丘の頂上ではなく、その麓に配置されていた。

戦況はかように膠着していたものの、フランス軍の砲術大尉はこの状況を大いに利用していた。タラスコン出身の彼にとって、太陽さえ上っていれば憂鬱なことなど何一つなかった。いまだって道路を歩きながら歌をうたっている。それはいつまでも心に残る、柔らかなリフレインを伴っていた。

「ああ、なんときれいなマーガレット《ケレ・ベル・ラ・マルゲリート》！」

最初の部分は力強く朗々たる歌声だが、「マルゲリート」という単語にさしかかるとなんとも柔らかで官能的になる。大尉が向かう先は丘沿いに建つ城館で、所有者のアメリカ人マーマデューク・ウッドと昼食をともにするのが目的だった。

多数の召使いが立ち働くこの城館には地下室があり、プロイセン軍が迫り来る状況にあっても、ウッド氏は動じることなくフランス人との昼食に臨んだ。

表面上は明るい態度を示していた砲術大尉だが、心はひどくかき乱されていた。村落のなかに、ドイツ軍と密かに通じている者があるというのだ。彼はその真偽を確かめ、そして知った。高地の背後に隠れて部隊を移動させるたび、敵はただちに砲弾の角度と向きを変えてくる。決して超能力などではなく、何者かが部隊との距離を通報しているに違いない。大尉はこの状況をパリの陸軍省に伝え、密偵を派遣するよう求めた。その一方で村落をぶらぶら歩きながらも、身の注意は怠らなかった。

農夫が一人、店の前に置かれたベンチに座り、靴を直していた。その頭上では、木製のかごに閉じ込められた一羽のウソが、壁に向かってさえずっている。歳のころ六十くらいかと思われるその農夫を、大尉は一度ならず目にしていた。しかし歳に似合わず強健な身体つきだったので、フランスが必死の戦いを続けているいま、軍役に就いていないのが不思議だった。

大尉はその場に立ち止まるとリフレインをやめ、指先から空に向かってキスを投げた。

「ご老人。銃をとってドイツ人と戦ったらどうだ？」

農夫は靴に縫いつけていた革の切れ端を置き、砲術大尉を見上げた。その顔にはなんの表情も浮かんでおらず、ただぼんやりしている。

「まったく無駄なことさ」

「無駄だと？」大尉は思わず繰り返した。「どうしてそんなことがわかるんだ？」

「そうだな、ムッシュウ」と、農夫は答える。「わしよりもよくわかっている人間が、他に誰かいると思うかね？」

その瞬間、かごのなかで日光を浴びていたウソが、甲高くさえずりだした。砲術大尉はぎょっと驚き、それに耳を傾けた。やがて背筋が伸びてゆき、軍人らしい直立不動の姿勢となる。ウソは歌詞の一部を残してさえずりを中断したあと、再び歌声を繰り返した。

大尉は魔法で銅像に変えられたかの如くその場に立ち尽くしていたが、短剣を突き上げるような喧嘩腰の姿勢を急にとった。

そして「くそったれ《ディアブル》」と言い残し、軍隊式の早足でその場を立ち去った。

赤煉瓦の壁が聳える城館の入り口に近づき、歩哨に声をかけて中に入る。正午はとうに過ぎており、ただちに食堂へ通された。

食堂は二階にある風通しのよい広々とした空間で、壁面には窓が並んでいた。食卓には床まで届く素晴らしいテーブル掛けが敷かれ、大きな鉢に花が生けられている。西へ沈む太陽の光が窓から差し込んでいたが、その光が食卓に直射するのを避けるため、窓のブラインドは下ろされていた。

その食卓は、平時のリヴィエラで用意されるものと寸分違わない。日光の差し込む明るい部屋の静かな優雅さを見ていると、戦争はあたかも月面で行なわれているか、あるいはおとぎ話として語られているかのように思われた。

そして大尉は、この日二度目の大きな驚きを体験することになる。テーブルには三人分の食事が用意され、あとの二人はすでに着席していた。英国仕立てのツイードに長身を包んでいるのは、ホストのマーマデューク・ウッド氏だ。

三人はシャンパンを片手に、世界中のあらゆる曲を知っているとでもいうように、オペラの様々なアリアを話し合った。

この会話に華を添えたのはシャンパンばかりではなかった。アメリカ人はいささか顔を赤くしていたものの、頭はまだまだしっかりしている。しかし大尉の見知らぬ第三の男は、ワインにすっかり酔っていた。ホストが立つのに合わせて男もふらつく足で立ち上がり、大尉に一礼してからこう言った。

「わたくしこそ、あなたのお求めになった密偵です。名前はたくさん持っていますが、ここではコルドン・ルージュとお呼びください」そういって妙に甲高い笑い声を上げた。

それからポケットに手を入れて革の札入れを取り出し、なかの書類をおぼつかない指先でまさぐったあと、仰天している大尉に一枚の紙を手渡した。それは公式の暗号で記された、陸軍省からのメッセージだった。

「我々はフランスで最高の人物を貴殿のもとに派遣する」その文章の下には署名があった。

すっかり驚いているプロヴァンス出身の大尉が紙片を返すと、コルドン・ルージュ氏はそれを札入れに戻した。驚くのも無理はない、と彼は思う。自身のことも、自分の任務のことも一切秘密にせず、しかもフランスのワインにちなんで名づけられた密偵――実にふさわしい名前だと思うのだが――など、この若い大尉にとってまったく未知の存在なのだろう。

「ムッシュウ」と、密偵は身振りを交えて続けた。「我々のホストに隠し事をするのはやめておきましょう。何しろ恩がありますからね。わたしがこの場にいられるのも、おそらくはささやかな信頼関係のおかげだ。あなたの友人でゲストであると言ったところ、この方はありがたくもわたしを通してくださったんです」

そして男はわざと大きく両手を広げた。いかにも得意げなポーズだ。

「ムッシュウ・マーマデューク・ウッド」男は続ける。「砲兵隊の位置をドイツ軍の前線に伝えている人物がいます。ここにおられる大尉は、パリの陸軍省に密偵を派遣するよう求めた。そして」——そこで言葉を切り、ベストの胸に手を差し入れたかと思うと、うやうやしく頭を下げた——「わたくしめがここに参上したというわけです」

アメリカ人は笑みを浮かべ、砲兵大尉のために椅子を引いてやった。

「ムッシュユウ・コルドン・ルージュをお迎えできて光栄です。たとえその名があなたの変名であっても」

本人も認めるとおり、このアメリカ人はシカゴの家畜置き場からのし上がった人物だが、ふるまいは実に洗練されており、言葉遣いも大陸人のそれとほぼ同じだった。アメリカの中流階級に属する男がヨーロッパ流の優雅さを身につけているのは、いったいどういうわけか。イリノイから来たこの畜産業者は、華美な服装をすることもなく、人生の黄昏を迎えて目立ってきた白髪を隠すために髪を短く刈り揃えるなど、まるで軍人のような出で立ちだった。海の向こうからやって来た金持ち連中はまさに変幻自在だ、大尉はそう考えた。六十代後半を迎えたフランスのブルジョワが、男爵の振る舞いをいきなり身につけるなど決してあり得ない。

プロヴァンス出身の砲兵大尉は素晴らしい昼食に手をつけたが、血が熱くたぎっていた。目の前の男が悪魔のように厚かましいからだ。それが証拠に、城館へ着くや否や、門のベルを鳴らしたかと思うと、自分は共和国陸軍砲兵大尉アンリ・アルフォンス・マリーの友人にしてゲストである、などとのたまったというではないか。他にも言い方がありそうなものだ……ともかく、こんな言葉でもってこの食卓にありついたのだ！　かような無礼には耐えられそうにない。

「ムッシュウ・コルドン・ルージュ」と、鳩肉に舌鼓を打ちながら呼びかける。「パリの陸軍省にはわたしのゲストを決める権利があるだろうが、友人については自分自身で決めることにしている」

密偵はフォークを置き、大尉の顔をじっと見つめた。

「ムッシュウ、その習慣はよろしくない。やめることをお勧めしますよ――友人というのは神の贈り物ですからね」

「その件についてはあとでじっくり話し合いたいものだ」大尉の顔は紅潮していた。「貴様の任務が終わったらな。城館の裏手に手頃な芝生があっただろう」

密偵はフォークの柄でテーブル掛けの上に平行四辺形を描いた。

「どれくらいの広さですかな?」

「人を一人、殺すのに十分な広さだ」

密偵はグラスの脚を指でもてあそんだ。

「ムッシュウ、人を殺すには狭い場所でも十分ですが、人を埋めるには最低でも六フィートは必要ですよ」

「それも大丈夫だ」大尉が答える。「その死体は、貴様が提供してくれるだろうな?」

「ええ」

「さて、何も問題はないわけだが、時間だけが少々曖昧なままだ」そこで一息つく。「ムッシュウ・コルドン・ルージュはここでの任務が終わってから二時間以内に、その死体を提供するということでいいか?」

密偵はテーブルの反対側を横目で見た。

「このランチが終わってから二時間以内に、ですな。あなたが言うわたしの任務とやらは、もう終わりましたのでね」

砲兵大尉は驚きの表情を浮かべた。

「つまり、ドイツ軍と通じているのは誰か、もう摑んだというのか？」

「ええ」

「その人物をか？」

密偵はテーブル越しに大尉の顔を睨みつけた。

「その人物をです！」

砲兵大尉はあくまで落ち着き払っている。

「ムッシュウ・コルドン・ルージュ、いつ、この問題を解決したのか教えてくれないか。そう、正確に」

「喜んで」密偵は答えた。「今朝、この村に足を踏み入れた瞬間ですよ」

「村に足を踏み入れたとき、貴様は何を見たんだ？」

「同じ村に入っても、人によってそれぞれ見るものが違います……それに、窓際に立って村を見下ろせば、いろいろなものが目に入る。

たとえば三十分ほど前、あそこの窓際に立っていると、道路をこちらへやって来るアンリ・アルフォンス・マリーの姿が目に入った。共和国陸軍の砲兵大尉でありながら、ロンドのリフレインを口ずさんでいる。歌詞はこうでしたな。

『ああ、なんときれいなマーガレット！』

それにムッシュウ、念のためお教えしますが、あのバラードはフランスの歌じゃないんです。実は別の国の歌でしてね」

そこまで言うと、密偵は英語でうたいだした。

頭の上も足の先も黄金色
カートルの折り返しも黄金色
我が愛しい人よ、君のベルトも黄金色
ああ、なんときれいなマーガレット

グラスを掲げながらうたうその声は、腹の底まで響き渡るようだった。

「よろしいか、ムッシュウ。フランスの兵士が他国の歌をうたっていても、わたしはまったく驚かないし、立ち止まってそちらを見つめたり、軍人としての態度をとったりするなどしません」

「なぜそうする必要があるんだ?」大尉は平静を保ったまま言った。

「なぜなら、かごのなかの鳥が外国の歌をさえずっているのを聞いたアンリ・アルフォンス・マリー砲兵大尉は、ただちに立ち止まりそちらを見つめ、軍人としての態度をおとりになったからですよ」

「しかし、ムッシュウ」大尉が声を上げる。「貴様はその歌を聞いたのか――あれは『ブリュッヒャーの行進』だったんだぞ!」

そのとき、ゲストの怒りに不安を感じだしたアメリカ人が、静かに割って入った。

「ムッシュウ・コルドン・ルージュ」と、腰を折って丁寧にお辞儀する。「いまお伺いした二つの話には、大きな違いがあるのではないですか？　フランスはイギリスと戦争状態になく、飽くまで同盟国だ。フランスの村落でイギリスの歌を聞いたからといって、別に気にすることはありません。ところがフランスの村落でドイツ帝国の軍歌を聞いたとあれば、誰だって驚かずにはいられない。ドイツ軍の進撃はまだこの村に達していないからです。マリー大尉が驚いたからといって、責められるものでもありますまい。その鳥はどこから飛んできたのでしょう。そしてどんな経緯があって、ブリュッヒャーの行進をフランスの村落でさえずったというのでしょう……それに何より、マリー大尉は神経を尖らせておられた。ドイツ軍の砲火から判断して、どこかにスパイが潜んでいるのは明らかなのですから」

そこで言葉を切り、タラスコン出身のゲストを向く。

「マリー大尉、その奇妙な鳥を所有している村人は、いったい誰なのでしょう？　正直申しますと、わたしもあなたと同じく少々驚いております」

「靴屋の親父ですよ」大尉は答えた。

「それでは、その靴屋を鳥とともにここへ連れてきて、この件について説明を求めようではありませんか」

大尉は命令書を書き上げ、ホストにそれを送らせた。しかし密偵はまったく不満の様子だ。

「ムッシュウ」と、大尉に向かって口を開く。「その鳥がブリュッヒャーの行進をさえずっていたと、どうしておわかりになるんです？」

「今日までの数日間、何度も耳にしたからな」大尉はそっけなく答えた。

「とすると、行進曲をさえずっていたことは、昨日以前からお知りだったのですね？」

「いいや、それは違う。昨日までは店の裏、室内のどこかでさえずっていたのだが、今日になって初めて、店の前でうたっていたんだ。つまり昨日までは、さえずっている曲が何かを突き止められるほど、そちらに注意を払っていなかったのさ」

「今日はどうやって突き止めたんです？」

「ムッシュウ」大尉の声が荒くなる。「聞いた瞬間、その曲だとわかったんだ」

「間違いないでしょうな？」

密偵はそう言って椅子にもたれ、曲を口ずさんだ。テーブルクロスから足を突き出し、リズムを刻む。その旋律は、靴屋の前でウソがさえずっていたのと寸分違わない。しかし、自信なさげに旋律を繰り返しながらも、最後まで口ずさむことはできなかった。

「くそっ《ディアブル》！　ここのメロディーを忘れてしまった！」

「おやおや、ムッシュウ」アメリカ人が口を挟む。「困りましたな。あなたがお忘れになった部分は、わたしも聞いたことがないので」そう言って、密偵が口ずさんだ旋律を低いキーで繰り返した。

営舎のような雰囲気のなか、密偵の足音が床に重く響き渡る。すると突然、大尉は一つのことに気づき、目の眩むような衝撃を覚えた。密偵の靴が左右違っていて、その片方は木靴だが、もう片方は農夫が修理に勤しんでいた革靴ではないか！

そのとき、歩哨が靴屋を連れて入ってきた。木の籠に入ったウソも一緒だ。

密偵が真っ先に口を開き、脅すような口調で靴屋に話しかける。

「訊かれたことに答えるんだ」

この脅しによって目の前の老いた農夫が正直に答えるか、あるいは巧妙な嘘をでっち上げるか、誰にも見当がつかなかった。知っていることを残らず話すか、あるいはすべての質問に細心の注意を払って答えるか。そして密偵は、その証人を大尉に引き渡す身振りをした。

大尉は椅子に座ったまま振り向いた。

「この鳥は」と、指先でウソを指す。「ブリュッヒャーの行進曲をさえずった」

「そのとおり、ムッシュウ」農夫が答える。

「あれはドイツの曲だ」

「さようで」

「誰が教え込んだ？」

「わしが教えたんだよ、ムッシュウ」

「ならば、貴様はドイツ人だ！」砲兵大尉は声を上げた。

「とんでもない！　わしはジュラ県出身のフランス人だ！」

そのとき、密偵が話を遮った。「それは間違いない。わたしが請け合いましょう」

「ムッシュウ・コルドン・ルージュ、頼むから邪魔をしないでくれ。貴様が何を命じられたにせよ、この件は自分自身でケリをつける」

「いや、ごもっとも」密偵は言った。「しかし、ドイツの曲を知っているからといって、それでドイツ人になれるわけでもありますまい」

一瞬、大尉は口をつぐみ、農夫を鋭く睨みつけた。日光が室内に差し込み、床を照らしている。城館の外では大規模な砲戦が繰り広げられていた。

やがて、大尉は尋問を続けた。

「今日、貴様は店の前で、ドイツ軍に抵抗するなどまったく無駄だと言った。奇妙じゃないか。そしてわたしは、なぜそんなことがわかると訊き返した。すると貴様は、さらに妙な返事をした。『わしよりもよくわかっている人間が、他に誰かいると思うかね？』とな。おかしな言葉だ。いったいどういう意味なんだ？」

老人は周囲を見回した。紙に包んだ何かを小脇に抱えていたが、それをブラウスのなかにしまい、ゆっくりとした口調で語りだす。

「さよう、ドイツ人と戦うことが無駄なことを、わし以上によくわかっている人間がいると思うかね？　一八七〇年、わしはそれを立証しようとした……六人の兄弟とともに、ヴァイセンブルクでな。兄弟はみな銃弾に倒れ、わしは遠くの村へ連行された……空中に森が浮かんでいるかのような村だった。そしてそこで、ドイツ人への憎悪をわしに教え込んだ、一つの出来事が起きたんだ……憎悪といっても、動物が火を嫌うようなものだがな。憎みながらも、相手を打ち負かすことはできないとわかっているのさ。

そのときのことが昼夜を問わず、いつも記憶に蘇る。兄弟の死……それこそが戦争だ。しかしわしはまだ子どもだったし、自尊心というものがあった。わしだってフランス人だ、ムッシュウ。奴らが押しつけた恥辱のことを、わしはいつまでも忘れないだろう。涙を浮かべてよくこう言ったものさ。『ジュール……ジュール・マルテンよ、貴様はフランスの恥となった。貴様は死ぬべきだ。死ぬという意思を持つべきだ』しかしわしは死ねなかった。さよう、山で迷いパンが無ければ、人は死ねる。しかし目の前にパンがあれば——簡単には死ねんものだよ……死ねると信じる者はいるだろう。自分には死ぬ意思があると考える者もいるだろう。しかし自然とそう考えるわけじゃない。人は恥辱に耐え、恥辱というパンをかじりながら生きるものさ」

そして老人はとりとめなく話を繰り返した。あたかも話の結末が、自分の前からどんどん逃げてゆくように。

密偵は目を半分閉じたまま座り、アメリカ人は農夫に鋭い視線を送っている。やがて、砲兵大尉が老人の繰り言を遮った。

「この奇妙な話は、いったいどういうことなんだ?」

農夫は先を続けた。

「監獄は広場にあった。窓には鉄格子……食事はドアから差し入れられるはずなのに、奴らはそうしなかった。それがユンカー中尉の趣味だったに違いない。やがて人が集まり、笑いだした。腹を抱えて笑いだしたんだ……フランス人の捕虜がブリュッヒャーの行進を口ずさみ、パンを請い求める姿にな……いいや、ムッシュウ。最初はどんな曲か知らなかったんだ。ユンカー中尉が口ずさんでいたメロディーを、ただ繰り返しただけなんだ……それがこのざまさ!」

そして老人は、自分がどこにいるかも忘れて床に激しく唾を吐いたあと、不思議そうな目で三人の男を順に見回した。

「さよう、人間は歳をとるとますます奇妙になる。わしもそうだ。ドイツ産のウソを飼って、ブリュッヒャーの行進をさえずった褒美にパンをやるんだからな……試してみてはどうかな。そうすれば、わしの言葉が真実だとわかるだろう」

砲兵大尉はパンをちぎり、かごのほうに手を伸ばした。

鳥はすぐにうたいだした。ときに躊躇い、とぎれとぎれになりながらも、あの旋律を繰り返す。それは通りで見かけたのとまったく同じ光景だった。しかし大尉が驚いたことに、旋律のなかで鳥が抜かした部分は、ムッシュウ・コルドン・ルージュが先ほど抜かした部分と完全に一致していた。そのうえ密偵とまったく同じように曲の途中で立ち止まったり、旋律を繰り返したりしているではないか。鳥のうたう歌声は、行進曲の旋律と同じだった。

仰天したのはアメリカ人も同じである。しかし砲兵大尉は、南部人の気質にもかかわらずあくまで平静を装った。

「もう一つ答えてもらおう。この鳥がうたっていた場所だが、その時々で違っていたのはどういうわけなんだ?」

「ああ、ムッシュウ」老人は間を置かずに答えた。「それは日光のせいだよ。このドイツの鳥はわしより幸せとみえてな、かごに日光が差し込むたびに歌うんだ」

そしてブラウスにしまった包みのことを突然思い出したのか、それを取り出し密偵に渡した。

「ムッシュウ、靴をお持ちしましたぞ」

密偵は驚いた様子も見せず、この不意打ちに対応した。

「ありがとう《メルシー》。木靴はやはり履き慣れないね」そう言って靴を履き替え、立ち上がった。

「大尉殿。この農夫をスパイとして射殺すべきでしょうか?」

大尉は農夫の顔をまじまじと見つめた。

「そうは思わんな」

「よろしいですか、この農夫はフランスの村落においてドイツの曲をさえずるドイツの鳥を飼っていたのですよ?」

大尉は何やら思案しながら、その言葉に答えた。「ドイツ軍の前線に合図を送っていたのは、この農夫ではないだろう」

「では、別の人間だと？」

「たぶんな」

「それなら、このドイツ産の鳥は？」

「ムッシュウ・コルドン・ルージュ」大尉は当てこするように言った。「この鳥はドイツ軍の砲火と無関係であると、わたしは確信している」

「そうですか、ムッシュウ」密偵はいっそう声を上げた。「覚悟なさることですな、あなたの将校としての人生が一変することを」

そしてかごを手にすると、ドイツ軍の前線に面した窓のそばへそれを運んだ。それからブラインドをずらし、かごに日光が当たるようにする。その瞬間、農夫が先ほど言ったように、ウソがさえずり始めた。すると奇妙なことが起こった。ドイツ軍の砲火が止み、しばらく沈黙が訪れたあと、鳥がうたい終わるのに合わせていっそう激しい砲声が轟きだしたではないか。

「マリー大尉」密偵の声が室内に響き渡る。「ドイツ軍の砲弾はいまどこに落ちていますか？」

砲兵大尉はフランス軍の陣地を見下ろす東側の窓へ走り、双眼鏡で野原を見渡したかと思うと、大声で悪態をついた。

「なんということだ《ノム・ド・シャン》！　砲弾は我々の百メートル向こう、森の端に落ちてるじゃないか！」

密偵はかごをテーブルに置いた。

「ムッシュウ、フランスには偉大な人間がいて、最後の瞬間において頼りになるのは神であることを、我々に教えています。わたしもそれを熟慮し、その意見を取り入れました。しかし今朝、わたしの靴を引き裂いた鉄条網のせいで、わたしはこの農夫の店の前で立ち止まり、この鳥に気づき、農夫の奇想天外な話を聞き、また奇妙な神慮の働きによって、この場にいることとなったのです」

「奇想天外な話だと！　こんなもの、くだらん嘘に決まってる！　こいつはプロイセンのスパイなんだ！」

大尉の顔は興奮のあまり紫色になっていた。一方のアメリカ人は、現実でないものを見せられた人間の如く、身じろぎ一つせずに座っている。

「いいえ、ムッシュウ」ワインが身体から抜け切り、密偵の声は穏やかになっていた。「農夫の話は真実であって、この件における奇妙なエピソードの一つに過ぎない。話にあったとおり、彼はバーデンの村落で捕虜となった……その報告書もあります。つまり、いま我々の手元には孤立してばらばらな欠片がいくつもあるが、我々には理解できない神慮の働きがなければ、それを一つにまとめることはできないのです。

さて大尉、このウソを軍法会議にかけるおつもりですか？」

「ムッシュウ」大尉は答えた。「わたしには貴様の言うことなどわからんが、ドイツ軍がなんらかの方法で、この農夫が所有している鳥を通じて合図を受け取っていることは理解できる。この謎をわざわざ解明しようとは思わない。わたしは鳥の首をへし折った上で、農夫を銃殺隊の前に立たせるつもりだ」

「お待ちください、大尉」密偵の声には威厳があった。「少し前、わたしはあなたに死体を一つ提供すると申しました。しかし誰の死体にするかをお任せしたつもりはない。死体を選ぶのはわたしだと申したつもりです――そう、あなたに死体を一つ提供すると……なので、確かにそうさせていただきますよ」

しかし砲兵大尉はあくまで頑固だった。

「本当は何者かわからんが、ムッシュウ・コルドン・ルージュ。フランス秘密機関の一員として貴様を受け入れるのは、わたしとしてもやぶさかではない。しかしこの村における軍事当局の一員として、貴様を受け入れるつもりはないからな」

そして大尉は立ち上がろうとしたが、すぐにその動きを止められた。それまで押し黙っていたアメリカ人が、さっと腰を上げたのである。表情は能面のようだが、非の打ち所のない態度は相変わらずで、腰を折って深く一礼すると両足の踵を打ち鳴らした。

「死体を選ぶのはわたしにお任せください！」

そしてポケットから自動拳銃を取り出したものの、悪魔の選択をするより早く密偵の指がその手を捕らえ、手首を叩いて押し戻した。すると銃声が轟き、アメリカ人は床に崩れ落ちた。

「なんということを！」砲兵大尉が声を上げる。「貴様はアメリカの紳士を殺したんだぞ！」

「いいえ、違います。『ブリュッヒャーの行進』をすべて口ずさむことのできない紳士を射殺したまでです」

「くそっ《ディアブル》！」大尉は一声叫び、絶望的な様子で両手を突き出した。「『ブリュッヒャーの行進』が、ドイツ軍にどんな合図を送ったというんだ！」

「大尉、この曲はなんの合図も送っていませんよ。あなたのホストはブラインドの開け閉めという簡単な方法で合図を送っていたのです……今朝、村を歩いていたときそれに気づきましてね。ブラインドが降りていれば、フランス軍が前進したことを意味している。上がっていれば後退したと。ドイツ軍は望遠鏡を使って、このブラインドを観察すればいいのですよ」

「ムッシュウ」砲兵大尉の声には感嘆の色がありありと浮かんでいた。「この男は一体何者なんだ？ それに貴様の正体は？」

「わしが答えよう」横から口を挟んだのは年老いた農夫で、何事もなかったかのように鳥かごを手に持っている。「この男はわたしに恥辱を加えたユンカー中尉で、もう一人のほうはパリ警視総監のムッシュウ・ジョンケルだ」

第7章　テラスの女

パリ警視総監ムッシュウ・ジョンケルは時間に少し遅れていた。

小道の曲がり角に差し掛かったところで、怒り声が耳に飛び込む。低く張りつめた、威嚇するような声。言葉ははっきり聞き取れないが、含意は疑いようがない。一瞬、ジョンケル氏は何かを決めかねるように立ち尽くしたが、すぐさま早足で歩きだした。

時は夕方。黄昏の柔らかな色が地中海を包んでいる。オリーブが茂る山の中腹と、シミエに点在する大邸宅の南国風な庭園からは、様々な色の入り交じったニース市街が見下ろせる。その光景すべてが妖精の国を連想させずにはおかない。物語に登場する王国の、ロマンに満ちた辺境の地。

ジョンケル氏がその邸宅の長いテラスに近づくと、そこには二人の人物がいた。建物は小さいながらも気品に満ち、豊穣たる熱帯の庭園に隠された宝石箱のようだ。敷地を囲む高い壁のてっぺんには、タイル張りの装飾が施されている。邸宅はバラの色彩で覆われ、テラスのタイルも壁の装飾もバラ色に塗られていた。優美と官能の粋を集めた世界。灼けるようなアラビアの大地から、魔法によって生まれ出たかのような光景だ。

ジョンケル氏は悲劇の舞台に割って入った。

テラスのなかほどに椅子が置かれ、そこに女性が座っている。イタリア人は庭園の美しさにいっそう華を添えようと絶えず考えているが、その瀟洒な屋外向けの安楽椅子も、イタリア人のそうした天分によって生み出された作品の一つだった。白い椅子に青いガウン。夕暮れの柔らかな光、バラ色の邸宅、そして白い椅子とコントラストをなすそのガウンは、ともすれば黒く見えた。

女性はじっと座ったまま動かない。疲れているのか、形の整った小さな頭を椅子の背にもたせている。豊かな髪は黄金のようにきらめき、それでいて重々しく、ミネルヴァの兜を連想させる素晴らしい髪型にまとめられていた。両手と両肘は椅子の肘掛けに置かれている。そこから一歩離れた女性の脇には、ジョンケル氏のわずか前にここへ到着した一人の男が、周囲を威圧するように立っていた。その外見は謎に満ちている。アメリカ人であることはひと目でわかる。しかし彼の地位であるとか習慣であるとかは、容易に計り知れない。肉体的にいささか特徴があり、芸術を生業とする人間の身なりだ。非凡な才能を持つ彫刻家の、敏捷《びんしょう》かつ正確な身のこなし。しかしその裏には、単なる芸術家らしくない精力や意志の強さといったものが潜んでいる――いつも破滅と向かい合っている人間の、冷酷な決断と果断な行動が見て取れるのだ。

小道の曲がり角でジョンケル氏が見聞きした男の態度と声は、間違いなく相手を威圧するものだった。しかし女性は身じろぎ一つしていない。男が突然現われたことも、男の言葉も、そして男の脅すようなふるまいも、一つとして彼女の平静さを乱すことはできなかった。

見えざる指が打ち鳴らされたかのように、光景が一変する。ジョンケル氏はテラスに上がった。突然の訪問者を前にした男は急にくつろいだ姿勢をとり、女性のほうは何事もなかったかのようにぼんやりとした視線を向ける。いかなる悲劇であっても、人間の生み出したドラマなどには心を乱されないとでも言いたげだ。その姿はまるで、人間の感情から超越したところにいるようだった。

男がジョンケル氏のことを知らないのは明らかだが、女性にとっては馴染みのある人間らしかった。ジョンケル氏が姿を見せたことは、男の出現と同じく彼女にとって大きな驚きだったに違いないが、それが声に現われることはなかった。

女性は立ち上がりこそしなかったものの、柔らかな口調で話しだした。

「本当に光栄ですわ。こちらへおいでになるなんて、そこまでわたしのことを心配してくださったのね」

そして脇にいる男を紹介した。

「マーティン・ディラード。アメリカ人よ――ムッシュウ・ジョンケル」

このアメリカ人が新たな訪問者の名前と顔を必死に思い出そうとしていることは、ジョンケル氏にも女性にも明らかだった。しかし男は、ムッシュウ・ジョンケルという名前にも彼の職業にも心当たりがなかった。

女性は肘掛けのどこかに隠されていたベルを鳴らした。現われたメイドに、椅子をもう二脚持ち込むよう命じる。アメリカ人は椅子の置かれた場所に腰を下ろしたが、ジョンケル氏は女性から少々離れたテラスの端に椅子を運び、帽子と杖、そして手袋を置いた。

「あなたがいらして幸いでした。もう少し早くに着くはずだったんですが」

女性は笑みを浮かべた。

「もしそうなら、わたしの友人マーティン・ディラードにはお会いできませんでしたわ。彼がなぜ立腹しているのか、あなたもお知りになりたいはずよ」

女性はそう言ってアメリカ人のほうをわずかに向いた。柔らかな光に浮かぶ彼女の顔は微笑んでいるように見えたものの、本当の表情は謎めいていた。

「ムッシュウ・ジョンケルは」と、男に説明する。「わたしの古い知り合いなの――とても古い知り合い。何も隠し事なんてできないわ。わたしがなぜここへ逃げたのか、あなたがなぜわたしに怒っているのか、たちどころにわかってしまうのよ」

そして再びフランス人のほうを向く。

「そうじゃありません？」

アメリカ人は、よくわからないとでも言いたげに不機嫌な表情を浮かべている。しかしジョンケル氏は笑いだした。

「いやはや！　まったく嫌になりますよ、わたしと知り合えばそうなってしまうんですからね。そして残念なことに、彼らの情事もたいていわかってしまうのです」

そこでアメリカ人に小さく一礼する。

「お許しくださるなら、マダムのお言葉をここで証明いたしましょう。パリの旧市街、フォーブール・サン＝ジェルマンに建つご自宅がなぜ焼け落ちたのか、あなたはそれを突き止めようとなさっている」

アメリカ人は怒りに包まれたかのように、椅子のなかで身体を動かした。

「そのとおり。知りたいのはまさにそれだ」

ジョンケル氏は立ち上がり、ポケットから煙草入れを取り出した。プラチナ製のケースには複雑な唐草模様が彫られている。ジョンケル氏はそれを開けてから、椅子に座る女性に差し出した。しかし彼女は断った。

「わたしには許されないのよ。他の多くの物事と同じようにね」

アメリカ人も煙草を断ったので、ジョンケル氏はテラスの端に戻った。

「さよう」と、煙草に火を点けながら続ける。「マダムが光栄にもおっしゃった『古い知り合い』として、フォーブール・サン＝ジェルマンのサン・ペール通りの角に立つあの家が焼け落ちたのはなぜか、わたしもぜひ知りたいと思っています。パリ当局になんらかの説明をしなければいけませんからね。連中も首をひねっているんですよ。なので、わたしはマダムの古い知り合いとして、パリ当局に説明すべく、なんらかの手段をとらねばならないと感じているわけです」

ジョンケル氏はなおも煙草に火を点けようとしながら、話を続けた。

「この件においては、保険の問題であるとか、所有権の問題であるとかは存在しない。所有者のマーティン・ディラード氏は数ヵ月前にその家を購入したが、保険はかけていない。邸内にあるのは氏自身の所有物だけで、マダムの暖かな支援を受けながら一人で暮らしている。家政婦が立ち入ることもない。室内に通じる扉という扉にはアメリカ製の特殊な錠が備えられ、それを開ける鍵はただ二つ、一つはムッシュウが、もう一つの合鍵はマダムが持っておられる。窓も頑丈なシャッターで固く閉ざされている。つまり室内に立ち入れるのは二人の人物だけであり、所有権はムッシュウただ一人のものである。焼け落ちてさえいなければ、我々が関心を持つこともなかった。秘密の恋愛劇など、パリで他人の興味を引くことはない。何せパリという街は、魂の自由が保証された快楽の都ですからね。しかし火事に見舞われたとなると、当局は関心を抱かざるを得ない。市の中心部で出火したとなればパリは混乱に陥るし、フォーブール・サン＝ジェルマンの古い家が灰となったからには、なんらかの説明が必要になるのです」

ジョンケル氏はそこで再び言葉を切った。煙草にはやっと火が点いている。そしてそのまま椅子に腰を下ろした。

「マダムは実に正しくそれを表現なされた。わたしは古い知り合いであり、それ以上の存在でもある。つまり、できるだけ早くマダムがパリ当局の前で説明なさることを求めている、古い知り合いなのです。火事の後に逃げ出されたのは、賢明とは言えませんね。このわたしでさえ、見つけるのにかなり苦労しましたよ」

そのとき、アメリカ人が出し抜けに口を挟んだ。

「あなたは〈黄金の兜《カスク・ドール》〉に興味がおありのようだな」

ジョンケル氏はゆっくりとした口調で答えた。

「〈黄金の冠〉か。まったく素晴らしい表現だ。光り輝くマダムの金髪はかつてパリを魅了したものです。パリの社交界に現われたその姿は、まるでミネルヴァのようだった。さよう、大いに興味があります——古い知り合い、とても古い知り合いとして、ずっと以前から。そしていまも、あなたの想像が及ばぬほど強く、興味を惹かれているのです」

アメリカ人がまたも口を出す。

「〈黄金の兜〉のことはなんでもご存知らしい」

ジョンケル氏も相変わらずゆっくりとした口調だ。

「そのとおり！　黄金の頭髪から、繊細な形をなしている両手まで——わたしはマダムのすべてに興味を惹かれ、心を引きつけられているのです。そしていまも、あの火事の説明に興味を惹かれていま す」

そこでアメリカ人が割り込んだ。その声はもはや、まったく抑制されていない。

「あなたになんの関係があるのか、こちらにはまるでわからんがね」

ジョンケル氏はそれに答えず、不満そうに煙草を見つめると、先端が赤く燃えるまで煙を吸い込んでから手すりの向こうの藪に放り投げた。

すると藪が二つに割れ、二人の男がテラスに上った。いずれも外国風のいささか派手な制服を着た従僕である。彼らはジョンケル氏とアメリカ人を無視し、女性に向かって謝罪するようにおどおどと話しかけた。二人の説明によると、上の大邸宅に住まうキッツェンツォーフ王女のオウムが逃げ出してしまい、ここの深い藪に隠れてしまったという。マダムのお庭を探してもよろしいでしょうか？女性は首をゆっくり縦に振り、男たちを追い返す仕草をした。二人がテラスを降り、邸宅の裏手へ向かうのを見届けると、女性はアメリカ人に話しかけた。

「いいこと、ムッシュウ・ジョンケルはわたしの古い知り合いだから、その〝説明〟をちゃんとしなければいけないの。あなたに対してもそう。あなたがここへ来たのは、ムッシュウ・ジョンケルと同じ目的なんだから。あなたもわたしの行方を追ってここに辿り着いた。ありがたいことに二人ともほぼ同時に着いたから、一緒に説明してあげられる。ムッシュウ・ジョンケルが到着したとき、あなたはその説明を求めていた――わたしの記憶が確かなら、いささか激しい口調だったわね」

アメリカ人が、先ほどと同じ早口で言い返す。

「それについてはよくわからんが、わたしの外出中に家が焼け落ちたのはどういうわけか、とにかくそれを知りたい。合鍵を持っているのは君だけだし、火を点けたのが君でないのなら、逃亡して身を隠す必要などないはずだ――さあ、いったいどういうことなんだ？」

女性は指に挟んでいた薄いレースの布を一瞬唇に当て、それから二人の訪問者に話を始めた。ゆっくりと語るその声は冷静ながら超然としていて、自分の話になんの興味もなく、いっさいの感情を持たず、自分の話がもたらす効果にもまったく関心がない人間のそれだった。むしろ機械から流れる声といった感じで、知性を有しながらも、感情を持つという意思がみじんも感じられなかった。

「わたしは以前からムッシュウ・ディラードに惹きつけられていました。二人の前には財産が、目の眩むような途方もない財産があったのです。それにわたしは惹かれたのであって、あの家が焼け落ちたのは事故以外にあり得ません。すべての感情が力を失った世界では、富の持つ魅力こそが、人生を送るなかで唯一衰えることのない力なのです。だからこそ、ムッシュウ・ディラードには、わたしを信頼する権利がありました。富に対するわたしの関心は、彼自身のそれとまったく同じだったのですから」

彼女はそこで言葉を切り、ジョンケル氏に直接語りかけるかのように続けた。

「財産のことを不思議に思うかもしれませんわね、ムッシュウ・ジョンケル。それは夢でもなければ、偶然という頼りない運命がもたらしたものでもありません。ムッシュウ・ディラードは芸術家——芸術を実用的な物に変える天分を持った芸術家なのです。ムッシュウ・ディラードよりも多作な芸術家は、これまでにもたくさんいたことでしょう。しかし芸術を実用的なことに役立てさせる手法において、彼に勝る人間はいません。つまり、芸術でもって財産を築く技法です。ムッシュウ・ディラードにとってのライフワークは、芸術を生み出すことでなく、偉大な芸術家としての天分を実用面で発揮させること。そしてその分野において、彼に勝る人間はどの国を探してもおりません。事実、フォーブール・サン＝ジェルマンの家屋は倉庫でした。火事が起きたとき、室内は文字通り名作でいっぱいだった——途方もない価値を持つ、美しい芸術作品が詰まっていたんです」

女性は椅子のなかで姿勢を変えず、指に挟んだ薄いレースのハンカチーフを再びそっと唇に当てた。

「ムッシュウ、芸術作品を生み出すにあたって、世界の最高峰に位置すると思しき人物が三人います。アメリカのムッシュウ・ウィスラー、パリのムッシュウ・エルー。そしてミュンヘンのヴァーゲンハイム」

そこでわずかに身体を動かし、先を続けた。

「油絵であれ水彩画であれ、いかなる名作を描き上げたところで、本物は残念ながら一枚しか存在しません。なんらかの不運でそれが失われることになれば、その美しさを示す十分な証拠も永遠に消え去ることとなるでしょう。あらゆる偉大な名作には、こうした不幸な可能性が常につきまとっています。ですが、ムッシュウ・ウィスラー、ムッシュウ・エルー、そしてヘル・ヴァーゲンハイムの銅版画は、この種の可能性と無縁なのです。ムッシュウ・エルーが銅版画に残した可愛らしいアメリカ人の美しい表情も、何枚だって複製できます。その美しさは、たった一枚の絵が危険に晒されたところで、なんの影響も受けません」

話を進めようとする彼女の声に、感情は一切こもっていなかった。

「銅板に刻まれたすべての美をプリントへ残すには、極めて優れた技術が必要ですが、このことはほとんど知られていません。たいていの作品は、並の技術しか持たない人間によってプリントされているのです。けれど、銅板に刻まれた繊細な美は、十分な技能、自分と同じ水準の技能によってしか複製できないことを、銅版画の巨匠たちは知っています。そしてこの技能こそが、ムッシュウ・ディラードの特異な天分を構成しているのです。彼はこの技能を我が物とすべく努力を重ね、ついに完成の域へと高めました。

ムッシュウ・ディラードはフォーブール・サン゠ジェルマンの自宅で長きにわたって修練を積み、信じられないほどの辛抱の末、誰一人並ぶもののいない技能を身につけました。そして先ほど申し上げたとおり、その家は世界でもっとも美しく、もっとも価値ある複製画でいっぱいとなったのです。積み上げられたその財宝こそ、ムッシュウ・ディラードとわたしの前に存在する途方もない富ですわ。

あの不幸な火事がわたしたちの富を一時間で焼き尽くしたのは、財宝の売却を取り決めるため彼がボルドーに出かけていたときのことです。火事のせいでムッシュウ・ディラードは一文無しとなり、わたしには幻想の瓦礫しか残されませんでした。そしてあの火事は、実に単純な理由で起こったんです」

テラスは完全な沈黙に包まれていた。茫洋たる青い海がアメジストの世界に広がっているかのようだ。むっとする芳香があたりに漂い、テラスの少し向こうでは、キッツェンツォーフ王女の従者が幽霊のように音もなくオウムを探していて、そこに生えるツタの葉をそよがせている。椅子に座る女性と、おそらくジョンケル氏の目には、二人の人影が輪郭のように浮かび上がったが、アメリカ人の位置からは見えなかった。

ディラード氏は何かに取り憑かれた人間のように、身体を硬くして椅子に座っていた。先ほどから身じろぎ一つしないその様子はまるで、荒々しい人生にぱっと浮かぶ次の言葉を待ち受けているかのようだ。マダムの一言一句は解剖学者の使う繊細な器具であり、神経に触れることはないものの、絶えず彼を苛んでいるのだ。

「まったく、単純な事故でした」女性は氷のような声で繰り返した。「先ほど名前を挙げた三人の巨匠によるオリジナルの原版は、計り知れない価値を持っています——何しろそれ一枚きりですから。何者かがあの家に侵入することを考え、複製が終わったあとの原版は、地下室のがらくたの下に隠してありました。地下室に誰かが入ることはずっとなかったので、原版をそこに隠したあとは、その部屋がかなり以前から使われていないという印象を残すよう気を使ったものです。

地下室は低く、地面が剝き出しになっています。天井の梁は乾き切っていて、朽ちる寸前どころか、いつ燃えてもおかしくありませんでした。それに、蜘蛛の巣が天井一面にかかり、まるでずたずたにされたヴェールのようでしたわ。

火事のあった夜、原版が元のように置かれているかどうか確かめるため、わたしは家を離れる前に地下室へ降りました。時間が遅かったので、蠟燭を灯しながら。でもそれが命取りになったんです。原版の隠し場所を確かめてから上に戻ろうとしたとき、ぶら下がっている蜘蛛の巣に蠟燭の火が触れてしまって、天井全体が一瞬で燃え上がりました。一瞬のうちに天井が炎に包まれるかのようで、あやうく焼け死ぬところでした。

わたしは恐怖に襲われながらも家から逃れました。ですけど、地下室には窓がありませんでしたので、火事に気づいてもらえたときにはすでに、フォーブール・サン＝ジェルマンを離れていたんです。とにかく、信じられない事故に混乱して何も考えられなかったので、逃げた結果がどうなるかなんて頭に浮かびませんでした。ただパリから逃げ出したかった——姿を隠したかったんです。すぐにこの邸宅のことを思い出しましたけど、リヨン駅から列車に乗る勇気なんてありません。そこで車を使い、南のほうへ走らせました。追っ手がいては大変なので、それを混乱させるために直接国境へは向かいませんでしたけど」

そこで再び、女性はレースのハンカチーフを唇に当てた。すると赤いしみがかすかに残った。彼女はそれを見つめていたが、やはりなんの感情も浮かべないまま先を続けた。

「でもだめでした。ムッシュウ・ディラードとムッシュウ・ジョンケルは、いともたやすくわたしの行く先を突き止めたんですもの。それもほぼ同時に。姿を隠しながら逃避行するなんて、しょせんわたしには無理だったのね」

そこで突然言葉が途切れた。一瞬、沈黙が訪れる。二人の男は女性の横で身動き一つしなかったが、様子が一変していた。アメリカ人は落ち着きを取り戻し、先ほどの攻撃的な態度も影を潜めている。脅迫するような物腰が、事故の経緯を聞いてすっかり変わったようだ。それとは逆に、ジョンケル氏の態度にある種の緊張感が現われている。彼はアメリカ人に話しかけた。

「ムッシュウ、地下室に蜘蛛の巣が張り巡らされていたのは事実ですか?」

返事をする男の顎は、まるで凍りついたかのようだった。

「そのとおり。天井は一面蜘蛛の巣だらけだ。わたしはいつも懐中電灯を持って降りていたが――まさか蠟燭とは! なんという事故だったんだ!」

ジョンケル氏は立ち上がった。

「ムッシュウ、これは事故ではありません。いまからお話ししましょう」

邸宅はしばらく以前から使われておらず、虫たちが自由気ままに振る舞っていた。ジョンケル氏は鎧戸のフックを外して途中まで開け、張り巡らされた蜘蛛の巣を取り除いてから、テラスの端へ戻った。

アメリカ人はすっかり驚き、また深く興味をそそられていたが、同じくテラスの端へ歩き、女性の前に立った。彼女だけが、一切を超越しているかのように椅子に座っている。身動きすることもなければ口を開くこともない。落ち着き払った態度を保ったまま、曖昧な笑みを浮かべているだけだ。ついにアメリカ人が、興味を抑えきれないかのように声を上げた。

「事故じゃないって？　どういう意味なんだ？」

ジョンケル氏は蜘蛛の巣をつまんだままマッチを擦り、炎を近づけた。しかし火が点くことはない。巣の一本一本が炎の下で小さく揺れるだけだ。

「つまり、蜘蛛の巣に火が点くことはないんです。ゆえにあの家の地下室が、蠟燭の火によって炎に包まれることはあり得ない」

そのあと二つの出来事が、まるでタイミングを合わせたかのように起きた。女性が笑いだしたかと思うと、怒り狂ったアメリカ人が彼女を突き倒そうとする。しかしジョンケル氏の片足が素早く回り、男の足首を捕らえる。男はたまらずテラスに頭から倒れ込んだ。怒り狂った人間の勢いも手伝って、その衝撃は相当のものだった。

続く出来事も、同じ素早さで起きたかのように思われた。キッツェンツヴォーフ王女の従者二人が気絶した男の身体に覆いかぶさり、両手両足を縛り上げる。そして口に猿ぐつわを嚙ませてから、男をどこかへ運んでいった。

ドラマの完璧な一シーン。詳細に至るまでリハーサルしたかのような光景。すべては三十秒で終わった。

「ムッシュウ」女性が椅子に腰掛けたまま口を開く。「とても頭が切れるわね。あなたの手下も完璧でしたわ」

激しいシーンが繰り広げられているあいだ、女性は身動き一つせず、口調もまったく変わっていない。先ほどと同じ、どこか浮世離れした、感情のこもっていない声。すると椅子の肘掛けから両手を離し、細い手首をぴたりとくっつけ、前に差し出した。

「わたしにも、司法当局の求愛を受け入れろとおっしゃるのかしら？」

ジョンケル氏はすぐに返事をしなかった。

その代わり、椅子に戻って煙草に火を点ける。それからしばらく、そのままの姿勢でくつろぎ、やがて口を開いた。

「教えてください、マダム。フォーブール・サン＝ジェルマンに建つあの家を焼いたのはいったいなぜなんです？」

女性は両手を肘掛けに戻した。

「ねえ、ムッシュウ。人生の終わり、避けられない死を前にしたわたしは、まったく不可解な謎に突然気づいたんです」

そう言って片手を広げる。そこにはなんの飾りもない、くたびれた細い金のバンドがあった。

「このブレスレッドはおそらく数十フランというところでしょうが、ポール・ヴァーランという、わたしを愛してくれた男性から贈られたものです。彼はマルヌ会戦で命を落としました」

そして片手を動かし、巨大なパールのネックレスを持ち上げる。値のつけられないほど高価なそれは、彼女の肘近くにぶら下がった。

「このネックレスはラマル伯爵からの贈り物ですわ。彼はソンムへの大進撃の途中、戦死しました」

それから地所全体を抱え込むように腕を伸ばす。

「この邸宅はノール侯爵から贈られました。彼はヴェルダンで戦死しました」

そこで一息つく。

「ムッシュウ。モンマルトルに生まれたわたしはいわゆる不良少女でしたが、黄色い髪のために〈カスク・ドール〉と呼ばれました。ミネルヴァの頭飾りのように、常にまとめ上げておくよう教え込まれたものです。何も信じていないわたしは、いま名前を挙げた男の人たち——わたしを愛し、人生を愛したポール・ヴァーラン、わたしを愛し、快楽を愛したラマル伯爵、そしてわたしを愛し、権力を愛したノール侯爵——これらの人たちが、わたし以外の何か、人生や快楽や権力以外の何かを愛していることに気づいたんです。無限に深く、他と比べようもないほど強く愛していることに。いま挙げたものをみんな捨てて、そのために喜んで死んでいったのですから。

わたしは考えました。どうしても頭から離れなくて」

そこで女性は一息に立ち上がった。見えざる手に身体を持ち上げられたかのようだ。

「そしてフォーブール・サン＝ジェルマンの家に一人でいたあの夜、視界が急に晴れたかのように、突然気づいたんです——ムッシュウ・ディラードのしている仕事——文字通り建物いっぱいに詰まっていたあのプリント——そのせいで、ポール・ヴァーラン、ラマル伯爵、そしてノール侯爵が命をかけて守ろうとしたものが、永遠に破壊されるのだと」

そこで彼女の声に勢いと力が加わった。

「そう、フランスが永遠に破壊されてしまう——わたしは蠟燭を手にとり、家を焼きました。あの夜、フォーブール・サン＝ジェルマンの家にあった貴重なプリントがどういうものか、あなたはご存知ですか？」

「ええ」ジョンケル氏は答えた。「そうでなければ、あのディラードというアメリカ人を捕らえるために、ここまで手の込んだことはしなかったでしょう。

あの家にはフランス共和国の高額紙幣の偽札が山と積まれていた。ドイツの彫刻師、ミュンヘンのヴァーゲンハイムによって刻まれた原版から、この男がプリントしていたんです」

第8章　三角形の仮説

男の締まりのない身体は、圧力によって服のなかに押し込められたかのようだった。しかしその声には、勝ち誇るような調子がうっすら感じられる。

「ムッシュウ、我々はフランス人の死者一人につき、五万フランの価値を認めている。マドレーヌ寺院の前で焼き栗を売るしがない商人であっても、イスタンブール《スタンボウル》で命を落とすことになったら、その価値は五万フランとなるのですぞ。よろしいか。その価格を決めたのはあくまでお国の政府ですからな」

ジョンケル警視総監はがらんとした細長い部屋の反対側に目を向け、閉ざされた扉を見つめた。

「しかるにこの死人は、トルコ帝国の臣民だったのか？　いや、お互い奴には憶えがあるはずだ」

そこまで言って、東洋人はニヤリと笑みを浮かべた。

「一口に臣民といっても、二つの種類がある――これもお国の外務省が決めたことですがね。一つは生まれながらの臣民で、もう一つはあとから臣民になった者たちだ。我々にとってはそのいずれも五万フランの価値がある。オスマントルコ政府への賠償支払いでもそう決められている。ダーンバーグ・パシャはあとから臣民になった人間だ。しかしもうこの世の人間ではない！　そして彼の死による賠償金は、あなたがたがお決めになったとおり、値引きの対象とはならない……あなたは外務省のお方ですかな、ムッシュウ?」

警視総監は一礼してコートのポケットにさり気なく手を入れると、そこに隠してあった一枚の紙片を取り出した。

大使が先を続ける。

「デロー大臣閣下には常に変わらぬ好意を示していただいておる。我が帝国の臣民がパリで殺されたとあれば、十分な賠償金を支払ってくださることでしょうな」

その瞬間、大臣に呼ばれて赴いた外務省での一コマが警視総監の脳裏に蘇った。背が高く優雅な身なりをした初老のジョンケル氏は、ひどく当惑していた。なんとも厄介なときに殺人が起きたものだ。イスタンブールでフランス国民が殺害され、外務省はちょうど賠償金の支払い交渉をしていたのだから。まさか、そこでの議論が仇になるとは。フォーブール・サン=ジェルマンでダーンバーグ・パシャという男が殺された。イスタンブールの治安を改善せよと求めながら、ここパリだって危険な場所ではないか。

ジョンケル氏はここまで一度も口を開いていない。フォーブール・サン=ジェルマンに建つその邸宅へ赴き、室内のあらゆる場所を調べたものの、ただの一言も発していないのだ。まったく五里霧中なのか、あるいは事件の大部分をすでに摑んでいて、確たる考えがあって無言を貫いているのか。

現場は古い邸宅で、古き良き時代の気品をいまにとどめていた。応接間の床には白と黒の大理石が、チェスボードよろしく交互に敷き詰められている。部屋の隅には扉があって、壁に囲まれた狭い庭に通じている。その反対側にもまったく同じドアがあり、その向こうは書斎らしき一室である——今朝、床に横たわるダーンバーグの死体が発見されたのはその部屋だった。

パリ駐在オスマントルコ帝国大使にとって、この殺人には外交事件としての側面もあった。彼は事件後ただちに外務省へ赴き、賠償金支払いの要求を行なったあと、今度は現場の応接間へ向かい、事態の決着を見届けようとドアの前に座っていたのである。

「貴殿は満足しておられるか?」大使は言った。「現場はすべてごらんになったでしょうな?」

「すべてとは申せません」ジョンケル氏が答える。その視線は、相手の窮屈そうなベストのポケットと、そこの小さな膨らみに向けられた。「しかし満足はしております」

「証拠は完璧ですぞ、ムッシュウ」と、大使が笑みを浮かべて続ける。「ダーンバーグ・パシャはこの家に一人で住んでいた。昨夜遅く、一人のフランス人がここを訪ね、二人はこの部屋に入った。鎧戸は閉じていたものの、窓は開いていた。通りを歩いていた人間が、二人の声を聞いている――フランス人の声とダーンバーグ・パシャの声だ。そうですな?」

「残念ながら、否定はできません。まったくおっしゃるとおりです」

「それにもう一つ」大使が続ける。「二人の声は甲高く、何かに怒っているか、互いに言い争っているかのようだった。言葉までは聞き取れなかったものの、単語の抑揚とか、その激しい調子とかは疑いようがないという。ここまで立証されているのですぞ!」

「さよう、見事に立証されています」警視総監がそう答えると、東洋人は再び笑みを浮かべた。

「そしてダーンバーグ・パシャがこの世の人間でないことも疑いようがない。今朝、あちらの書斎の床に横たわる彼の遺体が発見された。しかも喉をかき切られて――あなたもこの殺人の証拠は多数ごらんになっただろう……深夜の訪問者は」――そこで鋭い視線を向ける――「フランス人だった。それはあなたもお認めになるでしょうな?」

「ええ」警視総監は答えた。「その人物はフランス人でした」

大使は証拠の話をさらに続けた。

「深夜に訪れたフランス人、口論、書斎に横たわる死者、そして床に残っていた血痕。立ち去ろうとする加害者の凶器から滴り落ちたものだ――彼はこのドアをくぐって庭に出て、そこから通りへ逃れた。すべて間違いありませんな、ムッシュウ？」

「まったく、おっしゃるとおりです」警視総監はそう答えると、一瞬間を置いてから続けた。

「しかし、事実はそのとおりで間違いありませんが、わたしたちがそれに対して同じ見方をしているかとなると、確信を持てないでいます。例えば、閣下、殺人犯はどうやって庭から通りへ逃れたのでしょう？　この庭は現在使われておらず、通りへ通じる門には釘が打たれている。この点につき、閣下のお考えを聞かせていただければ幸いに存じます」

「喜んで」東洋人は答えた。「実に単純なことだ。壁をよじ登ったのだろう。大した高さではないから、決して無理ではない」

ジョンケル氏は困惑から脱した人間のように、眉を吊り上げた。

「確かに。殺人犯はいともたやすく、この壁をよじ登ることができた。ご意見をお聞かせくださり感謝申し上げます、閣下」

ジョンケル氏は一瞬考え込む様子を見せたあと、別の質問を大使にぶつけた。

「閣下、この床には血痕が残っています」そう言って床を見下ろし、書斎への閉ざされた扉に視線を移す。「なぜ血痕がここまで続いているのか、閣下はどうお考えでしょう？」

「それも簡単に説明できる」トルコ大使が答える。「殺人犯は手にナイフを持ったまま、急いで外へ出た。これらの血痕は、ナイフの先端から滴り落ちたものだ」

「そうかもしれません、閣下。いや、そうに違いない！」

東洋人はわずかに身をかがめ、床に視線を走らせた。

「これらの血痕はごらんになったでしょうな、ムッシュウ。実にはっきり残っている」

「ええ、仔細に調べましたとも」警視総監は答えた。「残っているのは七滴。それぞれ大人の歩幅ほど離れていて、白いタイルのうえに残ったものは鮮やかに浮かび上がっています。素晴らしいご観察と認めねばなりません、閣下」

ジョンケル氏はしばらく証拠を見つめていたが、出し抜けに曖昧な疑問を発した。

「閣下、わたくしは犯罪における偶発性について、これまでずいぶん考えてきました。閣下は偶発性に関する法律があり得るとお思いですか？」

東洋人は少し考えた様子で答えた。

「偶発性という単語はまさに、法律の運用を不可能にしてしまう。法を執行した結果生じるいっさいの出来事は、偶発性なる単語の定義から外れたところに存在しているのだよ」

警視総監はそれでもこの議論をやめず、大使の返答も、自分の講義にささいな邪魔が入っただけとでもいうように、先を続けた。

「いっさいの出来事、すなわち犯罪捜査におけるすべての証拠を、我々は二つに分類しています。一つは故意の出来事であり、もう一つは偶然の出来事です。ここで言う故意とは、何者かの意思または意図であり、偶然とは、こうした意図の外側で生じたあらゆる出来事を指します。閣下、犯罪における様々な証拠をこれら二つの範疇に分けさせるであろう、際立った特徴が存在するとお考えでしょうか？」

　なおも話し続けるジョンケル氏の様子はまるで、対話をやめられなくなるほどその主題に深く入り込んでしまった人間のようだった。自分の疑問に答えを期待することなく、一方的に話し続けているのだ。

「それは広大にして魅力溢れる、推測の世界です。あたかも偶然の結果として生じたかのように、一連の証拠を故意に作れるというのが、あらゆる知性的人間の変わらぬ信念のようにも思えます。しかしわたくしは、長きにわたって思考を巡らせ、無数の実例を研究した結果、そうしたことが不可能であるという結論に至ったのです。多種多様の出来事による膨大な結果を十分に把握し、あらゆる点で偶然の様相を呈する偽の証拠を作り上げるほど、人間の頭脳がそれを理解するなどあり得ない、というのがわたくしの意見です」

　最後の一言にすべての関心を奪われたとでもいうように、ジョンケル氏は相手の返事など期待していなかった。そして出し抜けに話題を別の方向へ移した。

「閣下、ダーンバーグを殺害した動機はなんだと思われますか？」

　東洋人は即答した。

「わかりませんな、ムッシュウ。しかしそれが大事なことかね？　この殺人における動機などどうでもよろしい。殺人犯の身元にしても同じだ。犯人がフランス人だというのはすでに立証されているし、賠償金の根拠として十分じゃないか。動機を突き止めたいというのであれば、どうぞご勝手に」

「それはもう突き止めましたよ」ジョンケル氏は答えた。

「ほう。で、その動機とは？」

「絶望です！　ダーンバーグ・パシャがパリで何をしていたか、閣下はご存知ですか？」　大使は目を細め、密かに尋ねるかの如く相手の顔をちらりと見た。

「いや、わかりませんな。パリでの仕事はなんだったのです、ムッシュウ？」

「きっと驚かれますよ。ダーンバーグは芸術作品の偽造をしていたのです。極めて高価な名作の偽造です。その作品を生み出した人物は、完成させるために多額の金を、そう、信じられないほどの金銭を注ぎ込んだ。だから偽造に成功すれば、有り余るほどの財産を築けるのは間違いない。ダーンバーグはそれを知っていたのです。奴は長年にわたって検討を重ね、何度も実験を繰り返した。そしてようやく満足できる結果を残すことに成功し、イスタンブールからここパリへやって来た。パリに着いたダーンバーグはフォーブール・サン＝ジェルマンのこの空き家を借り、器具一色を持ち込んで心に抱いていた大事業へと乗り出した。しかしそれを成し遂げる前に、謎の訪問客が現われたのです。そして今朝、ダーンバーグは死んだ」

東洋人は明らかに困惑していた。

「わかりませんな、ムッシュウ。芸術作品を偽造するための方法を、ダーンバーグ・パシャは完成させたとおっしゃるが」

「そのとおりです、閣下」

「そして奴は、その方法を知り、横取りを目論む人物の訪問を受けたと？」

「いいえ、閣下」

「ならば、元の作品を所有し、その偽造を防ごうとした人物かね？」

「それも違います」パリ警視総監は答えた。「ダーンバーグ・パシャの死は、絶望の感情から生じたものなのです」

ジョンケル氏はそう言ってポケットに手を入れ、先ほどこの部屋に入ったとき指でつまんでいたものを取り出した。そして手を開き、相手に見せる。それは大理石かチョーク、あるいは石膏のような白い物体でできた、小さな立方体の箱らしきものであり、一辺は二インチに満たない。それぞれ一インチほどの厚さがある二つの部品から成っていて、鍵穴のような小さな穴が開いている。そのうち一辺の縁が斜めにカットされ、そこで二つの部品はつながっていた。周囲には重みのありそうなゴムが巻かれている。それはいま、ジョンケル氏の手のひらに乗っていた。

「ここにお持ちしたのは、この男の死を引き起こしたものです。また今朝の悲劇につながった、数々の不幸の原因でもあります。ダーンバーグはこれの虜となり、まずドイツ帝国で偽造を試みた。しかしその意図が発覚し、トルコへと逃れる。もちろんこれを持参したうえで。そして終戦を迎えたあと、奴はこれを使ってフランスから賠償金を得る方法を思いつく――フランスの負担で自ら金持ちになろうとしたのです。ダーンバーグは慎重に計画を練り上げた。そしてパリへ赴き、この家を借りる。しかし機が熟したまさにそのとき、奴にとって不運なことに、昨夜の謎の訪問者が現われたのです。

ダーンバーグは狡猾で抜け目がなく、そのうえ先を読むことができた。しかし奴の狡猾さ、あるいは先を読む能力、それらはいずれも足りなかった。昨夜ダーンバーグのもとを訪れた謎の人物は、奴について、奴の活動について、そして奴が心に抱いていた一大計画について、余すところなく知っていた。男はダーンバーグの一挙手一投足を監視し、その足取りを追った。パリに着いたその日のことも、フォーブール・サン＝ジェルマンに借りたこの家のことも、残らず知っていたのです。そしてダーンバーグが自らの計画を成し遂げるために完成させた秘密の方法も、一から十まで摑んでいた。そうして男は、自分にとって好都合な時間にこの家を訪れた。閣下、これらはわたくしが正確に突き止めた事実であり、疑う余地はありません」

「つまり、この謎の人物はダーンバーグを追い詰め、命を奪ったと」

「閣下、結論を先走ってはいけませんよ。この深夜の訪問者が殺人犯であると、我々は確信を持って言えるのか？　まずは二人の残した証拠を検討せねばなりません」

「証拠はこの事実を証明しているではないか」大使は答えた。「状況証拠で殺人を証明できるならば、の話だが。機会、口論、書斎に横たわる死体、客間を急いで横切る犯人の凶器から滴り落ちた血痕、そして庭の壁からの逃走がある」

「しかし閣下」パリ警視総監が反論する。「動機はどこへ行きました？　諸々の作家は証拠の価値を記すにあたり、犯罪事件の捜査においては時間と機会、そして動機が重要だと述べています。この事件の場合、時間と機会はすでに十分明らかにされている。しかし動機は？　どうすればそれを突き止められるでしょう？」

東洋人は何かを思いついたかのように、椅子のなかで振り返った。

「ムッシュウ、あなたは動機のことを長々とお話しになられましたな。ということは、すでに知っているのでしょう。その手のなかに、なんらかの具体的な証拠を隠しているに違いない」

「おっしゃるとおりです」警視総監は答えた。「わたくしが動機をよく知っていることは、閣下もすぐおわかりになるでしょう。確かに、閣下のおっしゃる〝具体的な証拠〟なるものを、わたくしはもう手にしております。そこからわたくしは一つの興味深い仮説を導き出し、三段階に分けて検討すべきと思い至ったのです。ではその一つ一つを考えてみましょう、閣下！　まずはそれらを、頭に浮かんだ順に並べてみます。その一、わたくしがその男を殺した。その二、閣下がその男を殺した。その三、ダーンバーグ・パシャを殺した人物はすでにこの世にいなかった」

東洋人は突然振り向いた。顔がこわばり緊張している。しかし声は震えていなかった。

「よろしい、ムッシュウ。これらの仮説から何が導き出せるのかね？」

ジョンケル氏は抑揚のない声で続けた。

「それにはまず、ダーンバーグは昨晩書斎で口論した人間に殺されたと我々に信じさせた、複数の証拠を検討せねばなりません。では閣下、事実を指し示すいくつかの印に目を向けてみましょう」

そこで一息つく。

「状況証拠には常に、現在進んでいる方向を誤解させるという、厄介な特徴がつきまとっています。なんらかの結論に至ったとき、状況証拠はそれを支持している。ゆえに、この訪問者がダーンバーグの殺人犯であるという説を、閣下は信じておられる。また証拠もその説を支持している。しかし閣下、わたくしはこの訪問者が殺人犯でないという説を信じていて、同じ証拠が今度はわたくしの説を支持することを閣下にお示ししたいのです。例えば応接間の大理石の床に残る血痕ですが、閣下の説によると、逃走する殺人犯のナイフから偶然滴り落ちたということになる。閣下はそれを、ご自身の説を立証するものとして引用された。

それでは、わたくしの説を立証するものとしてこれらの血痕を検証してみましょう。

ごらんになればひと目で分かるように、七滴の血痕はいずれも白い大理石のうえに落ちている。つまり黒い大理石の上には一滴も落ちていないのです。血痕が白い大理石のうえにしか落ちていないのはなぜでしょう？　わたくしはこの事実を頭のなかで考え、血痕が発見されることを望んだ人物によってそのように落とされたという結論に至りました。さりとて自分にとって不利となる証拠を捏造したとは考えられない。それに、これら七滴の血痕がすべて白い大理石のうえに偶然落ち、それと同じ枚数の黒い大理石に落ちなかったというのは、我々が考える可能性の域を超えている。それゆえ、これらの血痕は偶然でなく故意に残されたのです」

ジョンケル氏は細々した方程式を暗唱するかのように先を続けた。

「またわたくしの説は、より詳細な点まで立証することができます。先ほどわたくしがお尋ねしたとき、殺人犯はこの応接間を通って中庭に出て、壁をよじ登って逃走したと、閣下は説明なされました。門にはずっと以前から釘が打たれていたから、きっとそうに違いないと。さて、わたくしはこの壁を調べてみました。するとてっぺんは一面埃に覆われていて、払われたところは一ヵ所もなかったのです。つまり、犯人は壁をよじ登って逃走したのではない。そんなことをすれば、どこかに埃の払われた場所があるはずだ。閣下、この証拠はあなたの説でなくむしろわたくしの説を完全に立証しているようです」

するとジョンケル氏は、この件を無視するかのように曖昧な仕草をした。

「さあ、閣下。我々はいま三角形の仮説を前にしているのです！　わたくしがダーンバーグ・パシャを殺したのか、閣下が殺したのか、それとも実は殺されてなどいなかったのか？」

東洋人は不思議な生物を見るような目でジョンケル氏を見た。

「殺されたに決まっているじゃないか」

警視総監は何かを熟慮するかのように答えた。

「決して確かとは申せません」

「確かじゃない？」思わず繰り返した。「男は死んだんだぞ！」

「人が死んだからといって殺されたとは限りません。ダーンバーグに致命傷を負わせた人物が、すでにこの世の人間でなかった可能性は十分あります」

トルコ大使が驚きの声を上げる。

「ダーンバーグが死人に殺されたなど、あり得るはずがない！」

「いやいや、十分あり得る説ですよ」ジョンケル氏が答える。「存命だったとは考えられない人間の手によって、ダーンバーグ・パシャが殺されたというのは。

しかしまずは、先ほどの仮説を順番に考えてみましょう。わたくしがダーンバーグ・パシャを殺したのか？　まったく興味深い仮説であって、検討することにやぶさかではありません。とは言え、結論を出すのにさらなる推理は必要なさそうです。昨夜ダーンバーグを訪れた謎の人物が彼の殺害犯でないことは、すでに示したとおりです。それを立証すると思しき証拠は故意に残されたものであって、偶然の結果ではないのですから。それらはある人物、その訪問者こそが犯人だと立証されることを望む人物によって、ここに残されたのです。しかし謎の訪問者本人は、自分が殺害犯だと立証されることを望むはずがない。したがって、彼がこれらの証拠を残したということはあり得ず、ゆえに彼はダーンバーグ・パシャの殺害犯ではない」

そこで言葉を切る。

「さて、閣下。昨夜ダーンバーグ・パシャを訪れた人物がわたくしだとすると、わたくしが彼を殺したのでないことは明らかです。この結論にはいささか曖昧な点がなきにしもあらずですが、よくお考えになっていただければ、妥当かつ説得力のある説ということがおわかりになろうかと思います」

一瞬、沈黙が訪れる。東洋人が口を開かないので、警視総監は先を続けた。

「それでは第二の仮説を検討しましょう。閣下がダーンバーグ・パシャを殺したのか？　この説にはある種の矛盾が存在します。ダーンバーグの死が確認された瞬間、この邸宅は閣下の管理下に置かれたからです」

大使が口を挟む。

「さよう、ムッシュウ。わたしはトルコ政府の代理人として、殺害された臣民の資産を管理する責任がある。ゆえにここへ駆けつけ、邸宅を管理下に置いたのだ」

「そのとおり。閣下にはここへ駆けつける権利があり、この邸宅を管理する責任がある。その事実を基にして、まずは次の疑問を検討しましょう——この応接間の床に偽の証拠を残したのはわたくしなのか、閣下なのか、あるいはいまは亡き人物なのか？

さて、今度はこの疑問を逆の順番で考えてみます。ダーンバーグ・パシャが書斎の床で死を迎えたあと、奴を殺した人物がすでにこの世の者でないとすると、自らの犯行に関する偽の証拠を残すことはできない。ゆえにこの説は無視してよろしい。一方、わたくしもそれら証拠を残すはずがない。殺人を犯した人間が、自らを有罪とする犯行の証拠を組み立てるはずはないからです。ゆえに消去法から、それら証拠を残したのは閣下であるという結論に至るのです」

大使の表情が能面の如く固まった。

「証拠を残したのが閣下だとすると、そこには確たる目的があるはずです。その目的とは、犯行を別の人間に被せることでしょう。しかし自分の側に十分な理由もないのに、そんなことをするはずがない。昨夜遅くダーンバーグのもとを訪れたわたくしこそが、奴を殺したあと、応接間の白い大理石に注意深く血痕を残し、一面埃に覆われた壁をよじ登って逃走した――閣下はどんな理由があってそれを立証なさりたいのでしょう？　奴を殺したのが閣下でないとすれば、いま挙げた仮説を立証する目的はなんでしょう？」

大使の返答は単純そのもので、なんの感情もこもってはいなかった。

「ムッシュウ、なぜわたしがダーンバーグ・パシャを殺そうというのかね？」

「この邸宅を管理したかったからではないですか？」警視総監は答えた。「この邸宅を管理することになれば、そこにあるものも閣下の管理下に置かれる。それではお目にかけましょう、この邸宅にある財宝を！」

ジョンケル氏は身をかがめ、床の白い大理石にナイフの先端を差し込むと、それを持ち上げた。大理石を剝がすと何本かの角材が建物の土台に釘付けされていて、その下に空間があった。つまりそれぞれの大理石の下が、一種の隠し場所となっていたのである。ジョンケル氏がこじ開けた木張りの空間には、黄金がぎっしり詰まっていた。

東洋人は驚きの声を上げ、床に膝をついた。驚嘆のあまり身動き一つしない。想像すらしなかったものに驚いていることは、その様子から明らかだった。

ジョンケル氏は大理石を元の位置に戻し、椅子に戻った。東洋人も腰を下ろすが、相変わらず言葉を失っている。警視総監は相手の驚きを無視するかのように話を続けた。

「さて、動機、機会、そして偽の証拠がここに揃い、閣下こそダーンバーグ・パシャ殺害の犯人であることが示されました。また一つの説を立証するにあたって証拠に頼ることがいかに危険か、再びお考えになっていただきたいと思います。閣下、これらの証拠を検討したのがわたくしだったのは、実に幸運でした。閣下がこの邸宅に着いたとき、ダーンバーグ・パシャがすでに死んでいたことを知っていますからね」

そこで間を置く。

「そして喉の傷を見て、それが誰によるものかはすぐにわかりました――もはやこの世にいない人間の手によるものです！」

「死者の手によって？」大使が繰り返す。「死者の手による犯行だと？」

「さよう、いまは亡きダーンバーグ・パシャの手によるものです」警視総監は答えた。

「傷は左から右につけられたものですが、左端が一番深く、右へ進むに従い浅くなっています。これは自殺に他なりません。死を望む人間がつけた致命傷は、常に左側から始まっています。右手を使うからそうなるのであって、凶器がナイフであれば、刃を突き立てたところに一番深い傷が残り、ナイフが右へ引かれるあいだに浅くなるのです――時間の経過に従い、ナイフを持つ手の力が弱くなりますからね。鋭い刃物によってつけられた自殺の傷は、常にこのような特徴を残すのです。見間違えることは決してありません」

そこまで言ってジョンケル氏は立ち上がった。

「ここでこのミステリーを解明いたします。ダーンバーグ・パシャは、世界でもっとも成功した偽造犯の一人でした」

と、片手を開く。

「大理石の箱にも似たこの装置は、フランスの高額金貨を偽造する目的で作られた、石膏の鋳型なのです。ダーンバーグはこの邸宅を借りて仕事を行ない、ついには応接間の床下を偽造金貨でいっぱいにした。そのとき――つまり鋳造した硬貨に金箔を張り、床下に隠し終わった昨夜、わたくしがここを訪れたのです！　外で聞こえたのはわたくしの声でした。命運が尽きたことを奴に教えてやったのですよ――つまり、この邸宅は包囲されていると。そしてここを逃れる唯一の方法を残して、わたくしは立ち去ったのです。その後奴は、自分の喉を剃刀で切り裂くことにより、それを実行しました」

ジョンケル氏はそこで言葉を切った。抑揚のない口調だがはっきりしていて、急ぐ様子も感じられない。

「その少しあとでおいでになった閣下は、臣民殺害を口実にフランス政府から賠償金を得るべく、ご自分のポケットに剃刀をしまい、浅はかにも、殺人の証拠を応接間の白い大理石のうえにだけ残したのです」

第9章　五つの印

わたしはパリ警視総監のムッシュウ・ジョンケルとオステンドへ赴いた。

かくも深い闇に包まれたミステリーを解決しようという人間は、これまでいなかった。父の命によりアメリカから送られたわたしは、密封された命令書を持参していた。父の目的は公安当局——フランスの偉大なる警察機構が誇る捜査機関——に協力させるというよりも、この世界でわたしの実力を試させることにあったようだ。

だからこの一件にミステリーが潜んでいることは、命令書とともにジョンケル氏のもとを訪れるまで知らずにいた。

当然ながら、大叔母が亡くなり何かの揉め事が起きたことは知っていた。異国の地で財産問題を解決しようとすれば、そこに揉め事は付き物だ。しかしもう少し深く考えていれば、銀行や弁護士ではなく公安当局のもとへ送られた事実に、なんらかの意味があることを感じ取っていただろう。父は世界有数の金融機関を率いる人物だ。単なる勘違いとは考えられない。

ジョンケル氏は笑みを浮かべながら命令書を読んだ。

「つまり、あなたをパリの悪徳に触れさせてはならぬというわけですな！」

そう言って相手はこちらに鋭い視線を向けた。すると表情が変わり、何やら考え込む様子で単眼鏡の鎖をいじりながら、ぼんやりとした目でわたしを見た。

フォリー・ベルジェール（パリの音楽ホール）で「おもちゃの国のレビュー」を見たのだろうか？

いや、見たことはない。

「これからオステンドへお連れするつもりです、サー・ガラハード」ジョンケル氏は言った。「わたしはそのあいだにベルギーを見て回ります。冒険に備えて身体を鍛える必要がありますからね」

その晩はオテル・ロッティに泊まり、翌日オステンドへ旅立った。公安当局についての知識はほとんどないが、大叔母の死に何かの謎があることはわかる。彼女は未婚ながら裕福で、常軌を逸したところがあり、わたしたちとの交流はほぼなかった。その死の経緯を、わたしはジョンケル氏に訊いた。

コンテストに出場する子どもを眺めるような目でわたしを見たあと、彼は答えた。それを理解するにはまだ若過ぎますよ、と！

大叔母の死を引き起こしたのは何か、それを理解するのに若過ぎるなんて！　ハーバードで学位を取得し、父の事業に参加しようとしているこの自分が！

わたしはある種の威厳を見せて、相手のおどけた態度に対抗しようとした。大叔母が亡くなった経緯を教えていただけますか？　すると相手はこう答えた。大叔母さまは殺されました、それで犯人を捕らえるべく、フランスじゅうを捜査しているのです。しかしナイフを持ったならず者を想像してはいけませんよ。暴行された形跡はなく、指一本触れられてはいない。それどころか、犯人には彼女を殺す意図すらなかった。それでも大叔母さまは殺されたのです。そして自分をはじめ公安当局はその頭脳を結集し、この謎を解決しようと全力を尽くしているのです……

ところが、オステンドでは冒険が待っていた！

ジョンケル氏に続いて車を降りると、そこには先を急ぐ人の群れ。そのなかに若い女性の顔が一瞬見え、すぐさま人混みに飲まれていった。

だがこちらに視線を向けたときの表情と仕草は、忘れようにも忘れられなかった。

麦わら色の豊かな頭髪に、楕円形をした愛らしい顔。そこに輝く大きな青い瞳。しかし本当の魅力は、その優雅な顔立ち以外のところにあった。わたしが彼女を見た瞬間、魔法をかけられたかのように一変した表情。人混みのなかで最初に見たとき、それは不安と困惑――そして恐れ――に満ちていて、まるで怯える小動物だった。すると大きな驚き、驚嘆にも似た表情が顔に浮かび、やがて何か大胆な目的を秘めた光が差したかと思うと、悪魔のように輝いたのだ。

わたしはジョンケル氏に声をかけることなく、一種の興味を覚えたまま、彼に続いてメゾン・ブランへと足を踏み入れた。

いつかまたあの顔を見るだろう。見つけるのは簡単なはずだと、わたしは信じていた。そして事実、それは正しかったのである。

ジョンケル氏はすでにブリュッセル街道を出発しており、わたしは細長い通りに面したダイニングルームで朝食をとっていた。ディグ・ド・メールからオステンド経由で内陸に向かうその通りは石畳になっていて、商店や小規模な市場が軒を連ねている。だぶついたズボンに木靴という出で立ちの漁師や、フランダースの民族衣装に身を包んだ女性など、平凡な庶民が通りを行き交うその光景は、絵画のように鮮烈で美しかった。

大勢の人々が通り過ぎる様子をしばらく眺めたあと、より近くで見ようと外へ出た。わたしが泊まる客室の真下、小さな食料品店の脇に置かれた小型のカートには、たくましそうな大型犬がつながれている。

帽子とステッキを手に通りをそぞろ歩く。外は穏やかに晴れており、海峡からの風が柔らかく吹き抜け、日光が燦々と降り注いでいた。食料品店の扉は開いていて、見ると、探していた女性の姿がそこにあった。太陽の下、わたしの目の前に。農婦の格好をした彼女は、とてもかわいらしい人形のようだった。

わたしを見た彼女は口元にえくぼを浮かべて微笑み、不自然なほど舌足らずの英語でこう話しかけた。

「ムッシュウはアメリカ人なの？」

「ええ」

「すてき！」

その声に滲む好意とあけすけな尊敬が、なんとも愛おしく聞こえる。彼女の笑顔を目にした瞬間、アメリカ人であることがこのうえない神の贈り物のように思えた。

「パリから昨日の夜いらっしゃったの……お父さまと？」

そう言って小さな白い手の人差し指を、何かに警戒するようにぴんと立てた。

「わたし見たの……わたしたち、お父さまに見張られていないかしら？」

わたしは思わず笑い、彼女に説明してやった。あの人は僕の父親なんかじゃなく、パリ警視総監のムッシュウ・ジョンケルだと。それに、僕らのことを見張っているなんて！　あの人はもうブリュッセルへ旅立ったよ。それを聞いた彼女は安心したらしく、こんな〝すてき〟な人が警視総監と旅しているのはいったいなぜかと尋ねた。

わたしはさらに説明した。向こうはパリで起きた事件のためにブリュッセルへ行き、こちらは暇になってオステンドで時間を潰しているのだと。

それを聞いた彼女は、顔を曇らせて通りを見回した。カートを引く愛犬レオポルドは老齢にさしかかっていて、老いた人間と同じく頑固なところがあるそうだ。広い通りではなんの問題もないのだが、ひとたび雑踏に入ると喧嘩腰になってしまう。彼女は朝の人混みが少なくなり、道が空くのを待っていたのだ。しかし行き交う人の数はますます増えていて、もうこの場所にはいられなくなった。大通りに場所を移す手伝いをすべきだろうか？

いや、世界の果てまで手伝うつもりだ！

鼻先を左右に向けながら歩くレオポルドを先頭に、わたしたちは細長い通りを注意深く縫うように進み、オステンド郊外の平地を南北に横切る砂丘裏の大通りへ向かった。

女性は純真さと好奇心を見せつつ、子どものように振る舞った。いくつもの質問をぶつけながら、答えを待とうとはしない。それは人懐っこい小児のようだった――農家の暖炉のそば、あなたの大事な宝物は何と尋ね、答えのお礼に納屋に住む雌鳥の名前や習慣を教えてあげるという具合に。

大通りに出たところで女性は小さなカートに乗り、わたしに別れを告げた。そして何が起きたか理解する間もなく、彼女は行ってしまった。微笑みながら何かを言っているのが見えるだけだ。犬のレオポルドが引く小さなカートは、大通りを北へと走り去った。

物語のようなこの展開に、わたしはしばらく身動きできなかった。

それからメゾン・ブランに戻ったものの、それは昼食をとって少し考えるために過ぎない。何をすべきかはすでに決めていた。あの道路を北へ向かおう。わたしは出発した。ステッキを手に一人歩いていれば、探す楽しみも増そうというものだ。

やがて広い水路で区分けされた平地に出て、次いで街道沿いの細長い集落へ入った。その向こうで道路は二手に分かれている。振り向くと、太陽がなかば傾いていた。集落に近づいたとき、わたしを待ち受けていたと思われる幸運が、予想もしない好意を示してくれた。高い壁に囲まれた道路沿いの小さな家を通り過ぎたときのことである。

その家から十歩ほどの距離に近づいたところで白い扉がバタンと開き、転びそうな勢いで駆け出す女性の姿が目に入った。あの女性だ。二歩ぐいと前に進み出てその腕をしっかり捕まえる。彼女は囚われの身となった動物のように振り向いたが、わたしの顔を見た瞬間、小さなため息をついてほっとした様子を見せた。

「あら！」と、呟くように声を出す。「あなただったのね。神さまが遣わしてくださったのかしら？」

彼女は一瞬、わたしに腕をとられながら震えていたが、急に立ち上がるとわたしの手を掴み、扉をくぐって室内へと連れていった。

道路に面したその部屋は彼女の居室らしく、また隣室の窓際には椅子が置かれ、大柄な老人が座っていた。両手を幅広の肘掛けに乗せているが、大きな禿頭が前にうなだれている。一瞬、死んでいるのではないかと思えた。しかし額に手を置いてみるとしっかりした脈動を感じ、両手も暖かく、やがて両方のまぶたがゆっくり開いた。老人は生きており、意識もはっきりしていた。

そばに立っていた女性が、わたしをそっと引っ張り部屋から連れ出した。そしてちょっと待ってほしいと言ってから、部屋に戻り後ろ手で扉を閉めた。

そこはありふれた農民の部屋などではなかった。光沢のある木綿が光を反射し、室内に置かれたあらゆるものが彼女の趣味と繊細さを示している。ある種の裕福ささえ感じさせるほどだ。そして彼女が戻ってくるまでのあいだに、わたしはあたりの様子を観察した。窓の外に目を向けると、白い壁に囲まれた上品そのものの小さな庭が目に入る。隅にはあのカートが置かれ、犬のレオポルドがつながれていた。大型犬は干し草と枯葉のベッドで眠りについている。小さな農家なのは確かだが、洗練されて住み心地もよく、魅力溢れる場所となっていた。

こうして感嘆にも似た心持ちでいると、女性がトレイを手に戻ってきた。そのうえにはやかんと、高貴なティーカップが乗っている。落ち着きを取り戻し、表情にも笑みを浮かべているが、顔面は蒼白だった。彼女は折りたたみ式の小さなテーブルにトレイを置き、わたしのために椅子を持ってきてくれた。そして水を沸かしているあいだに、わたしが先ほど目の当たりにした謎を説明した。

彼女の父親は中風《ちゅうぶう》で、日を追うごとに悪化する一方だという。今日の午後、父親が急に卒倒したのだが、彼女はそれを死の予兆と誤解してしまい、パニックに陥り助けを呼ぼうと外に飛び出した。そして神のご加護か、そこにわたしが通りかかったというわけだ。迂闊にも、二人が生粋のベルギー人ではないことに、わたしはこのときまで気づかなかった。父親はもともと言語学者であり、ロシア帝国が誇るペトログラード博物館で学芸員の長を務めていたそうだ。二人はそこからオステンドへ逃れた。彼女が農婦の格好をしているのは追跡者の目を逃れるためであり、またこの農家から市場へ商品を運ぶ手段が必要ということで、あの犬とカートがあるらしい。

なんという災難に見舞われたことだろう！

大きな青い瞳に涙が浮かび、柔らかで愛らしい声も震えている。もはや金も底をつき、父親に襲いかかった病のせいで、相談できる人間もいないのだ。

あなたを信じてもいいかしら？　わたしのお友だちになってくださる？　相談できる人が必要なの。わたしの秘密を守ってくれる？

わたしのほうに疑われる余地などまったくない。なんなら相続した財産を分けてもいいくらいだ。必要以上の金は持っているし、明日にでも銀行から引き出してこよう。

しかし彼女は静かに首を振るだけで、かすかな身振りとともに両手を前に差し出した。

「いや、だめよ。あなたから受け取るなんてできないわ」

そのとおりだ。彼女が望んでいるのは、わたしと友人になることではなかったか？　自分の秘密を守ってくれるだろうか？　わたしを信用できるのか？

彼女は立ち上がり、安心させようと強く摑んでいたわたしの手から逃れると、テーブルを片付けた。そして何枚かの紙を手に戻ってきた。

十枚ほどはあったに違いないそれらの紙は、落書きのような印が鉛筆で書かれているだけで、あとは真っ白だった。いずれも、字を習いたての子どもが記したアルファベットのようである。

彼女曰く、父親はロシアから逃れるとき、皇帝《ツァーリ》からの贈り物が入った小さな包みを持っていたそうだ。途方もない価値を持つものであり、持ち金が尽きたときはそれが頼りだという。父親は自分で保管することが不安だったらしく、ロシアから逃れたあと、友人のキッツェンツォーフ大公がパリに所有する邸宅に立ち寄り、邸内のどこかにそれを隠した。一方の彼女は、父親が中風の発作に突然襲われるまで、そのことを気にとめないでいた。そしていま、父親はそのありかを伝えられないでいる。最初に訊いたときは答えられたのだが、彼女にはその意味がわからなかった。古代の言語を話しているか、あるいは無意味な単語を並べているだけのように聞こえたらしい。しかし娘の言っていることは理解できたようで、なんとか答えようとしたとのことだ。

そのときはまだ両手を動かすことができたので、彼女はその秘密を書き記してもらおうと考えた。そこで鉛筆を持たせてノートを肘掛けに置いたところ、父親はこれらの印を書いたのである。奇妙な書き方で何度も何度も、同じ奇妙な印を繰り返したのだ。

先に述べたとおり、それらの印はいずれも、アルファベットを習いたての子どもが字の曲線や角度を真似ているかのように見えた。しかしわたしの横に立つ彼女は、いくつかの特徴を教えてくれた。

中風となった父親は目の前に置かれたすべての紙に、いつも同じ数の印を書いていたという。印の数は常に五つであり、形が変わることはなく、また互いの位置もまったく同じだそうだ。またそれらの下には、ページを横切るように横線が引かれ、その中央下には〝X〟の文字が例外なく加えられていた。

この謎に考えを巡らせた彼女の言葉は、わたしになるほどと思わせた。彼女なりの単純な方法で、碑文の解読に取り組む学者の方法を真似たのである。結果として導き出された結論は以下のものだった。

これらの印は無意味な落書きなどではない。形がまったく同じなのがまず一つ。中風患者が文字を記そうと支離滅裂な努力をしただけであれば、このような正確さはあり得ない。ゆえに印の一つ一つは、なんらかの具体的な意味を持っている。

さらに、各文字はいずれも同じ順番で、横線のうえに記されている。それゆえその順序は意味と関連している――意味というものがあればの話だが。しかし父親は娘の質問を理解していたようだし、なんとか指示を与えようとしているかに思えた。横線の下に書かれた〝X〟のところで鉛筆はいつも止まり、またそれを強調するかのようにそこへ戻ったという。全体のなかでも特にその文字が、なんらかの重要な意味を持つとでもいうように。

関心を募らせるあまり、結論がなんらかの影響を受けている可能性は十分にある。しかし彼女は、包みに関する具体的な指示がこれらの文字に潜んでいると信じており、〝X〟の文字こそが、横線のうえに記された謎の暗号との関係で、その場所を指し示していると考えているのだ。この奇妙な印を理解できれば、どこをどう探せばいいかがわかるに違いない。

だが、彼女は理解できずにいる。

その文字はいずれも、彼女が知るアルファベットのどれにも似ていない。事実、ペトログラードで習った現代の言語――フランス語、イタリア語、英語、そして母語であるロシア語――しか知らないのだ。しかし父親は偉大な学者であり、無数の言語を知っている。己の人生を捧げた古《いにしえ》の言語で、これを記したのだろうか？　はるか昔に死に絶えた言語で書かれた碑文を、博物館で生涯をかけて解読した人物ではないか。

彼女はそのことも考えていた。

中風の発作に襲われ脳の大部分が損傷を受けたあとも、残りの一部――以前の記憶を司る部分――が無傷のまま残っていたのでは？

わたしはその言葉にはっとした。そうだ、そうに違いない。以前に学校で学んだことがある。失語症と呼ばれるもので、症例も数多くあるそうだ。名前、以前の記憶、それに言葉を忘れてしまい、子どものように文字を一から覚えなければならない。しかし古代のギリシャ語だけを書くことができる患者もいれば、ラテン語だけを話せる患者もいるらしい。

「それなら話は簡単だ」わたしは言った。「考古学者に指示を仰げばいい。ムッシュウ・ジョンケルに相談してみよう」

「だめ、だめよ！」彼女は叫んだ。「ムッシュウ・ジョンケルはだめ！　警察はだめ！」

そんなことをすれば、何もかも無駄に終わってしまう。警察はその包みを見つけ、自分たちのものにするはず。きっと没収されてしまうわ。だって、隠し持ったままフランスに逃げ込んだんだもの。税関にだって申告していない。ムッシュウ・ジョンケルにだけは知られたくないのよ。

少し考えさせよう！　すると彼女は顔をこわばらせ、指を落ち着かなく動かしながら、混乱した様子で室内を歩きだした。

「わかってるの」と、口にする。「何をすればいいか……そう、何をすればいいか！」

愛犬と一緒の彼女を初めて見かけたあの通りに、一軒の書店があった。古本が乱雑に積まれた、薄汚い店だ。彼女がいま思い出したのは英語で書かれた大判の本で、背表紙は革張りになっている。辞書の一種で、古いアルファベットの数々が各ページのコラムのなかにまとめられているそうだ。それではわたしがそこに行って、奇妙な印に似たアルファベットがないか調べてみよう。

彼女によると、そのページはすぐにわかるらしい。ある日のこと、父親がその辞書を立ち読みしていたところ、彼女の指が余白に触れてしまった。そのページには店内の埃がこびりついていたので、指紋が残ったのだそうだ。その印はきっとそこに記されている。

彼女は生気を取り戻し、待ち切れないというように生き生きしだした。そして文字通り、わたしを道路へと押し出したのである。こんなことをされては、すぐに出かけなくてはなるまい。

わたしは大冒険に向かうが如く、オステンドへの道を歩きだした。

村落に近づいたところで、道路脇の石に座っていた背の高い男が立ち上がり、わたしの前を歩きだした。一瞬ジョンケル氏ではないかと思ったが、男が着ているのは農民の衣服だ。追い抜かそうとするものの、こちらと同じくらいきびきびとした足取りなので、距離がなかなか詰まらない。オステンドにあるあの書店に入ったときも、男はまだ前を歩いていた。

目指す本はすぐに見つかった。

それはウェブスター大辞典の古い版で、目的のページもほどなくわかった。そこの見出しは次のように記されている――古代のアルファベット、ヒエログリフとアルファベットの比較表。そして余白には、紛れもなく指紋がついていた！　女性が言ったとおり、これら古代のアルファベットはコラムのなかに整然と並べられていて、それに対応する英語の文字がコラムの右端に記されていた。

わたしはしばし、奇妙な文字の羅列に戸惑った。だがそのとき、例の印が突如目に飛び込んだ。それは左から三番目の列に記されていた。わたしはあの紙片を持参し、比較のために開いていたのだが、コラムの他の列を調べると、印と同じ文字が次々に見つかった――ちゃんと五つとも揃っているではないか。それらはフェニキアのアルファベットで、中風患者の記した印と紛れもなく同じものだ。わたしはそれぞれのヒエログラフの下に、対応する英語の文字を書き込んだ。

LIGHT！

紙片をしまってから店主にチップを渡し、夕食をとるべくメゾン・ブランに向かう。立ち去ろうとするわたしに、店主は意味ありげなウインクを送ってきた。

「ラブレターの暗号でも書いてあったんでしょう、あのページに。最初はマドモワゼルが見て、次にムッシュウだ！」

夕食の席にはジョンケル氏もいて、返事を待たずに次から次へと語りかける。何か冒険らしきことはありましたかな？　悩める乙女に出会ったとか？　そのうえで、もう少しオステンドに滞在してもらってもかまわないかと尋ねた。もう一度ブリュッセルへ戻らねばならないそうだ。そしてわたしの大叔母について一言二言話したが、こちらは彼女のことなどすっかり忘れていた。大叔母は若いころ、ロシアのある大公に恋したらしい。彼はニースの決闘で命を落とすのだが、信じられないほどの富を持っていたので、大叔母に素晴らしい愛の印《ガージュ・ダムール》を贈ったという。それが結局、彼女の死を引き起こしたのだが。

ジョンケル氏は立ち上がり、いささか大げさに一礼してからその場を去った。

わたしにはその仕草が、天からの特別な好意のように思えた。あの発見を一刻も早く、彼女に伝えなければ……

夕暮れはまだ始まったばかりだ。タクシーに乗ったものの、村落に入ったところでそれを降り、そこから先は歩いて向かう。村落の向こう側に先ほどの背の高い農夫がいたけれど、わたしが近づくと畑のほうへ姿を消してしまった。

女性は待ち切れないという様子で家の扉を開け、両手を後ろで組みながら、わたしを招じ入れるかのように一歩後ずさった。妖精の国の丘に建つ、魔女の小屋に入る気分だ。

テーブルに紙を置いて先ほどの発見を説明していると、彼女は驚き感心した様子で大きな瞳を見開いた。

　女性はわたしが座る椅子の肘掛けに腰を下ろしつつ、何かを考え込んでいるようだった。ＬＩＧＨＴ――ＬＩＧＨＴ。この暗号らしき単語で、父親は何を言いたいのだろう？　やがて女性は、自分の考えを口にするかのように、ゆっくりと話しだした。

「ロシア語で窓のことをＬＩＧＨＴって言うのよ」

「つまり、お父さまは窓という単語を伝えたかったのかな？　いったいどの窓のことだろう？」

　女性は麦わら色の髪がわたしの顔に触れるほど、上体を傾けてそれに答えた。

「パリにある窓のことかもしれない。包みはパリに隠されているんだから」

　すると彼女の声に力がこもり、早口で先を続けた。

「わたしたちが暮らしていた、サン・ジェルマン通りの家の窓に違いないわ。あの家のどの窓かしら……そうよ、きっとお父さまの部屋の窓だわ！」

　女性は立ち上がり、スイス製の精巧なぜんまい仕掛けの玩具の如く、テーブルの周りを歩きだした。

　そうか、謎々の答えはそれか。パリに建つあの家、あの部屋の窓。

　翌朝パリに行って、それを持ち帰るべきだろうか？

　わたしはヨーロッパじゅうが恐れる狂気のロシア人に追われる身ではない。父娘のほうはフランスに辿り着いたことが知られて以降、ずっと追跡の対象にされているが、わたしは違う。彼女は税関で女性職員に衣服の縫い目を一つ一つ指で調べられたそうだが、それはまるで、モスクワから爆弾を隠し持ってきたのではないかというほど厳しかったらしい。

　キッツェンツォーフ大公の邸宅は現在閉鎖されており、大公自身はイギリスにいるという。主人がパリを離れるとき、二人は父親の健康状態もあって海に近いこの地を選んだそうだ。邸宅が閉鎖されていても、入るのは難しくないらしい。門が閉ざされていれば壁をよじ登り、玄関脇の格子を持ち上げればいい。部屋は階段を登ってすぐの右側、室内に窓は一つしかない。邸宅はセーヌ川沿い、通りの左側の六十八番地。すぐに見つけられるはず。

そこで彼女は言葉を切り、顔を上げた。

でも、窓際のどこに隠してあるのかしら？　その疑問が突如、彼女の頭に浮かんだようだ。

ここでもわたしは、自分の推理を加えることができた。あの五文字とXのあいだに、決まって横線が引かれていたはずだ。あれは窓の下という意味で、Xは必ず横線の中央に書かれていた。つまりあれは窓の下の中央という意味なんだよ。

彼女は再び、ネジを巻かれた人形のようにテーブルの周囲を回りだした。わたしもそれに合わせて立ち上がる。これ以上に心惹かれることがこの世にあるだろうか？　ベストのポケットに収まりそうな華奢そのものの木靴が、床の上を音もなく歩いている。そして小さな妖精は笑みを浮かべて振り返り、両手を大きく広げた。その魅力に抗える男などいるはずがない。彼女が脇を通り過ぎたとき、わたしはその身体を両腕で抱きしめた……

パリには朝の列車で赴いた。

ジョンケル氏の姿を見ることはなかったものの、客車を降りるとそこにいるのは彼だった。温和ながら辛辣さの混じった口調は相変わらずだ。もっと早い列車で来ると思っていましたがね、ずいぶん時間を持て余してしまいましたよ。明日またお会いしましょう――たぶんあの少し前に……

相手がこのように姿を現わし、そのうえこちらの行動まで知っていたことに、わたしはひどく当惑した。それを隠すため、思いつくただ一つの疑問を相手にぶつける。大叔母を殺した犯人は見つかりましたか？

ジョンケル氏は笑いだした。大叔母さまを殺した犯人は、犯行当日からすでにわかっていますよ。わたしが突き止めようとしているのはそれとは別で、そのためにいわば子どもを餌にしたというわけです……そうやって罠を仕掛けたうえでチーターを捕まえるという話、あなたも聞いたことがあるでしょう——子どもを餌にするだって？

それからジョンケル氏は、いかにも大陸風らしい慇懃な挨拶をして、その場を立ち去った。

わたしは女性の指示に従ってタクシーでサン・ペール通りへ行き、サン・ジェルマン通りを歩いてその邸宅を見つけた。そこで二つの壁に挟まれた狭い脇道へ入る。門に鍵はかかっていなかった。後ろ手でそれを閉め、庭を横切り玄関へ向かう。扉の右手に古い鉄格子があり、閂が錆びついていたのでそこから入れるようになっている。しかし玄関に近づくと、扉が閉じきっていないことに気づいた。なので、それを押し開けて室内へ足を踏み入れる。

古い大理石の階段を一歩一歩登る。邸内の家具はどれも布で覆われていたが、豪華な邸宅なのは間違いない。由緒ある豊かな家系の住まいだ。二人の亡命者の友人は確かに大公だが、この室内から判断して、柔弱かつ退廃的な趣味の持ち主だと思わずにはいられなかった。

階段を登りきってすぐ、廊下の右側にその部屋はあった。室内に足を踏み入れると、正面には一枚の大きな窓。厚いカーテン越しに差し込む午後の日光が、金色の黄昏の如く室内をぼんやり照らしている。わたしは取っ手に手をかけたまま、一瞬立ち止まった。

この部屋の家具にも布がかけられている。しかしそこが男性の居室でなく、女性の寝室であることはすぐにわかった。年月を経たその部屋には甘美な雰囲気が漂い、豪華な生活に慣れた人物の洗練さが伺える。亡命した学者とその娘をここに迎え入れたロシア人は、この甘美な環境に身を沈めた、風変わりな外国人というわけだ。

しかしそんな考えに浸っている暇はない。

わたしは窓際に近づいた。壁板にナイフを差し込むと、それは簡単に開いた。急いで手を突っ込んだところ、なかにあったのは巨大な真珠が連なる東洋風のネックレスだった。

それを取り出し、両手で包み込む。ずっしりとした重み——まさに財宝だ！

その瞬間、背後でかすかな物音がした。指のあいだから宝石をこぼれさせたまま、後ろを振り向く。ドアのすぐ前、両足のブーツをぴったり揃えて立っているのはジョンケル氏ではないか。すると彼は、あの慇懃な仕草をした。

「やあ、ムッシュウ！　恋というのは偉大なものですな！　盲目でありながら、サムソンの如き力を持っている！　大叔母さまの命を奪い、その甥をして、悩める乙女と中風患者の手伝いをさせたのですから。しかし同時に、それは盲目でもある！　ロシア人女性への指示にもかかわらず、その暗号は英語の言葉を意味していたが、それでもあなたはおかしいと思わなかった。それに、パリのど真ん中だというのに鍵のかかっていない扉は、まるで誰かを迎え入れるかのようだ……」

ジョンケル氏の口調は硫酸のように辛辣だった。

「しかし、ムッシュウにはお祝い申し上げますよ。チーターを捕らえる完璧な餌となり、公安当局がいくら探しても見つけられなかったネックレスを、見事に発見したのですから……我々が探していたのはそのネックレスだったのです。盗んだ犯人はずっと以前から我々の手中にいたというのに……しかし、ムッシュウがそれを見つけ出した。この大叔母さまの邸宅で！」

わたしは驚きのあまり、口をパクパクさせながら言った。

「大叔母の邸宅ですって？」

「さよう、もちろん《セルテーヌマン》！」そして辛辣な口調のまま先を続けた。「さらに、大叔母さまが息を引き取ったのもこの部屋です。目が覚めたとき、いまは亡き恋人からの大事な贈り物が消えていたのに気づいて！」

わたしはなおもどもった。

「つまり……つまり……あのロシア人学者とその娘が、大叔母から盗んだんだ！」

ジョンケル氏は両手を突き出し、大きく振ってそれを否定した。

「いやいや！　恋というのはまさに盲目だ……盗んだのはデュトク老人、ルーブル美術館の考古学部門で案内係を務めていた人物です。そしてもう一人はアメリカ人女優のグレイスミス、『おもちゃの国のレビュー』で〝えくぼのお人形〟を演じた女ですよ」

第10章　鋼鉄の指を持つ男

ムッシュウ・ジョンケルが足を踏み入れた広い客間は無人だった。

さりとて静寂に包まれているわけでもなかった。ホフマンの舟歌らしき奇妙な旋律がかすかに聞こえ、徐々に大きく響き渡る——闇のなかを手探りで這い回り、見えない何かに追われているかの如く、息を喘がせた生き物のようだ。

この音を響かせているのは、鍵盤のうえに置かれたこの家の主人の指であり、音の出所は背後の一室、ブローニュの森に面したもう一つの客間である。

ジョンケル氏は主人に会いたいというのを、召使いに断られた。

「この時間にヴァレー卿とお会いすることはできません」

だがジョンケル氏の名刺は主人にとって困惑の種だった。パリ警視総監が相手とあっては、いつでもどこへでも立ち入りを拒むわけにはいかない。避けられぬ運命を前に諦めたかのように、仕方ないという仕草をする。

かくしてジョンケル氏は邸内に入った。

それは凱旋門の近くに建つ美しい邸宅で、最初の主はかの高名なブラジル人女性だった。彼女は二人の大公と結婚し、そのいずれとも離婚したのだが、新たな興奮を求めて新天地へと旅立ったのである。

その邸宅は薄い薔薇色をした石造りの建物であり、広い中庭を備えるとともに、室内には幅の広い螺旋階段がある。上品そのものの客間もいまは無人で、貴重な家具とあの耳に残る音楽の他には何もなかった。

背後で扉が閉じられる。ジョンケル氏はしばらくのあいだ、その場で身じろぎ一つしなかった。奇妙な音楽が周囲で渦を巻いているかのようで、一種の残酷な生気が絶えずつきまとう――断固たる決意を秘めた、野蛮人の生気だ。

その旋律が一体何なのか、ジョンケル氏にはまったく憶えがなかった。自分の知っている巨匠の作品ではない。それを奏でる指による即興演奏なのだろう。パリ警視総監が注意を引かれたのも、それが理由だったに違いない。

やがてジョンケル氏は、その音の出所である部屋へと入った。戸口で一瞬立ち止まり、部屋の主を見る。その人物の指は白く敏捷で、鋼鉄のように硬そうだった。やがて、ジョンケル氏は口を開いた。

「申し訳ありません、閣下。お邪魔いたします」

ピアノの前に座っていた男は立ち上がり、素早くジョンケル氏のほうを向いた。

男は見た目にも奇妙だった。極めて幅広の肩を前に屈め、頭も巨大そのものである――スラブ人の顔つきだ。太い髪をこんもり生やしているが、さりとて伸び放題というわけではなく、一種の独特さを醸し出していた。

服装は厳選された英国風のもので、上流階級の控え目さを感じさせる。しかしそこから受ける印象は、間違いなくイギリス人のものではなかった。むしろイギリスの要素を取り入れたスラブ人のそれである。

瞳の奥を窺い知ることはできない。カーテンのかかった窓の如く、厚いまぶたに隠されている。そしてなんの表情も浮かべていない、能面のような顔。平静を失うことのない顔つきだ。巨大な鼻、残忍さを感じさせる角ばった顎、そして幅の広い顔面のいずれも、蒼白に近いほど青白い。そのとき、ジョンケル氏は一つの印象を受けた。目の前にいる人物は、自分が見たなかでもっとも偉大な犯罪者か、もっとも偉大な天才かのどちらかだ。

ジョンケル氏はさらに、自分の失敗を感じた。この男を驚かせたら、いったいどんな反応を返すだろう？　ジョンケル氏はそのつもりで実際に驚かせたのだが、これまでのあらゆる経験に反し、観察できることは何一つなかった。男の顔は相変わらず無表情のままで、一切の感情をその裏に隠しているかのようだ。他人の意志では変えることのできない、仮面の如き無表情。この男はまったく見事に自分の意志を隠しているが、表わしたところで表情はどう変わるのだろうと、ジョンケル氏は不思議に思った。それを突き止めるのも、あながちつまらないことではあるまい。

男の無表情は一瞬だった。すぐに笑みを浮かべ、室内をこちらに向かってくる。その笑みは唇の端を奇妙に持ち上げることから始まり、ゆっくりと口全体に広がったあと、男の表情をほんの少し変えた。

男の声は低く、平静かつ抑制されていた。物腰も偉ぶったところがなく、優雅そのものである。

「パリ警視総監ムッシュウ・ジョンケル、お会いできて光栄だよ」

男はそう言って立派な椅子を窓際に置いた。重量のありそうな椅子で、手彫りの装飾が施されているうえ、背もたれは見事なタペストリーである。召使いがあえて室内に運び入れなかったこの椅子を、ヴァレー卿はいとも軽々と窓際に運んだ。

それからこの椅子を手で指し示し、向こうに置かれた別の椅子に座る――カーテンの脇、日光が当たらない場所にその椅子は置かれていた。

ジョンケル氏は手袋を脱ぎ、恥ずかしげにそれを指でもてあそんだ。主人はその様子を、曖昧な笑みを浮かべながら見た。いまやその笑顔は、能面のような表情の背景となりつつある。警視総監は一瞬躊躇った。

「閣下、わたくしが伺いましたのは、以前より頭を悩ませている問題について、閣下のご意見をお聞きしたいと思ったからです。経験なき人間の意見はまったく無価値であるうえ、わたくしに意見を提供できるほど経験豊富な人間はみな、ある種の知的要素を欠いていました。この問題に関し、知性と経験を兼ね備えた人物の意見を、わたくしはまだ聞くことができないでいるのです」

ジョンケル氏はそこで一息ついた。目の前の男は何も答えない。相手が口火を切った話題をしまいまで続けさせてやろうと、気を遣って待っているかのようだ。小さな椅子に座るその姿は、大いなる体力と精力を兼ね備えた人間のそれであり、その椅子が自分の体重に持ちこたえられるかどうかなどお構いなく、巨体を背もたれに委ねている。すると身体こそ微動だにしないものの、表情がほんの少しだけ変わった。何かを問いたげに、眉を持ち上げたのである。ジョンケル氏は不安を感じているようだ。

「閣下が置かれていた状況を知らないとは申しません。イギリスの法廷は直截にして残酷です。誰に対しても容赦ないうえ、報道機関はなおさらひどい。イギリスで起訴され、法廷に立つことにでもなれば、あらゆることが暴露されてしまう。たとえ無実でも関係ありません。判決が下され、無実が言い渡されたとしても、考え得るあらゆる恥辱を被ってしまうのです」

ジョンケル氏は相変わらず躊躇いがちだったが、それでも先を続けた。

「閣下がこの不愉快極まりない経験から抜け出したいま、わたくしを悩ませている問題について、ある種の意見をお持ちのことと存じます。また閣下は必ずや、その意見をわたくしにお聞かせくださるものと確信しております」

そう言って警視総監は、相手の好意を期待するかのように、おずおずと男の顔を見上げた。

ヴァレー卿はすぐさま口を開いた。

「わたしの意見でよければ、なんなりと聞かせて差し上げよう。確かに、わたしはありとあらゆる恥辱を被った。イギリスの刑法は粗暴かつ残酷な仕組みであり、巻き込まれた人間に心から同情する。いったんイギリスの法廷が動きだせば、家族のことや文化的背景など一切斟酌《しんしゃく》されず、その残忍さが弱められることも、被告に対する悪評が軽減されることもない。まったく、悪夢のような経験だった。しかしその経験が君にとって役立つのなら、喜んで思い出すとしよう。わたしの意見を聞きたいということだが、いったいどういう問題なのかね？」

「それはこのようなものです」警視総監は答えた。「閣下はああした経験を経たのち、人間の行ないを矯正し得る神の恩寵があるという結論に達したでしょうか？　つまり、無力なるものを助け、罪なきものを無罪にするような恩寵が。あるいは、そうした結果をもたらすのは人間の知性だとお考えでしょうか？　世界の裏側ではいったい何が働いているのでしょう――偶然か、幸運か、それともなんらかの恩寵なのか？」

警視総監が話しているあいだ、ヴァレー卿は考え込んでいる様子だった。そして相手の話が終わったあと、間髪を入れずこう言った。

「偶然というものは疑問の余地なく、人間のあらゆる営みにおいて、もっとも偉大かつ謎に満ちた要素だ。しかしそれは、人間の意志によって修正され、また方向を変えられる……人間の知性と偶然の力、それこそが世界を動かす二つの要因なんだ」

警視総監は両手を見下ろしたまま言った。

「わたくしはそれと違う意見を持っております、ヴァレー卿。出来事の裏側では一つの意図、つまりよく言われるように、正義と善を求める一種の意思が働いているのではと思うのです。それはふつう言われるところの偶然ではなく、人間の意志がそこに介入することはできない……まったく奇妙なことです。我々が人間の知性と呼んでいるものは、出来事の裏側で働く曖昧で、巨大で、一貫した衝動を助け、支え、そして前進させているように思えます。さらにそれは、そうした衝動を遅らせ妨げることもありますが、最終的に打ち消してしまうことはないのです。

閣下の身に起きた出来事の数々をお考えください。そしてそれらを生じさせた偶然の力を、どうかわたくしにお教えください！

閣下の伯父上であるウィントン卿は、出生時の偶然によって爵位と一族の資産を手に入れた。第二子として生まれ、爵位も資産も与えられなかった父上は外交官の道を進み、ヨーロッパ南東部の小さな宮廷へ派遣された。そこで母上と結婚し、閣下がお生まれになる。そうして閣下はセルビアの雰囲気のなかで成長されたわけですが、一族の資産と爵位を手に入れる可能性はほとんどない。ウィントン卿には二人の息子があり、うち一人はアメリカ人と結婚し、もう一人は独身のまま。かの爵位、そしてイングランドにある一族の広大な地所と閣下とのあいだには、三人の人物が立ちはだかっていた……これら三人が亡き者となり、その利益が閣下のものとなるにあたっては、いかなる偶然があったのでしょう？」

ジョンケル氏はそこで一息ついた。

「しかし事実、三人は亡き者となったのであって、その利益は閣下のものとなった。そう、戦争が勃発したのです。ウィントン卿のご子息はいずれも命を落とし、卿自身も殺害された。そして閣下は、ヨーロッパ南東部の貧しい王国を離れ、広大な地所を有するイギリス貴族となられた。イギリス独特の相続法により、アメリカで生まれたウィントン卿の孫娘には、何も与えられなかったのです。閣下はこれを偶然とお考えになるでしょうか？」

ヴァレー卿はその問いかけになんら迷いを見せず、すぐさまこう答えた。

「ムッシュウ、すべては明らかに偶然のなせるわざだよ。ウィントン卿の殺害を除いては、だが。それはもちろん故意――賢明なるイギリス当局はわたしによる故意の犯行とみなし、全力を挙げてそれを立証しようと試みた。それが無駄に終わったのは、君の言う恩寵のためではなかろう。むしろ、わたしの法律顧問とわたし自身の知性のため、と言うべきだろうな」

卿はそう言ってジョンケル氏を見つめた。落ち着き払った巨大な顔。声も平坦そのもので、焦りなどみじんも感じられない。

「わたしとしては、この話を続けてもなんら恥じることはない。ウィントン卿の息子の死とともに戦争が終わったとき、わたしは後継者の座にあった。君がいみじくも言った〝出生時の偶然〟のおかげでな。そして、自分の姿を見せることがウィントン卿のためであり、また礼儀でもあると考え、イギリスへ戻った。

ウィントン卿はもともと奇矯な人物だったが、歳をとり、また息子に先立たれ、その奇矯さはよりひどくなっていた。しかし当時、卿がいたのはレイヴンスクロフトの地所ではなく、ロンドンだった。コヴェント・ガーデンへ向かう道路沿いに建つ、一族が昔から所有していた古く小さな一軒家だ。わたしがウィントン卿のもとを訪れたのは、夜遅くのことだった。家には他に誰もおらず、深夜の訪問に迷惑そうな様子だったが、それでも親切に招じ入れてくれた。時間も時間だし文句は言えまい。ところが卿は、わたしが成人したことを理解できず、以前世話になった見知らぬ外国人とでも思っているようだった」

ヴァレー卿はそこで言葉を切り、椅子のなかでわずかに身を乗り出すと、よりしっかりした口調で話を続けた。

「ムッシュウ、いま話していることは、イギリスの法廷で宣誓のうえ証言したことだ。信じてはもらえなかったがね。ウィントン卿は、これからすぐ来客があって一時間ほど話をすると言い、一時間経ったら戻ってくるよう告げた。わたしは椅子から立ち上がり、部屋を出た。そして階段を降りる途中、シティーのほうから路地へ入ってくる自動車の音が聞こえ、玄関の前で停まった。扉は閉じていたが、エンジン音ははっきり聞こえたよ。

ウィントン卿もわたしの後ろから階段を降りてきた。玄関ホールにはテーブルがあって、習慣に従い召使いによって何本かの蠟燭が灯されていたが、それを見たウィントン卿に一つの考えが浮かんだらしい。と言うのも、ドアノブに手をかけたわたしをわざわざ引き止めたからだ。そして背の高い真鍮の蠟燭立てを一つ手にとり、それを手渡した。

するとウィントン卿は言った。『地下のワイン庫に行ってくれないか。お前の祖父が有名な年のバーガンディーを何本か、ワイン庫に残したはずなんだ。それがあるかどうか見に行ってほしい。で、それを飲みながら話そうじゃないか。甥っ子のお前とは、山ほど話すことがあるからな。バーガンディーさえあれば退屈することもあるまい』

成長した少年が古い親戚である自分のもとを訪れたと、ウィントン卿はすっかり信じ込んでいた。召使いが下がったあと、卿のわたしに対する態度は、イートン校の生徒に対するそれだった。卿はわたしに鍵を渡し、階段と扉の場所を教えたうえ、食卓のうえにビスケットの箱があるからそれも持ってくるようにと言ったんだ。まったく、パブリックスクールの生徒に対する物言いだったよ」

そこで男は、椅子の肘掛けを覆い隠している自分の大きな両手を見た。

「ムッシュウ、わたしの証言はかくの如しだが、イギリスの法廷は信じようとしなかった。まったく馬鹿げている！」

ジョンケル氏はその言葉を聞いて、相手を鋭く見つめ返した。

「イギリスの刑事法廷は閣下の想像以上に馬鹿げていますよ。そう、『信じられないほど馬鹿げている』のです」

ヴァレー卿はそれについて何も言わなかった。

「この事実については、わたしの証言しかない。証明することはできないが、真実には違いないんだ」

しかし男は、ジョンケル氏の返事に驚いた。そう答えるとわかってはいても、証拠を挙げるのは難しいに違いないからだ。

「さよう、真実そのものです」

ヴァレー卿は警視総監をしっかり見据えて話しだした。

「ムッシュウ、あなたは残念ながらイギリスの法廷におられなかった」

そして鋼鉄のように力強く、絹のようにしなやかな両手を見下ろし、先を続けた。

「だがそのとき、君がさっき人間の営みとの関係で疑問を発した偶然の力が、わたしの役に立ったんだ。その晩、コヴェント・ガーデンの周囲を担当していた首都警察の巡査が、ウィントン卿の自宅前から走り去る車を見たんだよ。その時刻もわたしの証言とほぼ一致している。検察側の主張が揺らいだのは、そのときが初めてだった。しかし検察も弁護人も、それ以上のことは突き止められなかった。車の運転手は正体不明で、ウィントン卿を訪れた人物も謎のままだ」

ヴァレー卿は相変わらず感情を表に出さないまま、慎重な言葉遣いで話を続けた。

「ウィントン卿と深夜に会う約束をしたこの人物が誰か、謎に満ちた会談の途中いったい何があったのかは、わたしにもわからない。ただ確実に言えるのは、結果として惨劇が生じたことであり、それは誰もが知る事実だ。

わたしはウィントン卿から渡された蠟燭を手に階段へ向かい、地下へと降りていった。もう片方の手にワイン庫の鍵をしっかり持って。

卿はこちらに背を向け、猫背の長身を屈めて扉を開いたが、それが最後の姿となってしまった。ガス灯の弱々しい光のなか、扉に浮かび上がった卿の姿は一種の影のようだった」

ヴァレー卿は身体をわずかに動かし、肘掛けに置いた片方の手を上げた。

「このとき、偶然の力もわたしの頭脳も、わたしに味方しなかった。ほんの少しその場にとどまっていれば――いや、階段の途中で振り返り、廊下の端を見てさえいたら――ウィントン卿の殺害犯を目撃していたはずなんだ」

警視総監が何も言わないので、ヴァレー卿は先を続けた。

「少々手こずりはしたものの、なんとかワイン庫の扉を見つけることができた。それを開けると、なかはとても古い、広々とした石造りの貯蔵庫だった。フランスの名品を貯蔵するため、昔のイギリス人が自宅に作った貯蔵庫そのものだ。

ワイン庫に足を踏み入れた人間はかなり以前からいないように思えたが、その印象は間違いだった。わたしにとって幸いなことに、ウィントン卿の使用人が定期的に見回っていたんだよ。幸いというのは、スタンレーという名のその使用人がわたしの証言を裏づけてくれたからだ。

背の低い貯蔵庫の床には藁が散乱していて、まるで農家の納屋のようだった。ずっと以前から誰も立ち入っていないという印象はそのためさ。また長いことあちこち掻き回されていないというのも事実だ。壁と床は石造りで、木の天井を支える梁は火口《ほくち》のように乾いている。そして藁と一緒に大箱が積まれ、そのなかには無数のワインケースが詰まっていた。

間違えてはいけないからと、ウィントン卿は目的のワインの特徴をわたしに詳しく伝えていた。しかしどの箱に入っているかを忘れていたから、貯蔵庫全体を探さなければならない始末だ。とは言え、困るほどではなかった。訪問客が帰るまで一時間は余裕があるし、それまで上に戻ってはならない。記憶に残っている限り、ワイン庫に降りたのは十一時ごろだったと思う」

ヴァレー卿はそこで考え込むようにしばらく沈黙し、先を続けた。

「そのとき不運な出来事が起きた。貯蔵箱の一つを覗き込んでいたのだが、そこから顔を上げようとして、頭上にぶら下がっていた藁の一本に蠟燭の火を移してしまったんだ。すると、完全に乾ききり、なかば腐った天井の梁が燃えだしてしまった」

そこで再び間を置く。

「恐怖に襲われはしたが、我を忘れることはなかった。つまり、すぐに火を消そうとしたんだよ。とにかく必死だった。木の天井全体に火が燃え移れば、家が焼け落ちるのは確実だったからね。やがて室内に煙が立ち込め、呼吸するのも難しくなった。だが、それでも諦めなかった。ついには何も見えなくなり、呼吸すらできず、ほとんど気を失いながらも、ようやく外へ通じるドアを打ち破り、通りへ飛び出すことができた。まだ呼吸しては危ないと思えたから、そのまま走り続けたよ。

次に何が起きたかは、君も知っているはずだ。首都警察に身柄を確保され、燃え上がる家に人が入り、ウィントン卿が運び出された。そう、死体となって！　身体の右側に小型ナイフの刃が突き立てられ、そこから上に向かって深い傷が走っていた。大動脈を切断するほど深い傷だ」

ヴァレー卿はそこで立ち上がった。椅子のなかで身体を動かすような、静かで、一見さりげない動きだ。座っていたかと思うと、次の瞬間には立ち上がっている。一連の動作を完成させようとしながらも、話を終わらすために中断を余儀なくされている、といった様子だ。

「このような状況のもと、イギリスの法廷がわたしをウィントン卿殺害で起訴するであろうことは、十分に予測できた。動機もあり機会にも恵まれ、またどれほど控え目に言っても、状況はわたしの犯行を指し示している。わたしに働いてくれた二つの幸運と、わたしの無実を疑問の余地なく立証してくれた弁護士の頭脳がなければ、有罪の判決が下っていたに違いない。

まず驚いたことに、使用人のスタンリーが証言台に立ち、地下のワイン庫が実際には乾し藁の山になっていたことを明らかにしてくれた。そしてわたしの身柄を確保した首都警察の巡査も、家から火の手が上がる直前、ウィントン邸の玄関前から走り去る自動車を見たと証言した。これらの事実が、わたしの証言が正しいことを立証してくれたんだ。

また弁護人が提出した別の事実も、ウィントン卿の命を奪った一撃がわたしによるものではないという事実を、数学的な正確さでもって証明した。さっきも言ったように、ウィントン卿の傷は小型ナイフの刃によってつけられたものだ。警察はわたしのポケットから小型ナイフを発見し、しかもそれは傷の幅とほぼ同じものだった。血痕こそ残っていなかったが、犯行後丹念に洗ったものと警察は断定した。つまり、湿り気がまだ残っていると判断したんだ。それは説得力のある説明だった。わたし自身、その重みにはっきり気づいたし、一つの事実がなければ、絞首台送りだったのは間違いない。司法解剖の結果、ウィントン卿の命を奪った傷は深さ七インチであることがわかった。そしてその傷をつけたナイフの柄は、傷口のなかに入り込んでいない。また表面における傷の幅は、小型ナイフの刃幅よりも広くはなかった」

そこでヴァレー卿は出し抜けに片手を突き出した。役目を終えた何かを捨て去るように。

「そこから、ウィントン卿殺害の凶器は刃渡り七インチ以上のナイフであるという事実が導き出された。いかなる推理をもってしても、この数学的正確さを揺るがすことはできない。首都警察の人間がわたしのポケットから発見したナイフは、刃渡り四インチしかなかった。ゆえに、ウィントン卿がわたしの所持していたナイフによって殺害されたのではないという事実は、数学的計算から導き出される結論と同じくらい確かなんだ。

かくしてわたしは無罪を宣告された……君も知っているだろう、イギリスの法廷における格言を。『人間は嘘をつくが、状況は嘘をつかない』わたしは嘘をついたかもしれないし、ウィントン卿の使用人と、現場から走り去る車を目撃した首都警察の巡査も同じかもしれない。しかし数学的事実が嘘をつくことはあり得ない。深さ七インチの傷が、刃渡り四インチのナイフによってつけられるはずがないんだ。それで事件は終わりとなった」

ヴァレー卿はテーブルへと歩き、銀の装飾が施された鼈甲の箱を開けると、ジョンケル氏の前に差し出した。

「煙草はどうかね、ムッシュウ？」

ジョンケル氏が何を見ているのか、ヴァレー卿は知りたかったのかもしれない。先ほどから通りの反対側に何度か目を向けていたのだ。しかし注意に値するものは何もなかった——歩道を行き交う女性や子ども。やがて、優雅な身なりをした二人の若者が通りの両側から現われる。すると彼らは立ち止まり、何やら声高に話しだした。

ジョンケル氏が煙草を手にとると、ヴァレー卿は再び椅子に腰を下ろした。

「閣下」警視総監が口を開く。「ウィントン卿を殺害した謎の人物が誰か、心当たりはおありですか？」

「いや」ヴァレー卿は答えた。「裁判ではあれこれ推理されたが、しょせんは推理に過ぎない。しかし腕力のある人物には違いないだろう。片手でウィントン卿の身体を掴み、もう片方の手でナイフを突き刺したほどだからな。専門家も、犯人は腕力のある人物だという証拠を、傷口から発見したそうだ」

するとと突然、鮮烈な記憶が蘇ったかのように、ヴァレー卿の声が変わった。

「さっき、ウィントン邸に訪問客があった事実をイギリスの法廷は信じなかったと言ったが、君は事実だと口にした。なぜそれが事実だとわかるのか、差し支えなければ教えてほしい」

煙草を指で一瞬もてあそんでから、警視総監は答えた。

「自動車に関する閣下の供述が真実であると申し上げたのは、あの夜ウィントン卿のもとを訪れた人物が誰か、知っているからです。さらに、今日ここへ伺いましたのも、その人物のためなのです」

ヴァレー卿は明らかに驚いていたが、身じろぎ一つせず、表情も変わらなかった。

「ほう、それは。君は謎の人物に何を命じられて、わたしのもとを訪れたのかね?」

「惨劇の夜、その人物がコヴェントガーデンにあるウィントン邸を訪れたのと同じ任務ですよ。閣下のおっしゃる〝謎の人物〟に対し、ウィントン卿はある約束をなされた。しかし、それを果たす前に卿は亡くなられてしまったので、代わって閣下に実行していただこうと、こうして参上したというわけです。だからと言って、わたくしを追い返す真似はなさらないでしょうな?」

ヴァレー卿の驚きはよりいっそう強くなったが、相変わらずそれを表に出すことはない。その声はさっきと同じく低かった。

「ムッシュウ、ずいぶんおかしな話じゃないか。ウィントン卿の約束をなぜわたしが実行せねばならないのかね? しかも、殺害犯に命じられてここへ来たというのは、いったいどういうわけなんだ?」

「わたしは殺害犯に命じられたのでなく、ウィントン卿の約束を実行していただこうと、ここにお伺いしたのです。ウィントン卿の資産と称号は閣下が相続なされたのですから、卿の義務もまた閣下が負うことになるはずです」

そこまで言ってジョンケル氏は立ち上がり、折り畳まれた事務用箋をポケットから取り出すと、ヴァレー卿に差し出した。

「閣下、ウィントン卿はこの証文を実行に移すと約束なさいましたが、署名を記す前に亡くなりました。そこで卿の代わりに実行していただきたいと、閣下にお願い申し上げる次第です」

一瞬前まで座っていたヴァレー卿が、目にも留まらぬ速さで立ち上がっていた。前に進み出てジョンケル氏から用箋を受け取り、テーブルの前でそれを広げ、背を屈めて中身に目を通す。そうして読んでいるあいだ、ジョンケル氏は開け放たれた窓から煙草の灰をブローニュの森へ落とすような仕草をした。それを合図に、大声で話し合っていた二人の若者が通りを渡り、邸内へと入って来た。

やがてヴァレー卿が顔を上げた。驚きのあまり身体を震わせているものの、それが目に見えることはなく、声に出ることもなかった。

「ムッシュウ、これはイギリスの弁護士による文書ですな。ウィントン卿がイギリスに有していた資産の一切は、孫娘のバーバラ・ウエストリッジに贈られると記されている。わたしがなぜ、これらの資産をアメリカの小娘に譲らねばならないのだ？　わたしは相続によって卿の資産を引き継いだ。なんら理由なく、地所を明け渡す者などいないだろう」

「その理由をお話ししましょう。それがウィントン卿の遺志にもかなうことですからね。ウィントン卿の後を継がれた閣下は、先ほども申しましたとおり、その利益を享受されたが、その一方で義務も引き継がねばならないのです」

ヴァレー卿は警視総監をじっと見つめた。

「それは、法的義務のことではあるまいな」

「ええ。いま申しましたのは道徳的義務であって、閣下は忌避なさらないものと信じております！」

ヴァレー卿は笑みを浮かべた——顔の特徴をなんら変えることのない、曖昧な笑みだ。そして問題の用箋を手のなかで折りたたんだ。

「残念だが、お断りする」

そして一瞬間を置き、内なる表情を固くした。

「それに、この件に関する君の説明も、わたしにとっては説得力が薄いようだ。この小娘がウィントン卿を殺せたはずはない」

「そのとおり」ジョンケル氏は答えた。「ウィントン卿は腕力のある人物に殺されたのです。身体を押さえつけながら、ナイフを突き立てることができるような」

そして表情を引き締め、ヴァレー卿の顔を見据えた。

「閣下はウィントン卿の負っていた義務を実行に移し、殺害犯の件を謎のままになさいますか？　それとも義務の実行をあくまで拒み、その謎が解明されるほうをお望みになりますか？」

テーブルの前に立つヴァレー卿は、奇妙な表情をジョンケル氏に向けた。強い力を持ちながら、それを隠したがっている生物のようだ。困惑しているものの、声に変わりはなかった。

「それでは、ウィントン卿の殺害犯を知っていると言うのかね？」

「はい。その人物の名を申しましょうか？」

ヴァレー卿は再び、鋼のような白い指を曖昧に動かした。

「それは結構。むしろ、君にその名前を指し示した事実のほうを聞かせてもらいたい」

「喜んで。閣下は先ほど、イギリスの刑事法廷は愚か者だとおっしゃった。まさに同感です。その証拠を申し上げましょう。イギリスの刑事法廷は、刃渡り四インチのナイフで深さ七インチの傷がつけられることを、まったく理解できなかった。あのイギリス人どもは刃渡りと傷の深さを測定したうえで、不可能であると判断したのです……しかし、スラブ人である閣下とラテン民族であるわたくしが、このような結論に達することはない。刃渡り四インチのナイフを身体の柔らかな部分に突き立てれば、強力な衝撃による圧力と相まって、深さ七インチの傷を簡単につけることができる――その圧力がなくなれば、身体の組織も元に戻る。我が公安当局はこの事実を頻繁に立証しているのですよ」

テーブルの前に立つヴァレー卿は決心がつきかねるかのように、身体の動きを止めている。何一つ変化させることなく、一種の恐るべき硬直状態を維持しているが、それが絶望的なまでに危険なことだと考えている様子だ。その状態を打ち破ったのは、応接間に入り込んできた、ブローニュの森に立つ二人の若者だった。

「閣下」警視総監が口を開く。「残念ながら、わたくしはあらゆる点で閣下に遠く及びませんので、公安当局の職員二人に応援を頼みました。また、遺言執行の証人としても役に立つでしょう」

ヴァレー卿は何も答えず、テーブルの引き出しを開けてペンを取り出し、用箋に自分の名を記した――それから二人の証人が署名を行ない、吸取り紙を当て、注意深く折りたたんだ。ヴァレー卿は警視総監にそれが手渡されるのを待った。

「わたしはイギリスの刑事法廷から、二度目の無罪を買い取ったわけだな」

ジョンケル氏は証文を受け取るとポケットにしまい、手袋と帽子、ステッキを手に笑みを浮かべた。

「閣下はすでにお持ちのものを購入されたのですよ。イギリスの法律によれば、ある事件で一度無罪になった者が、同じ事件で裁かれることはないのです!」

第11章　まだら模様の蝶

オペラの幕はすでに上がり、音楽が廊下に響き渡っている。しかしムッシュウ・ジョンケルは観覧席に入らず、煙草を指に挟みながらロビーで時間を持て余していた。その態度と雰囲気は、上品で物憂げな無関心といった風である。劇場全体に人が溢れ、空席は一つもない。

当夜のオペラはマダム・ツィルテンツォーフ主演の「サロメ」、パリにおける最終公演だった。遅れて入った客がジョンケル氏の前を通り過ぎ、観覧席への入口をくぐってゆく。いずれもジョンケル氏の顔に視線を向け、その何名かは声をかけた。やはりパリの名士なのだ。交遊自体に価値があり、彼と知り合いである人物も、あるいは知り合いになりたがっている人物も、みなこの人物に関心を抱いていた。

壮大な音楽が形をなし、壮麗さを増している。

ロビーから人影がなくなったあとも、ジョンケル氏は観覧席に入らなかった。マダム・ツィルテンツォーフの出番がまだだからかもしれない。彼女はその美しさで知られ、主演作の「サロメ」には、冷笑的なフランス人さえも刺激する放縦さが溢れていた。オペラ座での公演は五十日間、それでもパリの市民はいまだ熱狂していたのだ。

ツィルテンツォーフはロシアの生んだ魅力的な美女で、人々の想像をかき立てずにはおかない蠱惑的な女性である。彼女が歌う「サロメ」には野生的な情熱が横溢し、またその交友関係はパリじゅうの噂となっていた。

オペラが始まってから三十分ほど、マダム・ツィルテンツォーフはすでに舞台へ上がっており、ロビーをぶらつくジョンケル氏の耳にも、銀の鐘を彷彿とさせる彼女の歌声が届いていた。

やがてボックス席の扉が開き、巨大な蘭の束を抱えた舞台係が姿を見せる。千フランはするであろうその花束は、光と温度が完璧に整った条件のもと、細心の注意をもってしなければ、ここパリでは栽培できるはずがない。ラン科オンシジウム属に属し、〈まだら模様の蝶〉と呼ばれるその気品溢れる花束に、誰もが目を奪われた。

ジョンケル氏も花束に興味をそそられたらしく、目の前を通り過ぎる舞台係を呼び止めた。「君《ガルソン》！」と声をかけ、その手に金貨を握らせる。「すまないが煙草を一箱買ってきてくれないか。急いでほしいんだ。この花束はわたしが持っているから」

その青年も偉大なる公安当局のトップを知っていたが、どうしたものかと一瞬戸惑った。自分はマダム・ツィルテンツォーフにこの花束を届けるよう言われている。確かにチップは気前がよかったけれど、ムッシュウ・ジョンケルが渡した金貨ほどではない。それにパリ警視総監に逆らうなんてできない相談だ。

舞台係はジョンケル氏に蘭の花束を渡し、廊下の向こうに姿を消した。その彼がほんのわずかな時間で戻ってきたとき、ジョンケル氏はさっきと同じロビーの柱にもたれていた。そして舞台係に蘭の花束を返すと、煙草の箱を受け取った。

そのままの姿勢で煙草の箱をしばらくもてあそんだが、封は切らなかった。その代わりに柱から数歩離れ、先ほど舞台係が出てきたボックス席に足を踏み入れた。

その光景を見ていた者は、パリ警視総監ともあろう人が十フラン金貨と引き換えに煙草を求めたのはなぜだろうと首をひねったはずだ――しかも手のひらでもてあそぶだけで、無造作にポケットへ放り込んだあと、そのままボックス席に向かったではないか。

どうやらその煙草が来るのを待って、ボックス席に入ったらしい。しかしなんのために？　流行の最先端を行くパリにあってもっとも高価な場所、ここオペラ座のボックス席は禁煙である。この偉大なるオペラ劇場は人で埋め尽くされていた――空席はいっさい見当たらない――が、ジョンケル氏が足を踏み入れたボックス席には一人の姿しかなかった。

誰もが立ち止まり、思わず振り返ってしまう男。歳は若く、このうえなく優雅な身なりをしている――細部に至るまで贅沢極まりない服装は優れた気品を連想させ、パリっ子《パリジャン》なら目を留めずにはいられないだろう。イギリス人による地味な仕立てを、いつも自分で変えているに違いない。宝石やブレスレットなど、女性的な雰囲気を加えているに違いないのだ。

青年はハンサムそのものの顔立ちで、上品な口ひげとイタリア人特有の表情を併せ持った、いかにもフランス人らしい金髪の若者である。豊かで柔らかな黄金色の頭髪は、アザラシのコートに劣らぬ光沢を放っている。身体つきも細部に至るまで完璧であり、パリの通りにこれと並ぶ者はいないだろう。

彼が裕福なアメリカ人女性を妻に娶り、あたかも魔法のランプの如く、貧窮した古い一族のみじめな境遇から抜け出せたのも、そうした外見のおかげである。それはまるで、美意識を持つ神がその恩寵によって作り上げた作品のようだった。

富裕な雰囲気のなかにいなければ、この上品な人物はきっと場違いに見えるはずだ。凱旋門の反対側にある彼のアパートメントは、大戦後にパリへ進駐したアメリカ人が建てた、かの素晴らしき住居群の一つだった。

侯爵はパリの洒落た男たちから羨望の目で見られている。だが一方で、妻の資産を自由に使えないでいるという噂が立っていた。妻に与えられたものしか得ていないのは確かだが、そのことに不満を述べていない事実は、侯爵の名誉のためにも記しておくべきだろう。なぜ不満などあろうか？　妻から与えられる金銭は、分別ある人間にとって十分な金額である。だが、侯爵はあらゆるものに最高を求めており、たとえ倹約の精神を持ち合わせていたとしても、それが言葉や行動に現われることはなかった。

表向き、侯爵に非難されるべき点は一つもない。侯爵がボックス席に一人でいるという事実も、流行に敏感なパリの観客にとって驚くべきことではなかった。夫人は現在帰国しており、その不在を慰める誰かといるよりも、一人オペラを鑑賞しているほうが好ましい。最高の男とは言えぬまでも、とにかく分別を失うことはなかった。

ボックス席へ現われた警視総監に対し、侯爵は立ち上がって挨拶した。

「やあ、ムッシュウ。お会いできて光栄です。警視総監のお時間が貴重なことはわかっていますが、マダム・ツィルテンツォーフにはその一時間を割く価値がありますよ……ともあれ、あなたをゲストにお迎えできたのは喜ばしい。どうぞおかけなさい」

ジョンケル氏は腰を下ろし、華々しい眼下の観客をしばし見渡した。次いで遠くの舞台に立つマダム・ツィルテンツォーフの姿を目にしてから、ボックス席のホストに話しかけた。

「閣下、マダム・ツィルテンツォーフにはどんなルビーもかないませんな。しかし、わたくしがここに参りましたのは、彼女を観賞するためではなく、閣下のアパートメントで起きた盗難事件についてお話を伺うためです。まったく、実に恐るべき事件でした」

「そのとおり」侯爵は答えた。「あなたが当時フランスにおられなかったことを、パリ市民が一人残らず嘆いたくらいだ。どこに行っておられたのです？」

　そして、侯爵は笑いながらこうつけ加えた。

「いや、そんなことを訊いてはいけないな。あなたはご自分の謎によって我々を守っている。〈ムッシュウ・ジョンケルは明日ブリュッセルに赴く〉などと新聞に書かれてしまったら、我々の手元には宝石どころか五フラン硬貨だって残りませんよ」

「いやいや、閣下。それは買いかぶりというものです。公安当局には優れた人間が大勢いて、わたくしとともにパリを守っているのですよ」

　侯爵は再び笑い声を上げた。

「ムッシュウ・ジョンケル、あなたは同僚に愛情をお持ちのようだが、それがあなたの頭脳を曇らせはしないか心配ですね。わたしのアパートメントにおける捜査ほど、馬鹿げたものはなかった。当時不在だったあなたには、パリにおける犯罪捜査が絶望的なまでに愚劣だとは想像できないのでしょう。

　さよう、アレキサンダー大王と彼の幕僚とのあいだには、越えがたい壁があった！　しかし、わたし自身のささやかな助力がなければ、警察の捜査はなんの成果も生まなかったはずだ。妻が五十万フランで購入したダイヤモンドのネックレス――ロシア王室の宝石を連ねたネックレス――だって、犯人の手がかりを残すことなく消えていたはずなんだ。しかし犯人は捕らえられ、犯行を自白し、信じられないほどの刑期を言い渡された。わたしがいなければ」そこで再び笑う。「盗人が正義の裁きを受けることはなかった……あなたの同僚は、いずれも無能揃いのようですな」

警部の返答には恥辱の色が濃かった。

「さよう、シャンテル侯爵は素晴らしい活躍をなさった！　あの事件における名声は、わたくしの耳にも届いております。当局もすっかり脱帽しました。わたくしは閣下ご自身に詳細を確かめるべく、ここへ参りました。そこからいかなる噂が加わるか、あるいは消え去るか、それはわたくしにもわかりませんが」

そして警視総監は、自らの世辞を強調するかのように、軽く一礼した。

「喜んで、ムッシュウ」侯爵は答えた。「ただ詳細を明らかにするのは結構だが、その代わり、このミステリーにおける一つの点について、あなたの意見をお伺いしたい。たとえ説明が不可能でも、意見はお持ちになっているはずだ」

そして侯爵は座席のなかで姿勢をわずかに変えた。

「レッカ団に属するジャン・ルクーが犯人であるとわかったとき、彼はなぜ法廷で犯行を認め、ただちに服役することを求めたのでしょう？　しかしながら、ルクーは他に何も認めず、ネックレスをどう処分したのか、あるいはどこに隠したのかも言おうとしなかった。

奇妙と言えば実に奇妙な態度だ。判事にいったい何を期待していたのか。なぜ自白したのか。それで刑が軽くなることはなく、それに突きつけられたのも状況証拠だけだった。ネックレスの行方を言わなかったのはなぜか。言っていれば刑が軽くなっていたかもしれない。なぜそれを隠し、長期の服役を選んだのでしょう？　脱獄できるとも考えたのだろうか？」

ジョンケル氏はきっぱりと答えた。

「いいえ、違います」

「ならば」侯爵が続ける。「ネックレスのありかを言わないのはなぜか？　二十年の刑を甘受させるほど、そのネックレスは彼にとって何かの意味を持っていたのでしょうか？」

その疑問に対しても、ジョンケル氏は断固たる口調で答えた。

「なんの意味も持っていません。それが何かの役に立つとは考えていなかった」

「では、ネックレスについて無言を貫いたのはどういうわけなんです？　刑が軽くなっていたはずなのに」

ジョンケル氏は考え込んでいる様子だ。

「閣下はわたくしの意見をお求めになりましたが、それよりも、ジャン・ルクーが法廷で犯行を自白したとき、ネックレスについて語ることをなぜ拒んだのか、その理由を正確にお話ししたほうがよろしいかと存じます」

そこで笑みを浮かべる。

「しかしその説明は、事件の詳細に関する閣下のお話への謝礼とさせていただきたい。公安当局はとにかく閣下のことを賞賛しております。だからこそ、何一つ包み隠さずお話しください……ほう、マダム・ツィルテンツォーフは実に魅力的だ！　夢のなかで日焼けしたような髪に、ドリュアスのような身体つき！　彼女のためなら人だって殺せるでしょうな」

侯爵は笑った。

「殺人ですか、ムッシュウ？」

「ええ」警視総監が答える。「殺人、あるいはより軽い犯罪ならなんでもいいのです」

するとし侯爵は、警視総監の顔をまじまじと見た。

「つまりあなたは、あの犯罪が女性のために行なわれたとお考えですか?」

「宝石は、他の誰のために存在するでしょう?」

相手を見つめる侯爵の顔は、相変わらず好奇心に満ちている。

「犯人のジャン・ルクーがネックレスのありかを言わないのは、それを女性に渡したからである、あなたはそうおっしゃりたいのですか?」

警視総監は思わしげな、それでいて不思議そうな目で侯爵を見た。

「とんでもない。そんな理由ではありませんよ」

侯爵も不思議そうな表情を浮かべる。

「つまり、はっきりとした目的などなかったと?」

「まさか」警視総監は答えた。「わたくしはこのミステリーの解答を引き出すつもりですし、侯爵閣下の助力があれば必ずや可能だと考えております」

「ムッシュウ」侯爵の声は冷ややかだった。「結論はすでに出ていると思いますがね。事件は解決済みと思えるが」

「そう、まさに〝思える〟です。ジャン・ルクーという犯罪者が法廷で自白を行ない、宝石の窃盗で長い刑期を言い渡されたのは確かですが、その宝石はまだ発見されていません」

そこで一息つき、敬意を表するかのように相手を見る。

「我々公安当局としましては、シャンテル侯爵によって捜査の初期段階にもたらされたのと同じ光を、事件の残りの部分にも当てることができれば、帰国なされた侯爵令夫人にネックレスをお返しできるものと信じております。奥様は明日お戻りでしたね？　かくも難しい任務に対して、残された時間は少ないようです」

ジョンケル氏は笑みを浮かべた。

「お楽しみのところをお邪魔して申し訳ありません。とくにマダム・ツィルテンツォーフが出演する最後の夜にお邪魔して――あれほど素晴らしく、魅力的な女性が舞台に立つ最後の夜に！　彼女の素晴らしさは一瞬たりとも見逃すべきでない」

そこで一息つく。

「しかし、捜査における閣下の素晴らしきご活躍を十分賞賛するには、事件の詳細を正しく知ることが必要不可欠です。そこでまず、事件の詳細をここで繰り返すことをお許し頂き、不正確な点があれば修正していただきたい。わたくしは当時不在でしたし、記憶力も優れてはおりませんので」

警視総監はそう言って座席の肘掛けに腕を置いた。一方の侯爵は単眼鏡を指にはさみ、絹の紐を退屈げにもてあそんでいる。相手の言葉に意を払っていないかのような態度だ。ジョンケル氏は先を続けた。

「二月十八日の夜、遅い時間にアパートメントへ戻られた侯爵閣下は、ドアの脇に一枚の紙片が落ちているのを見た。しかしそのときは注意を払わず、気にも留めなかった。ときは深夜、使用人はすでに下がっている。侯爵閣下もそのまま寝室へ入られた。ところが、夢うつつのなか、一つのことが気になって寝られないというのは、我々の誰もが経験するところですが、シャンテル侯爵も例外ではなかった。あの紙片は、留守中に訪問者があったことを知らせようとした、コンシェルジュによるメモではないかと、突然思いついたのです。そのときはベッドから出て確かめこそしなかったものの、翌朝、目を覚ました閣下はそれを思い出し、ガウンにスリッパというでたちのまま応接間に入り――従者はまだ来ていませんでした――昨日と同じ場所であの紙片を見つけられた。それはドアの隙間から差し込まれたようでした。

なかを確かめた侯爵閣下は驚かれた。そこには鉛筆書きの数字とともに、乱れた筆跡でこう記されていたのです。〈シャンテル侯爵令夫人の金庫の番号〉と。閣下はただちに、アメリカ風を真似てアパートメントの壁に埋め込まれた小さな金庫へ向かった。紙片に記された数字を試してみると、果たして金庫は開き、そこにあるはずのネックレスが消えているのを発見したのです」

警視総監は躊躇いながらも先を続けた。

「そこでお尋ねしたいのですが、閣下は金庫の番号を知らず、奥様である侯爵令夫人しかそれを知らなかったというのは事実でしょうか？　閣下は、例えば十二月十四日の深夜におけるカフェ・アンレのように、パリの裏社会に巣食う人物がいるような場所で、銀行に預けるべきネックレスを自宅の小さな金庫にしまっておくのは危険だなどと、一度ならず奥様にお話しになったことがおありのはずです。しかし返ってくるのはいつも同じ答えだった――金庫の番号を知っているのは自分だけよ、と。それは事実でしょうか？」

「ええ、事実ですよ」侯爵は答えた。「しかしその後のことを考えると、迂闊と言えば迂闊でした。たぶんこうした会話によって、ルクーにネックレスのありかを教えてしまったのでしょう」

警視総監は曖昧な態度をとりつつ話を続けた。

「盗難を知った閣下はすぐ公安当局に通報された。そしてほどなく、フォルノー老刑事が部下とともにやって来た。紙片を調べたところ、パリに所在するアメリカ系の仲介業者、ムーア＝プール・カンパニーの社名が印刷されていた。フォルノー老刑事はただちに、盗難はこの会社に所属する仲介業者の一人、おそらくアメリカ人によって引き起こされたものと推理する。紙片の持ち主はその会社の職員に違いないからです。しかし侯爵閣下はそれを上回る知性をお示しになり、こんな紙片を持参して犯行に及ぶ人間などいるはずはない、それも事件の証拠になりそうなメモを持参するなんて、と指摘なされた。アパートメントのどこかでこの紙片を手に入れた可能性のほうがずっと高い、と。

そして閣下は、ムーア＝プール・カンパニーというアメリカ企業に所属する人間が、以前このアパートメントに住んでいたことがあるかどうかを確かめるべきだと提案された。フォルノーがこの提案に従って調べたところ、果たして侯爵閣下のおっしゃるとおりだった。アパートメントの建物の地下から、社名の印刷された白紙が大量に発見されたのです。それらの白紙は他のごみとともに、コンシエルジュによって焼却炉のなかに放り込まれていました。かくして閣下は一瞬のうちに、この仲介業者に対する疑惑を打ち払ったうえ、捜査の対象をこの建物に立ち入ることができ、また建物の構造を知っていた人物に絞り込ませたのです。この建物に詳しくなければ、以前の入居人のごみが集められている地下室に入ることはできませんからね。

その後捜査の対象は、犯行の夜、犯人がいかにして侯爵のアパートメントへ侵入できたかに移りました。アパートメントの鍵は、貸主の銀行から入居人へ渡されるものの他には存在しない。それにドアが閉じられると、外側からロックされてしまう――つまり、室外のドアノブは回らないのです。回転するのは室内のノブだけで、ロックされていようといまいと、内側からであれば常に扉が開くようになっている。室外から扉が開かないのは、いま申し上げたように、ドアノブが回転しないからです。

すると、盗人はどのようにして閣下のアパートメントへ侵入できたのでしょう？　しかしこの疑問に対しても、閣下はフォルノーに見事解答を与えた。

　事件の夜、閣下はずっとアパートメントにいらっしゃるおつもりだった。従者と使用人はすでに下がらせており、室内は一人きり。その後気が変わり、外出しようと決心される。ドアを完全に閉めなかったことをあとで思い出したものの、そのときは大して気にしなかった。もちろん、ドアはいつもきちんと閉めているし、その夜も閉めた。ところが手袋を取りに戻ってみると、扉は開きっぱなしだった。この事実はあとになって、ささいな出来事によって立証されます。閣下は応接間のテーブルの端に置かれた金の額縁の先端が、電球の光できらめいていたのを思い出された。階段を降りるとき目に留まったのです。しかしその事実があっても、ドアを完全に閉めなかったことを思い出せず、単なる偶然としてしか記憶に残らなかった。かくして閣下はそのまま階段を降りられました。

　そのときフォルノーの脳裏に、パリを騒がせているホテル強盗の誰かが犯人ではないかという考えが浮かんだ。そうした人物なら建物に侵入することに慣れているし、戸締まりされていない部屋を荒らすのも当然だ。しかし侯爵閣下はフォルノーに対し、この窃盗犯は地下から紙片を持ってきたこと、および価値ある何かを盗もうとして侵入したこそ泥が、こんな用心をするはずがないことを指摘された。フォルノーはその含意をただちに悟り、どの線に沿って捜査を進めればよいか閣下に尋ねたのです。

　侯爵閣下はそれに対し、この事件は建物に詳しい人物、入居者の習慣を知り、機会を待つことのできた人物によって引き起こされたに違いないと指摘なされた。さもなくば、閣下のアパートメントのドアがたまたま閉じられていなかったことを利用できたはずがないからです。この説明はフォルノーを喜ばせ、以降は閣下がなされた素晴らしい説明を残らず受け入れた。しかしそれでも、犯人はどうやって金庫の番号を手に入れたのかと疑問を投げかけることは忘れなかった。それは侯爵令夫人しか知らないはずですから。ところが侯爵閣下は、またしても価値ある助言をなされた。女性というものは常に同じ習慣の持ち主であり、正確な数字を要する物事については自分の記憶を信用しないものだ、と。そして、侯爵令夫人もその番号をどこかに書き留めていたはずだとしたうえで、書物机を探してみてはどうかとフォルノーに提案なされたのです。

捜査関係者が驚いたことに、書物机の引き出しの錠は壊されていました。さらに、そのうち一つの奥のほう、あわてて引っかき回したと思しき書類のなかに、赤い革表紙の小さな本があったのです。その最後のページには、侯爵閣下が戸口で拾った紙片と同じメモ書きが、鉛筆で記されているではありませんか――〈シャンテル侯爵令夫人の金庫の番号〉という言葉に続き、四つの数字が並んだ四つの列。犯行が侯爵閣下のご説明どおりに引き起こされたのは、いまや明らかでした――建物を見張り続けることができ、かつ入居者の習慣を知っていた人物による犯行。もちろん、ネックレスが金庫にあることをこの人物が知っていたか否かは定かでありません。とは言え、なんらかの貴重品が入っていることは確信していたでしょう。

そこで問題は、建物にいた誰がそのメモを記せたか、という点に移ります。フォルノーと侯爵閣下の手には手書きのメモが残されている。また従者、コンシェルジュ、そして年長の使用人たちの来歴や交友関係についても詳しく知っていて、そのうちの誰かが犯人でないことは確かだった。しかしこのアパートメントには他にも使用人がいて、疑われることなく彼らの筆跡を手に入れるにはどうすればよいか、というのが問題になりました。困り果てたフォルノーは、またもシャンテル侯爵の意見を求めます。
それに対し侯爵閣下は、次の見事な手段を考え出しました。つまり、公安当局の人間が政府職員を装い、有権者を登録するために心理テストが必要だとして、筆跡を手に入れればよい。他のテストと一緒に、例えば終戦時のフランス大統領と首相の名前を書かせてはどうか、と言うのです。大統領の名はミルラン《Millerand》で首相の名はクレマンソー《Clemenceau》。これによって侯爵令夫人《Marquise》のM、ならびにシャンテル《Chantelle》のCという、未知の犯人がメモに残した二文字の筆跡が手に入るというわけです」

警視総監はそこで一息ついた。しかしシャンテル侯爵の注意は、相手の話からオペラの鑑賞へと移ったようである。

マダム・ツィルテンツォーフのオペラは最高の見せ場にさしかかっていた。彼女の歌声が無数の銀の鐘の如く広大な劇場全体に響き渡っている――いかなる歌姫であっても、このような性質の声をパリにもたらすことはできないだろう。さらに、彼女の若々しさと蠱惑的な美しさが、その魅力をよりいっそう際立たせていた。

シャンテル侯爵は片手で口ひげをいじり、もう片方の手で単眼鏡の紐の端を回転させながら、マダム・ツィルテンツォーフの姿に見入っていた。警視総監はそれを妨げることなく、再び口を開いた。

「事実、フォルノーが犯人を突き止められたのも、シャンテル侯爵が編み出したこの見事なやり方のおかげでした。安い報酬で建物の清掃を手伝ってくれるという理由で、コンシェルジュが最近採用した従業員に、フォルノーは目をつけた。そして建物の従業員にインタビューを行なっていた公安当局の職員が、この男のもとを訪れたのです。

彼はこう切りだした。『ムッシュウ、これから心理テストを行なっていただきますが、大丈夫、すぐに終わります。まずは我が国の政府の形態をお答えのうえ、世界大戦の平和条約を締結したフランス大統領と首相の名前をお書きください。テストはそれだけです』

男は最初の質問に共和国と答え、アレクサンドル・ミルランの名前を記した。しかしクレマンソーのCを書こうとして、躊躇する。職員はすぐに男を捕らえ、両手に手錠をかけてフォルノーのもとに連行した。そこで、侯爵がアパートメントで拾った紙片を突きつけられる。そして事件の経緯を詳しく聞かされた男は混乱したまま、自白を始めたのです」

警視総監は声の調子を変えることなく、自分に言い聞かせるようにゆっくりと続けた。

「フォルノーによって犯人が目の前に引き出され、閣下は大いに驚かれた。大多数のアマチュアと同じで、自分の方法がうまく行くとはまさか思わず、フォルノーの推理を見事に正したことが信じられなかったのです。閣下はとにかく仰天し、疑いの根拠としていたあらゆる点について、その弱点を突き止めるべくテストを行なわれた。そしてその結果が避けがたいものとなったとき、閣下は事件から手を引かれたのです」

警視総監は講義を行なう教授のような単調子を崩さず、次のひとことを言った。

「実に思慮深く優しい心の持ち主だ。犯罪の謎に解答を与えるのは一つの問題ですが、犯罪者は苦悩する人間なのです！」

ジョンケル氏は続けた。

「ここで盗人の自白を思い出してください。奴は建物に足がかりを得、閣下のアパートメントを見張った。また実際には、閣下がドアを閉めないまま外出なさったのは、あの夜が初めてではなかった。一週間前の午後にも、ドアを閉めずに外出されたことがあったのです。盗人が侵入したのはそのときでした――地下で見つけた紙片を手に、侯爵令夫人の書物机をこじ開け、金庫の番号を探した。そしてついにそれを見つけ、紙片に書き写す。しかし番号を見つけるのに時間を要したので、金庫を開ける余裕はなかった。そこで紙片を握りしめ、閣下が再びドアを完全に閉めないまま外出された、この夜まで待ち続けたのです。侵入した盗人は金庫を開けてネックレスを持ち去った。しかしそれをポケットに入れようとして代わりに紙片が抜け出してしまい、床に落ちることとなった。

男は何一つ弁護することなく、すべての法的手続きを放棄しました。そして自白を行ない、刑を言い渡された。しかしネックレスをどうしたかは、あくまで口を割らなかったのです」

ジョンケル氏はそこで話を切った。しばらくのあいだ、耳を傾けていない人物が相手であるかのように、さりげない口調で話していたのだが、事実、シャンテル侯爵はもはや聞いてはいなかった。その代わり、妖精の国の如き素晴らしい舞台で高貴な歌声を響かせる、マダム・ツィルテンツォーフに没頭していたのである。

一瞬、舞台が沈黙する。

マダム・ツィルテンツォーフはヘロデ王の前で踊りを始めようとするところであり、東洋風のごく薄い衣装に身を包んだ柔らかな身体は、ドリュアスのように均整がとれている。その姿は、劇場を満たすパリっ子を一人残らず夢中にさせていた。

シャンテル侯爵はジョンケル氏のいることなど忘れた様子で、蘭の花束が現われるのをいまや遅しと待っている。もう相手のもとに届いているはずだ。

ヘロデ王を魅了する高貴な踊りを始める前に、マダム・ツィルテンツォーフは自分にどんな合図を送ってくれるだろうかと、侯爵はひたすら待ちわびた。

ジョンケル氏はそんな侯爵を見ながら煙草の箱をポケットから取り出し、シールの周りに親指の爪を走らせたものの、箱を開けることはしなかった。そして突然、シャンテル侯爵に話しかける。その声は鋭く澄んでおり、相手の注意を引くのに十分な口調だった。

「侯爵閣下。蘭の花束を贈られても、マダム・ツィルテンツォーフは喜ばないでしょう」

侯爵はだしぬけにジョンケル氏のほうを向いた。その目には緊張が走っている。

「わたしがマダム・ツィルテンツォーフに蘭の花束を贈ったことを、あなたは知っていたのですか？」

「もちろんです、閣下」警視総監が答える。「劇場に入ったとき、花束を抱えながら走る少年とすれ違いましたからね。とても愛らしく素晴らしい、上品そのものの〈まだらの蝶〉ですな！　あの花こそ閣下にふさわしい！」

侯爵はなおも相手を見据えている。

「どうしてあの蘭がわたしにふさわしいのです？」

「ジャン・ルクーは盗んだネックレスのありかをなぜ言わないのか。それを説明くだされば、わたくしも閣下の質問にお答えしましょう」

それに答える侯爵の声には、横柄な響きがありありと浮かんでいた。

「ムッシュウ、話すと約束したのはあなただ」

「では申し上げましょう。ジャン・ルクーがネックレスのありかを言わないのは、それを知らないというもっともな理由からですよ」

ジョンケル氏の視線は相手の顔に注がれている。

「公安当局の職員たちは閣下に対し、二、三の発見をあえて言いませんでした。紙片の字が左手で書かれたものであることと、シャンテル侯爵がドアを閉じずに外出したあと、それを見たコンシェルジュがきちんと閉じたという事実です。

いいや、閣下。我々は一種の喜劇を演じていたのです。結果として閣下を騙すことになってしまいましたが……フォルノーはジャン・ルクーに変装して事件の捜査を主導したのは、このわたくしだったのですよ。そのフォルノーはジャン・ルクーに変装して犯行を自白し、法廷との合意のもと、偽の判決を受け入れた……つまり我々は、アパートメントの金庫を開けた盗人を見つけたわけではないのです」

侯爵は口を半分開き、目を大きく見開いたまま、驚きの表情で警視総監を見つめた。

「すると、ムッシュウ」と、どもるように聞き返す。「犯人もネックレスのありかもまだ突き止めていないのか?」

「いいえ、とんでもない」ジョンケル氏の口調は、別れを告げる者のそれだった。「両方とも突き止めましたよ」

そう言ってベストのポケットからいくつもの宝石を取り出し、侯爵に手渡した。

「閣下がマダム・ツィルテンツォーフに贈られた蘭の花束から見つけました。恐れ入りますが、明日アメリカから戻られる侯爵令夫人にお返し願えますか?」

第12章　ルビーの女

その馬車は壁の向こうに姿を隠している。わたしは、自分の言葉がどれほど奇妙に響くかを考えることなく、思いつくまま次の疑問を発した――自分にとって難解かつ説明不可能な謎である疑問を。

「なぜ閣下は、あのノルウェー人女性と結婚なさったのです?」

邸宅のテラスにはすでに紅茶が運ばれていた。公式に訪問した大使とその娘がテラスにいるあいだ、そして親子を乗せて街へ戻る馬車が、シミーズ通りの硬い路面に車輪の音を響かせているいま、わたしの頭はこの不可解な謎でいっぱいだったのである。

老大使にはなんら懸念を抱いてはいない。この問題の構成要素ではないからだ。しかし、歳を重ね人生経験が豊富で、洗練さと厳格さを兼ね備えたわたしのホストが、あの大柄で無口な、亜麻色の髪をした北方人種との結婚を決意したのはなぜかという疑問が、言葉となってわたしの口から飛び出たのだ。

テラスには小さな鉄製のテーブルがいくつか置かれていて、わたしはその一つに座っていた。邸宅の白い壁には赤いタイルが帯の如く貼られ、ディミトリ大公はその壁沿いをゆっくりと歩いている。丘の中腹に建てられた邸宅からは地中海が一望でき、視線を下ろすとブドウやオリーブの木々越しにニースの街並みが見える。左側に視線を移せば、マントンへ向かう道路が、白いリボンのように曲がりくねりながら山峡へと上っている。そしてその西側には、見捨てられ廃墟となったシャトーヌフの街が、蜃気楼の如く——あるいは幻想の如く——存在していた。

　わたしの見るところ、大公はヨーロッパで有数のハンサムな男性であり、加齢という現象も力強い顔立ちをより洗練させたに過ぎない。少なからぬ資産を有しており、ロシアを襲った動乱によって無一文になることもなかった。そのはるか以前から、リヴォリ通りとメセナ広場に店を構える宝石商、ラヴィヨンと一種のパートナー契約を結んでいたのである。大戦が勃発してもその関係が絶たれることはなく、大公にニースの邸宅とパリの住居、そして収入をもたらしたのだった。

　わたしに疑問を投げかけられても、大公の測ったような、そしてなにかを考えているような足取りが止まることはなかった。大公が立ち止まり、振り向いてわたしに視線を送ったのは、次の四つの単語を最後に付け加えたときのことである。

「彼女を愛しているのですか《ドゥー・ユー・ラブ・ハー》？」

「愛している？」ゆっくりと発せられたその言葉は柔らかく、ルーン文字による呪文のなかでひときわ魔力のある部分のように響き渡った。

「ああ、いや。わたしは彼女を愛していない」

　物質的な観点から見れば、この結婚は理想的な素晴らしいものだった。ノルウェー人の妻は王族の一員であり、聖書に記されたかの若者のように、途方もない資産を有している。しかしそれだけが理由ではないように思われた。

「それならば、この結婚を執り行なったのはなぜなんです？」

　大公は手を背中で組み、思わしげな表情を浮かべながら、わたしの座る場所に近づいた。

「危機に見舞われた人間が、ドアに閂をかけて身を守るのはなぜかね？」

わたしは心の底から驚いた。

「ああ。このうえなく深刻な危機だよ、ムッシュウ・ジョンケル」

そう言って大公は邸宅のサロンに入り、やがてわたしが目にしたなかでもっとも素晴らしい写真を手に戻ってきた。長さ四インチ、幅一・五インチほどの縦長の写真。左右両側と正面、三方向から撮られた女性の顔が写っている。

左右からの顔は写真の両脇に、正面からの顔は中央に配置されている。撮影の腕前は優れている――つまり、熟練した写真師が高級なレンズを使って撮影したのだ。しかし、腕のいい写真師がそれを使って人間の顔に幻想を加えるところの人工的要素はいっさい欠いていた。

写真は硬質で細部に至るまではっきり写っており、柔らかさを加える暗部はまったくない。印画紙そのものはどこにでもある一般的なもののようだが、それを縁取るフレームは黄金製で、所々にルビーが埋め込まれている。最高の職人が技巧を凝らした素晴らしいフレームだ。

しかしわたしの心を捉えたのはそういったことではなく、三方向から撮られた人間の顔のほうである。被写体は若い女性で、修道院の厳しい規律からまだ抜け出していないとばかり、髪を簡単に束ねているだけだった。

女性はこのうえなく美しく、輪郭や顔立ちを少しでも変えることは誰にとっても許しがたいことだろう。完璧な骨格だが、単にそれだけではない何かがある。言葉にしがたい魅力――無垢そのものの人生と切り離すことのできない、表情そのものが持つ魅力だ。華美な黄金のフレームに縁取られていても強く印象に残るほど、この人物が持つ魅力は並外れていた。

わたしは写真に心奪われ、テーブルに置いても再び手に取る始末だった。大公はそんなわたしを、自分が試した薬の効き目を他人において見るが如く眺めている。

わたしは写真の観察を続け、自分の心を捉えて離さないのは、安物の印画紙に保存されたこの女性が持つ官能的かつ女性的な魅力、あの大柄で無口な色白のノルウェー人女性が見事に欠いている魅力のすべてなのだと、強く確信するに至った。そしてこの奇妙で鮮烈な写真がどういう由来を持つのか、わたしの目の前に立つ人物がなぜそれを黄金のフレームに閉じ込め、宝物のように大切にしているのか不思議に感じた。

大公はテーブルの向かいに腰を下ろし、しばらく無言だったものの、出し抜けにこう語りだした。

「初春のある朝、わたしはリヴォリ通りにあるラヴィヨンの店で時間をつぶしていた。宝石の輸入を検討していたのでね。アムステルダムから品物が届いていて、ラヴィヨンは毎年夏に行なうアメリカとの取引の準備をしていた。そしてわたしが支配人の部屋から出ると、店の扉をくぐる若い女性が目に入ったんだ。彼女は入り口のところで店内を見回し、数歩下がって躊躇っていたが、決心がついたのかおずおずと店のなかに入ってきた」

大公はそこで言葉を切り、テーブルに置かれたトレイから煙草を一本取り上げて火を点け、しばらく指のあいだに挟んでいた。

「その女性こそ写真の人物だ。服装は質素そのもの。思うに、彼女の優しさと——貧しさを象徴するかのような衣服だった。身にまとっていたのは年季が入った小さな毛皮のコート。それに着ている服も洗濯とプレスを繰り返していたから、もう一度アイロンをかけたら破れそうなほどくたびれていたよ。

女性は二カラットの人工ルビーを見せてくれるよう頼んだ。店員も、この客が実際に買うことはあるまいと考えたようだ。宝石への好奇心を満たすため、こんなふうにして商品を見せてもらっている、パリの下層階級の少女とでも思ったのさ。宝石を買うことのできるパリの女性は、そのような身なりをしていないからね」

そこで大公は間を置き、煙草を唇で挟んだ。

「しかしこの女性は何かが違っていた。それがわたしを激しく動揺させたんだ。それが何かは、いまでもわからない。いや、外見とは無関係だ。とは言っても、実に素晴らしい外見だったがね。栗毛色の馬のような、上品そのもののマホガニー色をした頭髪。殻から飛び出たばかりの栗が放つ無垢の光沢を、彼女の髪も放っていた。顔は石膏のように白く、瞳は青かった——デルフト陶器を思わせる青さだ。

この女性はいったいどの人種に属しているのだろうと、わたしは不思議に感じた。一種の混血のように見えたんだ。フランスもしくはイタリアと、もう一つ別の血統——長い年月を経て従順になった人種の血統ではない。

店員は黒いベルベットをテーブルに広げ、人工ルビーを何個か持ってくると彼女の目の前に置いた。わたしはテーブルの前に座っていた彼女に近づき、そのそばに立った。すると彼女は宝石の一つを選んで値段を尋ねた。五百フランを少し上回る価格だったろうか。それを聞いた彼女は困惑した表情を浮かべ、五百フランにしてもらえないかと言ったあと、ブラウスに手を入れて小さな財布を取り出し、中身をすべてテーブルに置いた。どれも金貨で、五百フランぴったりだった。

店員は、一フランも負けることはできないと答えた。そこでわたしが割って入り、その値段にしてあげようと言った。そこで初めて、彼女はわたしに気づいたらしく、立ち上がってお礼の言葉を言おうとした。しかし、こういったときにどうふるまえばよいかわからない子どものように、恥ずかしがっている様子だったよ。それでもなんとか礼を述べたのだが、直接話しかけられたわたしには、彼女の人柄に満ち溢れている魅力が不可解なほど印象的なものに映ったんだ。

するとと彼女は、我々にとって信じられないことを頼んできた。この宝石の由来を知りたいと言ったんだ。なぜそれを知りたがるのか。彼女としては後日再びその宝石を店に持ち込み、由来を突き止めてもらいたがっている様子だった。店員はその頼みをあっさり断ろうとしたが、わたしは彼女の言うとおりにするよう命じた。この宝石の由来を突き止めるのに必要な情報を集めるのは、確かに骨の折れることだ。サイズを注意深く正確に測定し、カット面の数なんかも正しく調べなくてはならないからね。

わたしはそのことを彼女に説明した。すると相手は真剣に耳を傾け、我々が持つ記録の写しをもらえないかと言ったので、わたしはそれを渡してやった。そして彼女は、その写しにルビーを包み、店を後にした」

大公はそこで再び言葉を切り、煙草の灰を落とした。それからしばらくニースの街並みに目を向け、やがてミストラルの北風にさざ波を立てる広大な地中海に視線を移した。

「すぐに彼女を追いかけるべきだった。わたしの知らぬところへそのまま行かせるなど、愚の骨頂であるのはわかっていたが、さりとて彼女の行方を突き止める現実的な手段があるとも思えなかった。一瞬、現実の存在ではなかったように感じられた。妖精のような女性――ずっと恋い焦がれていた女性――が呪文によって不意に現われた、とでも言えばいいだろうか。

それからすぐ、後を追って店から出てみたが、彼女の姿はどこにもなかった。しかし、姿そのものは煙のように消えたものの、わたしを包み込む魔法まで消えたわけじゃない。それは確かに残っていた。それからリヴォリ通りの店に来るたび、彼女が戻ってはいないかと希望を抱き続けたものだ。

その希望には強い根拠があって、わたしは溺れる人間が藁を摑むが如く、それにしがみついた。彼女が買った宝石は、由来を突き止めるためいつかこの店に戻ってくる。それを辿れば彼女の行方も突き止められるはずだ。当時わたしは、取引のためにアムステルダムへ赴き、それからロシアにある自分の地所へ戻る必要があった。しかし世界を丸ごと手に入れることができたとしても、リヴォリ通りの宝石店を一日たりとも離れるつもりはなかったんだ」

大公はそこで話を止めた。黒い尾根の向こうへ沈みゆく太陽が、おとぎ話に出てくるようなシャトーヌフの街を、黄金の粉をまぶすが如くきらめかせている。地中海のさざ波は山脈のような無数の白い波濤へと砕け散り、ミストラルが海面をうっすら波立たせていることを教えていた。

「そのことを説明しても役立ちはしまい。説明そのものが存在しないのだから。花の香りのような何かが身体の隅々に吹き渡り、常識では消し去ることのできない魔法の支配下にわたしを置いたんだ。やがてアムステルダムとロシアから無益な手紙を受け取ったわたしは、リヴォリ通りの店に残ることにした。

そして辛抱が報われるときが来た。

一ヵ月ほど経ったころだろうか、ある日の夜、店じまいをしているところにあの女性が突然入ってきたんだ。そして彼女の笑顔を見た瞬間、わたしがそれまで惨めなときを過ごしていた地中の暗闇が、一瞬のうちに日光で満たされた。彼女はテーブルの上に例のルビーと、しわくちゃになった記録の写しを置き、再び宝石を見てくれるよう我々に頼んだ。

わたしはルビーなど眼中になかった。

わたしの目は彼女しか見ていなかった。細かな点に至るまで、その姿を記憶に焼きつけたかったんだ。頭髪が放つ光沢、瞳に浮かぶ深く鮮烈な青い色、そして野に咲く花のように純真な、比べるものなき唇。

だから、店員が宝石のことでわたしを呼んでいるのにもしばらく気づかなかった。見るとひどく驚いた顔をしている。そして彼はこう言った。

「これは人工のルビーじゃありませんよ。本物のルビーです」

女性はその言葉に文字通り飛び上がった。

「まあ、それ本当？　本物なの？」

宝石を確かめるよう店員に頼まれたわたしは、店にいた専門家全員とともにその宝石を調べた。すると、問題の人工ルビーについて我々が作成したデータの、どの項目にもぴたりと当てはまった。店にあるなかで最高の精度を誇る器具を使って寸法を比較したが、寸分違っていなかった。つまり彼女が持ってきた宝石は、我々が五百フランで彼女に売った人工ルビーと、あらゆる点で同一だったんだ。しかし不可解なことに、その石はもはや人工ルビーでなく、本物のルビーになっていた。我々は、宝石商が知るあらゆる試験を行なったものの、疑いの余地はまったくなかった。宝石は本物だ。なんらかの経緯で、五百フランの価値しかない人工ルビーが、二万フランの価値を持つ本物のルビーに変化したんだ。

試験の結果を聞かされた彼女は喜びのあまり、どこか別のところへ行ったような顔をしている。しかしなんの説明もすることなく、そのまま店を立ち去ってしまった」

大公は根元まで燃え尽きていた煙草を、テラスの端からブドウの木立へ放り投げた。

「だが今回は以前の失敗を繰り返すまいと、すぐに後を追った。するとと彼女はリヴォリ通りを早足で通り過ぎ、角を曲がってコンコルド広場へ向かった。わたしもそれを追いかけたが、いま思うと慎重さに欠いていたようだ。とにかく気が急《せ》いていたんだよ。やがて、彼女の顔に困惑の色が浮かんだ。わたしが通りを渡るのを見て、後をつけられているのに気づいたらしい。どうしたものかと一瞬躊躇っている様子だったが、そのまま十歩ほど早足で歩き、そして立ち止まった。回れ右をしてこちらへ戻ってくるかと思ったが、リヴォリ通りを渡ってテュイルリー庭園の門をくぐっていった。

わたしも続いて庭園に入った。

マロニエの並木の下を彼女は急ぎ足で歩いている。わたしはもはや姿を隠すことなどすっかり忘れ、彼女に引き離されまいとした。一瞬のうちに見失ってしまうのではないかと不安だったんだ。すると生け垣の向こう、セーヌ川に面した場所にベンチがあって、彼女はその生け垣を回ってそこに座った。わたしもそちらへ近づき枝をかき分け、何があったのか確かめようとした。彼女はベンチにうずくまるように座り、頭を腕に埋めて泣いている。わたしはその横に腰を下ろした。しかし何も言わなかった——言葉が思い浮かばないし、話すことなど何もないように思えたからだ。

彼女は先ほどと同じ姿勢で、長いこと静かに泣いていた。肩は波打ち、豊かな髪に隠れた手は震えている。わたしはその様子を見て何も言えなかった。そしてそのまま、朝までそこに座っていたと思う——そう、地球の自転が止まったのではないかと思えるまで。何一つ語らず、身動き一つせず、この女性の何かに魔法をかけられたかのように。

それをどう表現すればよいか、わたしにはわからない。どの言語のどの単語をもってしても、おそらく不可能だろう。わたしの身体を形作るすべての細胞、わたしのなかで息づいているすべての細胞が飢えているかのようだった。原始的で身を焼き尽くすような、動物的な飢えの感覚。それはまたパニックによる飢え、長いあいだ何かを奪われていたことによる飢え、世界の始まりから満たされることのなかった飢えでもあった」

大公はそこで話を切り、再び煙草を手にした。

「もちろん、正気を失ったとお思いだろうな。しかしいまと同じくそのときも正気だったし、このノルウェー人女性と結婚するのも正気からだ。それはなんら狂気によるものではなく、いつもは我々のなかで眠っている神のありがたき恩寵によって、何かが目覚めたためだ。それは相手が誰であっても説明できない。生まれつき目の見えない人間に対して色の説明などできようか？　母の胎内にいるときから耳が聞こえない人間に対し、どうして音楽を説明できよう？　その恩寵が我々のなかで眠ったままであるのは幸運なことかもしれないし、あるいは計り知れない叡智のためかもしれない。あの日の午後、テュイルリー庭園でわたしのなかに目覚めた何かが、他のすべての人間のなかで目覚めたら、世界はいったいどうなってしまうだろう？

いや、そこで目覚めたわけじゃない。あの女性が店に姿を現わしたときから目覚めていて、彼女が戻ってきたときもじっと待っていた。しかしいま、それは大声を上げていた。鉄格子の向こうに閉じ込められ、腹を空かせたチーターの如く吠えていたんだ。こうした地獄絵図が体内で繰り広げられているにもかかわらず、わたしはじっとしたまま何も言わなかった。やがて彼女は立ち上がり、両目の涙を拭った。その様子は鮮明に覚えている。小さなハンカチを両手で丸めるように持ち、それで涙を拭いていた。

『ああ、ムッシュウ』と、彼女は言った。『いったいどうすればいいの？　あなたはわたしのあとをつけて——どんなものでも見つけてしまう。そしてあの大きな店で売るために、それを持っていってしまうんだわ』

彼女はその言葉を繰り返し、再び泣きだした。なんと声をかけたか、いまとなっては思い出せない。いろんなことを言ったはずだし、きっと彼女の心に残ったと思う。説得力もあったはずだ。そのときは誠実であろうと必死だったからね。何事であれ、あそこまで誠実になれることはないだろう。わたしにとって何より大切だったのは、いや、これ以上ないほど大切だったのは、自分が信頼できる人間だと彼女に信じてもらうことだった。

そのためには何が必要なのか、わたしにはわからなかった——何をとられると心配しているのか、彼女が知っている何か、彼女が所有している何かを、わたしの名を冠した宝石店がどう利用するというのか、見当もつかなかったんだ。それでもなんとか、彼女の気になっているものがなんであれ、それは安全だしこれからもそうだと納得させることができた。

テュイルリー庭園を散歩していた人間は、わたしたちの姿を見て変に思ったはずだ——ベンチで泣いている若い女性と、必死に何かを語りかけている男の取り合わせなんて、まったく奇妙に違いない」

ここで大公は一息つき、マッチを擦った。

「よく考えてみれば、パリではありふれた光景かもしれないな。世界でもっとも古い悲劇の一シーン、あらゆる場所で無数に繰り広げられたシーンの一つに過ぎない。テュイルリー庭園に置かれたどのべンチでも、それが演じられてきたんだろう」

再び一瞬の間。

「どのように終りを迎えたのかはよく憶えていない。しかし、わたしにとっては一種の敗北――降伏を余儀なくされたかのように思われた。女性を相手にするときは、こういうことがままあるものだ。女性は男を降伏させたがるが、その結論に至る精神的な過程を理解するのは未来永劫無理だろう。たぶんそんな精神過程などないのかもしれない。なんと呼ぶべきかはわからないが、感情の一種、息抜きの一種、あるいは諦めの一種ではないかと思う。彼女は翌日の午後に店を訪れ、一切をわたしの手に委ねた。わたしを信じてくれたんだよ――それが彼女の最終的な結論だったんだ」

いまや夜になろうとしていた――イタリアの空がリヴィエラを覆い、サファイアへと姿を変えたような群青の夜だ。わたしは再び写真を手にとり、じっと見つめた。間違ってなどいない。目の前にいる人物さえも説明できなかった並外れた魅力が、この不自然な写真からでさえ見て取れる。

大公は話を続けたが、その視線はわたしでなく、イタリアの夜空に飲み込まれゆく地中海のほうを向いていた。

「翌日の午後、わたしはリヴォリ通りの宝石店へ戻り、支配人の部屋にいた。正午からそこにいたのだが、彼女が現われたのはずいぶん遅い時間だった。日は暮れかかっていたし、店員も鉄のシャッターを下ろしていたが、入り口を閉めるのはわたしが許さなかった。一晩中でも、いや、このままずっと開けておくつもりだった。神の教会へ通じる扉のように、彼女が姿を見せるまで開いているべきなんだ」

そこでしばらく大公は口をつぐんだ。やがて、大事な一章を語り忘れてしまったかのような口調で

——女性の肉体に関する描写と、身を食い尽くすような情熱の説明を忘れてしまったかのような口調で——先を続けた。それはわたしには理解できない内容だった。いや、理解できる者などこの世にいないだろう。

「彼女は古新聞にくるまれた何かを小脇に抱えていた。とても重量があるらしく、大切そうに抱えていたよ。それを支配人のテーブルに置いて新聞紙を広げると、銅の箱が現われた。なかは二つに仕切られていて、一つは白っぽい金属、もう一つは別の金属でできていた。仕切りそのものはガラスの板で、その上に反射板のようなものがついている。そして彼女がなかの何かを動かしたところ、ルビー色の光線がガラスに当たった。

彼女の説明によると、父親はイタリアの化学者らしく、人生のすべてを宝石の合成に関する研究に捧げたらしい。市販されている人工ルビーと天然ルビーの違いは分子構造だけであり、本物のルビーとなんらかの触媒があれば、その分子構造を再構成させることができると父親は信じていた。

箱のなかの装置は、その理論の成果だった。天然ルビーを人工石の周りに積み重ね、それに光線を当てると、天然石の分子構造と光線のエネルギーによって人工石の分子が再構成され、同じ配列になるというんだ。

あの人工ルビーが本物のルビーに変化したのも、そのためだった。父親はすでに世を去り、この装置を娘に遺した。なんとか試してみたいと思った彼女は父親の蔵書を売って五百フランを作り、人工ルビーを購入した。それをガラス板に置いてうえから装置をかぶせ、父親が生前苦労して集めた天然ルビーをその周囲に積み重ねる。すると我々が見た変化が起きたというわけだ。

つまり、人工石の分子が再構成されたのさ。周囲に積み重ねる天然ルビーがもっと大きければ、人工石の変化もより早くなるということだった。しかし父親にはそんなルビーを買えるだけの金がなかったので、彼女は遺されたルビーの欠片を使って人工ルビーをゆっくり変化させるしかなかった。そしていま、彼女はその装置をわたしの手に委ねた。これも降伏の一種――諦めの一種というわけだ。

わたしは支配人と店員を呼んだ。三人とも信じられない思いでいたが、信じられない発明というものはどれもイタリアでなされるものらしい。事実、マルコーニの発明によって、不可能なことが存在するとは誰も言えなくなってしまった。その確たる証拠は変化した人工ルビーのなかにはっきり存在している。我々はガラス板に人工ルビーを置き、在庫のなかで最高級の東洋産ルビーを周囲に積み重ねてから、その装置を金庫にしまった」

大公はそこで言葉を切った。薄明かりのなか、身体の輪郭が歪んで見える。しばらくのあいだテラスは静寂に包まれていたが、やがて大公が口を開いた。

「ムッシュウ・ジョンケル、女性が我々に無条件降伏したところで、こちらの準備はまったくできていないらしい。たとえどんなに言葉を尽くしていても、だ。彼女の降伏はまだ終わっていなかったんだよ。

『で、ムッシュウ』彼女は言った。『わたしをどうなさるおつもり?』」

そこで再び間を置く。

「わたしの叔母であるカッセーニ伯爵夫人がブローニュの森近くに住んでいるのだが、わたしは彼女をそこへ連れていった」

しばし躊躇い、口調が曖昧になる。

「『わたしに残されたのは過酷な短い日々』と昔の高僧は言ったが、わたしに残されたのは過酷な長い日々のようだ！　しかし二つの瞬間が、その年月の重みを忘れさせた。馬車に乗った彼女から『愛してるわ』と言われた瞬間、そして叔母の案内であの寝室に入った瞬間だ。バルコニーはブローニュの森に面していて、大きな天蓋付きのベッドでは彼女が寝息を立てている——疲れ果てた子どものように熟睡し、青白い顔が花のような光沢を放っていた」

あたりはすっかり暗くなっていた。突然闇が訪れたかのようだ。向かいにいる人物は、もはや闇のなかから発せられる声に過ぎなかった。

「その後彼女の姿を見ることはなかった！」

「姿を見ることはなかった？」わたしはおうむ返しに声を上げた。「ならば、この写真をどこで手に入れたのです？」

「公安当局の資料室さ。彼女はヨーロッパでもっとも恐るべき犯罪者の集団、〈白い狼〉のメンバーだったんだ」

「では、あの発明は？　まったくのほら話だったと？」

闇のなか、大公はゆっくりと答えた。

「ほら話などではないよ、ムッシュユウ・ジョンケル。だがあの装置で人工石がルビーに変わることはない——彼女が持ち込んだ天然ルビーは、あの人工石とまったく同じになるようアムステルダムでカットされたものなんだ。しかし装置自体は確かに目的を果たした。その日の午前三時、店の金庫が爆発し、なかにあった五十万フラン相当の宝石類が盗まれたんだ」

そこで大公の声に突如力がこもった。

「しかしそんなことはどうでもいい。いや、すべてどうでもいいんだ。彼女の行方を突き止め、かつ自由な時間が得られたなら、地の果てまでも彼女を追うつもりだ」

「それで、あの女から身を守る意味で結婚なさったわけですね」

大公の声は低く、囁きのようだった。「そう、そのとおり――扉に閂をかけたんだよ！」

訳者あとがき

本書はMelville Davisson Post著『MONSIEUR JONQUELLE PREFECT OF POLICE OF PARIS』の全訳である。著者のメルヴィル・デイヴィスン・ポーストは一八六九年にウェストヴァージニア州の裕福な農家に生まれ、大学卒業後は弁護士として活動した。その傍ら、一八九六年にニューヨークの悪徳弁護士を主人公とした『The Strange Schemes of Randolph Mason』で作家デビューする。一九〇三年に妻アンと結婚、二年後には長男をもうけるも幼くしてこの世を去ったため、悲しみに暮れたポーストは弁護士の職を捨て、妻とともにヨーロッパへ旅立った。その後は専業作家として活動、一九一一年には名探偵アンクル・アブナー（アブナー伯父）のデビュー作『天の使い』をサタデー・イブニング・ポスト紙で発表する。アブナーものは以後二二作が執筆され、ポーストの作家としての地位を不動のものとした。しかし一九一九年に妻アンと死別、以降は孤独な生活を送り、一九三〇年に落馬した際の怪我がもとでこの世を去った。

本作『ムッシュウ・ジョンケルの事件簿』は一九二三年に刊行された短編集であり、ムッシュウ・ジョンケルが登場する作品はこれ一作のみである。十二の短編のうち冒頭の『大暗号』をはじめ数点が、一九三〇年代から七〇年代にかけて散発的に邦訳されているものの、まとめて翻訳されることは

なかった。パリ警視総監という要職にあるムッシュウ・ジョンケルだが、訳者は最初、名探偵ポワロのような人物をイメージしてしまった。だが実はそうでなく、背が高く優雅な身なりの初老の男性ということで、イメージとしてはシャーロック・ホームズに近いのではなかろうか。原著のカバーにある挿絵もそのように描かれているようだ。これについては、読者諸賢がそれぞれの「ジョンケル像」を心に描いていただければと思う。

ここで本作に収められた各短編の特徴を簡単に記しておきたい。それらは大きく二種類に分類される。一つは、物語の語り手である脇役的人物（名前は記されていない）が美女と出会ってロマンスを繰り広げ、最後にジョンケル氏が登場してミステリーを明かすというもの。そしてもう一つは、ジョンケル氏が自ら、侯爵やら伯爵やらの貴族たちと対決するというもの。この分類に当てはまらないものも一、二篇あるにはあるが、おおよそそのようになる。また本作が刊行されたのは前述のとおり一九二三年だが、初出はもう少し古いらしく、第一次世界大戦やロシア革命といった歴史的事件がモチーフになっている章もある。また物語の舞台だが、リゾート地として名高いニースとなっている物が多く、それら各章ではとりわけ情景描写に力が入っている。第三章「異郷のコーンフラワー」におけるカーニバルの描写が特にそうで、時代背景を含めた原文の雰囲気をなんとか伝えられていれば幸いである。

さて、ムッシュウ・ジョンケルがトップを務めるパリ警視庁だが、フランス語では「Préfecture de Police de Paris」であり、そのまま訳すと「パリ警察長官府」となる。しかし本書ではジョンケル氏の肩書を、日本の警視庁にならって慣用通り「パリ警視総監」と訳した。パリ警視庁の歴史は古く、ナポレオンら統領政府時代の一八〇〇年に創設された。またそのトップである警視総監は現在、閣議を経て大統領の政令によって任命されるなど、独特の地位を保っている。事実、本作におけるいくつかの記述でも、ジョンケル氏がパリ市民のあいだで有名な存在だという設定になっている。

パリの警視総監ムッシュウ・ジョンケル登場

横井　司（ミステリ評論家）

エドガー・アラン・ポーからS・S・ヴァン・ダインの間に登場した、もっとも重要なアメリカ作家ともいわれるメルヴィル・デイヴィスン・ポースト（一八六九〜一九三〇）は、ミステリ史上においてはアンクル・アブナー（アブナー伯父）・シリーズの作者として名高い。右の位置づけも、アンクル・アブナーの創造は「合衆国が探偵小説にたいしてオーギュスト・デュパンとファイロ・ヴァンスとのあいだでなした偉大な貢献である」とヘイクラフトが述べたことを[1]江戸川乱歩が敷衍した紹介[2]に基づいている。アンクル・アブナーものは、第二十六代アメリカ大統領セオドア・ルーズベルトも雑誌初出時から愛読したシリーズで、エラリー・クイーンがミステリ史上重要な短編集を選出した『クイーンの定員』（一九五一／増補版、一九六九）にも選ばれている（ポーストの作品集はもう一冊、『ランドルフ・メイスンと七つの罪』が選出されている）。なかでも、密室ものの「ドゥームドーフ殺人事件（ズームドルフ事件）」は、アンソロジーに採られてよく知られており、児童向けの推理クイズ本などでもしばしば取り上げられていたように記憶している。ところが戦前の日本では、アンクル・アブナー・シリーズの紹介は二編にとどまり、むしろ他のシリーズの方が中心的に紹介されていることが、江戸川乱歩の調査によって分かっている。[3]

ポーストのミステリ系の短編集には以下のものがある。

①The Strange Schemes of Randolph Mason（一八九六）
②The Man of Last Resort; or, The Clients of Randolph Mason（一八九七）
③The Corrector of Destinies: Being Tales of Randolph Mason as Related by His Private Secretary, Courtland Parks（一九〇八）
④The Nameless Thing（一九一二）
⑤Uncle Abner, Master of Mysteries（一九一八）
⑥The Mystery at the Blue Villa（一九一九）
⑦The Sleuth of St. James's Square（一九二〇）
⑧Monsieur Jonquelle, Prefect of Police of Paris（一九二三）
⑨Walker of the Secret Service（一九二四）
⑩The Bradmoor Murder: Including the Remarkable Deductions of Sir Henry Marquis of Scotland Yard（一九二九）
⑪The Silent Witness（一九三〇）
⑫The Methods of Uncle Abner（一九七四）
⑬The Complete Uncle Abner（一九七七）

日本では、まず一九二三（大正一二）年に、ジョゼフ・E・ウォーカー・シリーズの「金剛石」

（⑨に収録）が雑誌『新趣味』に掲載され、続けて一九二四年には、ヘンリー・マーキス卿シリーズの「馬匹九百頭」（⑦に収録）が、雑誌『新青年』に訳載。一九二五（大正一四）年には、ウォーカー・シリーズの単行本⑨の前半部（第六章まで）が、松本泰の主催する雑誌『探偵文芸』に連載された他、ヘンリー・マーキス卿シリーズの一編（⑩に収録）が雑誌『独立』に掲載されている。[4] ポーストの没後にまとめられたブラックストン大佐シリーズをまとめた⑪も、『新青年』や雑誌『探偵小説』に掲載され、サイレン社のアンソロジー『白魔の一夜』（一九三六）他にも採録されている。ムッシュー・ジョンケル・シリーズも、主に一九三〇年代に、『新青年』や雑誌『ぷろふいる』に訳された。また『新青年』には、ノン・シリーズものを集めた短編集⑥からも数編訳されている。[5]

　アンクル・アブナー・シリーズは、一九三〇年代に入って、ようやく「藁人形」と「手の跡」の二編が『ぷろふいる』に訳された。ランドルフ・メイスン・シリーズの翻訳がないのは、専門的な法律知識が日本の実状と合わなかったであろうから、分からなくもないのだが、アンクル・アブナー・シリーズの翻訳が二編にとどまったのは解せない。しかも訳された作品は、「藁人形」はともかく、あまり出来が良くないと思われる「手の跡」が選ばれている。南北戦争以前のアメリカを舞台にした時代小説であったためか、あるいは神学的な装いが嫌われたものか、何とも不思議なことといわざるをえない。[6]

　戦後は右のような傾向が逆転して、むしろアンクル・アブナー・シリーズが雑誌やアンソロジーなどを通して積極的に紹介されてきた。一九八一年にヘンリー・マーキス卿シリーズの一編「グリーンの帽子の男」（⑦に収録）が紹介されたのは、むしろ例外といえよう。そして一九七六年になって

⑤が『アンクル・アブナーの叡知』と題して全訳され（ハヤカワ・ミステリ文庫）、七八年には生前の短編集には未収録だった四編（⑫に収録）を中心に編まれた『アブナー伯父の事件簿』（創元推理文庫）が刊行され、アンクル・アブナー・シリーズ全二十二編（⑬）が日本語で読めるようになった。戦前にはまったく紹介されなかったランドルフ・メイスン・シリーズも、一九八〇年代に入ってからアンソロジーなどに訳され始めたが、二〇〇八年になってようやく第一短編集の①が全訳された（長崎出版・海外ミステリ Gem Collection）。そしてここに、ポーストが創造した多彩なキャラクターの一人であるムッシュウ・ジョンケルの作品集（⑧）が全訳されることになったことは欣快に堪えない。

ムッシュウ・ジョンケル譚で最も知られているのは、作品集の劈頭を飾る「大暗号」で、戦後になってから何度かアンソロジーに採録されてきた。だがその他の作品は、『別冊宝石』に一編、戦前の訳が再録されたきりで、戦後はまったく省みられていないといってよい。かといって「大暗号」を除けば、作品の出来が悪いかといえば、さにあらず。古くはS・S・ヴァン・ダインが「ポースト氏は《アブナー伯父》を書いただけでも推理小説作家として第一流に位するに値しただろうが、同氏は《セント・ゼームズ広場の探偵》や、とくに、《ムッシュー・ヨンケル》で、実に立派な、興味津々たる犯罪神秘小説の型を完成した」と述べている。[7] また近年では森英俊が「歴史的重要性という点ではメイスンやアブナー物にはおよばないが」「しっかりしたプロットとサプライズ・エンディング、作者のストーリーテラーぶりが楽しめる好短編集である」と評しており、「コスモポリタン的な性格を付与されたジョンケルにさほど強烈な個性が感じられないのが難だが、当時のアメリカ人にはかなりエキゾティックに感じられたであろうパリやリヴィエラなどの雰囲気がよく出ている」という評言は、

本シリーズの魅力を語って簡にして要を得たものといえよう。(8)

エキゾティシズムは、戦前の日本の読者もまた、アメリカの読者と同様に感じていたと思われる。翻訳小説を楽しむ読者の多くは、作品の持つエキゾティシズムに魅了されることを求めているのではないだろうか。翻訳ミステリを読みなれていくうちに、興味の中心がエキゾティシズムからプロットやトリックの妙に移るであろうことは、容易に想像がつく。

ムッシュウ・ジョンケル譚は、シャーロック・ホームズないしそのライヴァルたちに典型的に見られるような定型的なスタイルをとらず、(9)何が起きているのか、事件の主体すらはっきりしないまま物語が進んでいき、最後にどんでん返しがもたらされるという結構のものが多い。詐欺や騙りをテーマとしたものが多いのも、そのスタイルと連動している。騙るのは犯罪者ばかりではなく、探偵役のジョンケル氏もまた、犯罪者に語り／騙りかける。それはすなわち、読み手を騙っているのに等しいわけで、本作品集のどんでん返しは、おおむねそのようにしてもたらされる。そうしたどんでん返しの技巧に優れた作品を喜ぶという読み手の嗜好性は、戦前の翻訳ミステリ界においてL・J・ビーストンやジョンストン・マッカレーの翻訳される頻度がもっとも高いという江戸川乱歩の調査とも重なり合う。(10)戦前にジョンケル・シリーズが好まれた所以といえるのではないだろうか。

ところで、ムッシュウ・ジョンケル譚の短編集の配列は、アンクル・アブナーの短編集がそうであったように、必ずしも発表順にはなっていない。アンクル・アブナー譚のように、語り手を務める甥マーティンの年齢が前後したり、主要登場人物相互の関係性が見えにくくなるというような弊害はないものの、いささか気になるところではある。これは作者の意図ではなく、版元の意図かと思われる。今日、傑作と目されている「大暗号」を冒頭に配したのは、短編集編纂の常套とはいえ、背景の似た作品を続けて配するなど、必ずしも神経が行き届いているとはいいがたい面も見られる。ムッシュウ・ジョンケル譚は同時代の状況（大戦など）を反映した話も多く、むしろ各編を初出順に並べた方が、歴史的な状況の変遷が浮び上がってきて、現代の読者には楽しめるかもしれない。以下、各作品の解題では、現在判明している限りでの初出情報を付したので、通読した後、改めて初出順に読み直してみるのも一興だろう。

大暗号 The Great Cipher

『レッド・ブック・マガジン』一九二一年十一月号初出。日本では『ぷろふいる』一九三五年九月号に掲載された「シヨウバネーの探険日記」（西田政治訳）が初訳。後に「大暗号」と改題して同じ訳が早川書房編集部編『名探偵登場④』（ハヤカワ・ミステリ、一九五六）に再録された他、同題で阿部主計訳がレイモンド・T・ボンド編、長田順行監修『続暗号ミステリ傑作選』（番町書房イフ・ノベルス、一九七七）に、大久保康雄訳がボンド編『暗号ミステリ傑作選』（創元推理文庫、一九八〇）に訳載された。江戸川乱歩の「類別トリック集成」（一九五四）にもあげられている暗号小説の名作である。

ムッシュウ・ジョンケル譚のみならず、ポーストの代表作として知られている作品。S・S・ヴァン・ダインは「《大きな暗号》は、おそらくポオの《黄金虫》は除くとして、英語で書かれた、もっともいい暗号物語である」と評した。[7] また、本作品をアンソロジー *Famous Stories of Code and Cipher*（一九四七）に採録したレイモンド・T・ボンドは、作品のまえがきで以下のように述べている。

この作品は、ぜひとも二度読んでいただきたいと思う。一度目は、いきなり意外な事実が出てくる面白さを、二度目は、その秘密が語られるプロットの巧みさを味わっていただきたいのだ。この作品の暗号の強みは、解読の鍵がすべて公開されながら、読者には容易に秘密をつかませない、その巧妙な秘密の隠しかたにあるだろう。（大久保康雄訳）

また、ボンドのアンソロジーで本作品を一読した乱歩は、「やはり『黄金虫』につぐものという感じを受けた」といい、以下のように述べている。

これは文字の暗号でなくて、寓意の暗号であり、それがまた飛び切り奇抜な怪談性、童話性を持って居り、私の所謂「奇妙な味」を堪能させるものである。

蛮地で死んだ探険家の書き残した日記には、深紅のからだの怪物が、深夜、テントの中に忍びこみ、宝石を奪って地底の棲家に隠れることが書いてあるが、それが寓意の暗号とわかるまでは、H・G・ウエルズの八十万年後の地下人種の恐怖があり、暗号とわかったあとでも、ポーの「死頭蛾」の妙味が残るのである。(2)

「ウエルズの八十万年後の地下人種の恐怖」とは、『タイム・マシン』（一八九五）をふまえている。ポーの「死頭蛾」は、今日「スフィンクス」（一八四九）の邦題で知られている作品。乱歩は右のように読んだわけだが、現代の読者であれば、島田荘司の作品を思い出すかもしれない。

森英俊は、ムッシュウ・ジョンケルがアメリカの大統領官邸《エグゼクティブ・マンション》に迎えられて暗号めぐる事件の顚末を語るというスタイルを採っている点をふまえ、「実名こそ挙げられていないが、作中に登場する大統領はまさしくセオドア・ルーズヴェルトで、ポーストの短編を愛読し熱烈なファンレターまでしたためた大統領に、ポーストがこっそり返礼したと考えられなくもない」と考察している。(4) ルーズベルト大統領のファンレターと思しきものが、創元推理文庫版『アブナー伯父の事件簿』の解説の冒頭に掲げられているので、興味のある方はそちらを当たられたい。

霧の中にて Found in the Fog

『サタデー・イヴニング・ポスト』一九一三年九月十三日号初出。本邦初訳。

イギリスはロンドンで起きた事件を、たまたま訪れていたジョンケル氏が解決する。チャリングクロス駅で客を乗せた四輪馬車がホテルに着いた時、中には二人の男が倒れており、一人は死亡、一人は重傷、車内には回転式拳銃が落ちていたという事件。ファーガス・ヒュームの『二輪馬車の秘密』(一八八六)など、当時、馬車の車内で死体が発見されるという趣向のミステリは、比較的多かったのではないかと思われる。本作品のポイントは、真犯人の割り出しではなく、真犯人を自白に追い込む方法にある。ジョンケル氏が巧みに誘導していく際、各国の国民性の違いについての認識をベースにしているのが興味深い。

異郷のコーンフラワー The Alien Corn

『サタデー・イヴニング・ポスト』一九一三年五月三十一日号初出。本邦初訳。

ジョンケル氏の部下が事件の捜査を外され、フランスのニースで無聊をかこっているところ、ロシア美人と出会うところから物語は始まる。その数奇な生涯を聞いた上で、彼女の夫の遺言を果たすためにカジノに向かうのだが……。ジョンケル氏とその部下がどのような事件を追っているのかが伏せられており、最後の最後に明らかになるとともに、どんでん返しが炸裂。ロシア美人の語る伝奇的な内容と、ヨーロッパ三大カーニバルのひとつといわれるニースのカーニバルの描写が醸し出す夢幻的な雰囲気、そしてモンテカルロのカジノを舞台とするゴージャスな場面まで加わり、エキゾティズムをいやが上にも高める効果をあげている。

失明 The Ruined Eye

『サタデー・イヴニング・ポスト』一九一三年十月十一日初出。日本では『新青年』一九三六年夏季増刊号（一七巻一〇号）に掲載された「塵除け眼鏡」（西田政治訳）が初訳。後に同題同訳が一九五八年九月十五日発行の『別冊宝石』79号に再録された。乱歩の「類別トリック集成」にあげられている一編。

ロンドンにおける事件を描いた「霧の中にて」が四輪馬車内の事件だったのに対して、フランスを舞台とする本編では、自動車事故に関わる訴訟を背景としているのが好対照をなしている。シャーロック・ホームズ・シリーズに自動車が登場するのは、第一次世界大戦前夜の事件を描いた「最後の挨拶」（一九一七年発表）であるのに対し、アルセーヌ・ルパン・シリーズに自動車が登場するのは「謎の旅行者」（一九〇六年発表。以下の年代も発表年）と、十年も早い。ホームズ譚が雑誌発表時よりも過去の時代を背景としていることをふまえても、この差は興味深い。ルパン・シリーズにおいてはその後も『ルパン対ホームズ』のエピソード「金髪の美人」（一九〇六〜〇七）や『８１３』の後編「アルセーヌ・ルパンの三つの犯罪」（一九一七）などに、ルパンが自動車を運転するシーンが描かれる。和田英次郎は『怪盗ルパンの時代』（早川書房、一九八九）において「〈ルパンの時代〉のフランスは、当時、世界一の自動車王国でした」と述べており、自動車運転手の外観について次のように書いている。

道路からの埃や、貧弱な車体構造上、容赦なく襲ってくる風、雨、寒さから身を守るために、ドライヴァーは重装備をしいられました。厚ぼったい革のドライヴ用コートに身を固め、自動車がまきあげる土煙を防ぐためには、最低限、帽子が必要でした。この帽子の多くは革製で、飛行帽型や鳥打ち帽風等がありましたが、ルパンほどの飛ばし屋になると、さらに風防眼鏡が必需品で、そのいでたちは当時の飛行機乗りと寸分違わないものでした。

同書ではまた「自動車は誕生以来しばらくの間は、実用に供されるよりは、競争用など金持ち、貴族の趣味、スポーツ用として発達した」とも書かれており、当時のイギリスにおいて、特に霧などの影響で視界の悪いロンドンにおいては、まだまだ馬車の方が重宝されたものと見るべきだろうか。

呪われたドア The Haunted Door

『サタデー・イヴニング・ポスト』一九一三年八月三十日号初出。日本では『新青年』一九三七年新春増刊号（一八巻三号）に掲載された「幻の扉」（西田政治訳）が初訳。後に同題同訳が中島河太郎編『新青年傑作選4／翻訳編』（立風書房、一九七〇）に再録された。乱歩の「類別トリック集成」にあげられている一編。

「ロマンスや冒険など、とうの昔に人生から排除されてしまったのだ」と嘆くイタリア人のオペラ作家が、ジュネーブに赴き、普仏戦争（一八七〇〜七一）に従軍したドイツ人と知り合い、その深讐綿々たる因縁譚を聞いて好奇心を抱くのだが……。第一次世界大戦（一九一四〜一八）が勃発する一年前に書かれたという時代背景をふまえて読むと、より一層、興趣が湧く作品といえよう。

ブルッヒャーの行進 Blücher's March

初出不詳。日本では『新青年』一九三九年特別増刊号に掲載された「ブルウカー行進曲」（西田政治訳）が初訳。

「呪われたドア」が第一次世界大戦前夜の物語だったのに対して、こちらは大戦下の前線におけるエピソード。ドイツ軍に自国軍の場所を内通するスパイは誰なのか、という謎を、フランスからやってきた密偵があっという間に解決してしまうのはあっけないが、短い枚数の中にさり気なく伏線と張りレッドヘリングを巻くことで、意外な解決へと導く技巧が楽しめよう。靴屋が飼っている鳥のウソがさえずる「ブルッヒャーの行進」については不詳。

テラスの女 The Woman on the Terrace

『ピクトリカル・レビュー』一九二二年三月号初出。本邦初訳。

パリで起きた火災事件の真相がニースで解決されるのだが、本作品もまた、背景となる隠された事件が最後に明らかになることで、どんでん返しが際立つ一編といえる。黄金の冠《カスク・ドール》というあだ名を持つ女性は、ジョンケル氏とは古い知り合いだというのだが、どういう知り合いなのか、明確に示していないのも効果的といえよう。

三角形の仮説 The Triangular Hypothesis
『レッド・ブック・マガジン』一九二一年十月号初出。本邦初訳。
パリで死んだトルコ人の賠償をめぐって、トルコ大使との間で推理合戦が展開される。オスマントルコ（オスマン帝国）は第一次世界大戦後、イギリスやフランスなどの連合国に占領されており、本作品が発表された翌年に帝政を廃止し一九二三年に共和制を宣言した。そうした時期ゆえに、オスマン帝国内で自国民が殺害されたことに対してフランス政府が賠償を請求することができたのである。それに対抗して、逆に同額の賠償金をむしりとろうとするという、きわめて政治的な駆け引きが、事件の謎と密接に結びついているのが読みどころ。ただし、トルコ人の死の背景となったある犯罪が、「テラスの女」におけるそれと同じである点が気になる。発表時期が離れているにもかかわらず、単行本で両作品を並べられたために、プロットの同工異曲が目立ってしまったのは残念ながら、アンクル・アブナー譚の「藁人形」（一九一五年発表）のように、推理の展開だけで一編の物語を仕立て上げている点は、評価に値しよう。

五つの印 The Problem of the Five Marks
『ウーマンズ・ホーム・コンパニオン』一九二二年十二月号初出。本邦初訳。

パリで殺された大叔母の事件を調べにきたアメリカ人青年が、父親とともにロシアから亡命してきたという少女とベルギーのオステンドで出会う。亡命の際に宝石を持ち出してきたのだが、父親が中風の発作で倒れ、宝石の隠し場所が分からなくなってしまったのだという。少女のために、ひと肌脱ごうとした青年が到達した真実とは……。暗号解読ものと思わせて実は、というサプライズ・エンディングもの。ロシアで革命が起きて帝政が崩壊したのは、この物語が発表された五年前、一九一七年のことだった。そして本作が発表された同年に、ソビエト社会主義共和国連邦が成立している。

鋼鉄の指を持つ男 The Man with Steel Fingers
『レッド・ブック・マガジン』一九二一年九月号初出。本邦初訳。乱歩の「類別トリック集成」にあげられている一編。
ロンドンで起きた殺人事件の裁判を終えた被疑者がパリに滞在中、ジョンケル氏が現われて、ある道徳的義務の遂行を提案する。ジョンケル氏が最後に呟く一言は、ランドルフ・メイスンものを思わせる仕上がりになっているが、海外ミステリの愛読者にはお馴染みの法律知識だろう。同じ法律知識をトリックに使ったアガサ・クリスティーの長編と発表時期がかなり近接しているのも興味深い。

まだら模様の蝶 The Mottled Butterfly
『レッド・ブック・マガジン』一九二一年八月号初出。日本では『新青年』一九三六年新春増刊号に掲載された「斑紋蝶」（西田政治訳）が初訳。乱歩の「類別トリック集成」にあげられている一編。
ジョンケル氏が変装して事件を解決する展開はアルセーヌ・ルパン譚を連想させる。なお、本編冒頭の記述によって、ジョンケル氏が「パリの名士」であることが分かるが、イタリア人の侯爵が観劇中のボックス席に入り込み、対等に話すことができるのも、その威光ゆえであろうか。

ルビーの女 The Girl with the Ruby

『レディース・ホーム・ジャーナル』一九一八年三月号初出。日本では『新青年』一九二七年十二月号に掲載された「紅玉を持てる女」（田中早苗訳）が初訳。その後『名作』一九三八年九月号に「人造紅玉綺談」（西田政治訳）が掲載された。

珍しくジョンケル氏が語り手を務める一編。亡命ロシア人貴族が、愛してもいないノルウェー人の女性と結婚したのはなぜか、という理由をめぐる物語が、巧妙な宝石強奪事件につながるというストーリーの飛躍が面白い。「信じられない発明というものはどれもイタリアでなされるものらしい」というのは、ポースト一流のウィットだろうか。そこで言及されているマルコーニとは、無線電信の開発で有名なグリエルモ・マルコーニ（一八七四〜一九三七）だと思われる。

なお、ウィリアム・G・コンテント&フィル・スティーヴンセン＝ペイン編 The Fiction Mag Index（http://www.philsp.com/homeville/fmi/0start.htm）のポースト作品リストによれば、ウォーカー・シリーズの短編集 *Walker of the Secret Service*（一九二四）に収録されている短編 The Inspiration にはムッシュウ・ジョンケルが主役を務めるバージョンがあり、そちらはイギリスの雑誌『ザ・ニュー・マガジン』の一九二二年二月号に発表されているとのことである。作品の内容が分からないため、改稿の意図が奈辺にあるかは不明だが、その短編も含めれば、ムッシュウ・ジョンケル・シリーズは全十三編と見なし得る可能性もあることを付記しておく。

註

（1）ハワード・ヘイクラフト『娯楽としての殺人――探偵小説・成長とその時代』（一九四二）林峻一郎訳、国書刊行会、一九九二。

（2）江戸川乱歩は「英米の短篇探偵小説吟味」（『続・幻影城』早川書房、一九五四）において「ヘイクラフトは、彼をポーとヴァン・ダインの間をつなぐ、アメリカ最大の探偵作家と称えている」と書いている（引用は、光文社文庫版『江戸川乱歩全集』第27巻、二〇〇四から。以下同じ）。同じ文章は『海外探偵小説・作家と作品』（一九五七）のポーストの項目にも流用された。なおヘイクラフト以前に井上良夫も「作家論と名著解説」（一九三六～三七）において「ポオ以降現代までのところでアメリカが持った最も誇るべき短篇小説作家」だと述べている（引用は『探偵小説プロフィル』国書刊行会、一九九四から）。

（3）前掲「英米の短篇探偵小説吟味」。

（4）『独立』の掲載年が単行本に先立つため、森英俊はその編著『世界ミステリ作家事典［本格派篇］』（国書刊行会、一九九八）掲載のポーストの作品リストにおいて、初出誌からの訳ではないかと示唆している。

（5）乱歩によれば「一定の主人公のない詐欺小説を集めた」ものだという（前掲「英米の短篇探偵小説吟味」）。

（6）乱歩は前掲「英米の短篇探偵小説吟味」において、「概して云えば、チェスタートンやドイルに比べて、トリックの妙味は少なく、又そこに描かれている時代は十九世紀初頭で、謂わば時代探偵小説であり、大岡裁判や捕物帳などに似たトリックの単純性が、現代物の複雑な探偵小説に慣れた目には、何となく物足らぬのも事実である。ポーストの他の現代ものに邦訳が多く、肝腎の『アブナア伯父』に殆んど邦訳がないのも、こういう所から来ているのであろう」と考察している。

(7)「推理小説論」(一九二七)。引用は、井上勇訳の『ウィンター殺人事件』(創元推理文庫、一九六二)に収録されたものから。ここで「犯罪神秘小説」と訳されている部分は、原文では crime-mystery tale と書かれている。このヴァン・ダインの表現は、ヘイクラフトが『娯楽としての殺人』に掲げた「一読者の選んだ探偵小説の『路標《コーナーストーン》』リスト」を、一九五一年にエラリー・クイーンの協力を得て増補した際に使用されたDetective-Crime-Mystery Fiction と同義の概念と見て良いように思われる。

(8)前掲『世界ミステリ作家事典[本格派篇]』。

(9)ここでイメージしているのは、事件の依頼人が探偵のもとに訪れ、事件の内容が語られた後、探偵が出馬し、解決するというスタイルである。

(10)乱歩の調査は前掲「英米の短篇探偵小説吟味」を参照。乱歩はそこで「ビーストンとマッカレーは広い意味の探偵小説である」と述べているが、具体的にはどういう作風としてイメージされていたかは、随筆集『鬼の言葉』(一九三六)に収められた「探偵小説の限界」を参照すると理解される。そこで乱歩は、ビーストンの作風を「ただ『意外』のスリルを主題とするドンデン返し小説」、マッカレーの翻訳でもっとも多かったと思われる『地下鉄サム』シリーズについて「犯罪者或は探偵を主人公とする諧謔小説」と定義している。

〔著者〕
メルヴィル・デイヴィスン・ポースト
アメリカ、ウェストヴァージニア州、ハリスン郡生まれ。ウェストヴァージニア大学卒。弁護士として務め、1896年『ランドルフ・メイスンと7つの罪』で作家デビュー。

〔訳者〕
熊木信太郎（くまき・しんたろう）
北海道大学経済学部卒業。都市銀行、出版社勤務を経て、現在は翻訳者。出版業にも従事している。

ムッシュウ・ジョンケルの事件簿《じけんぼ》
——論創海外ミステリ 209

2018年4月20日　初版第1刷印刷
2018年4月30日　初版第1刷発行

著　者　メルヴィル・デイヴィスン・ポースト
訳　者　熊木信太郎
装　丁　奥定泰之
発行人　森下紀夫
発行所　論 創 社
〒101-0051 東京都千代田区神田神保町2-23 北井ビル
電話 03-3264-5254　振替口座 00160-1-155266

印刷・製本　中央精版印刷
組版　フレックスアート

ISBN978-4-8460-1705-7